古典詩歌研究彙刊

第九輯

龔鵬程　主編

第 7 冊

唐人以漢代婦女為主題詩歌之研究

黃　美　玉　著

國家圖書館出版品預行編目資料

唐人以漢代婦女為主題詩歌之研究／黃美玉 著 — 初版 — 新
北市：花木蘭文化出版社，2011〔民 100〕

目 2+240 面；17×24 公分

（古典詩歌研究彙刊 第九輯：第 7 冊）

ISBN 978-986-254-525-6（精裝）

1. 唐詩 2. 女性 3. 詩評

820.91   100001462

古典詩歌研究彙刊
第九輯 第 七 冊   ISBN：978-986-254-525-6

唐人以漢代婦女為主題詩歌之研究

作　　者 黃美玉
主　　編 龔鵬程
總 編 輯 杜潔祥
出　　版 花木蘭文化出版社
發 行 所 花木蘭文化出版社
發 行 人 高小娟
聯絡地址 新北市永和區中正路五九五號七樓之三
　　　　 電話：02-2923-1455／傳真：02-2923-1452
網　　址 http://www.huamulan.tw 信箱 sut81518@ms59.hinet.net
印　　刷 普羅文化出版廣告事業
初　　版 2011 年 3 月
定　　價 第九輯 20 冊（精裝）新台幣 28,000 元

唐人以漢代婦女為主題詩歌之研究

黃美玉 著

作者簡介

黃美玉，台灣省彰化縣人。中山大學中國文學系學士，政治大學中國文學研究所碩士，現任德明財經科技大學通識教育中心專任講師。主要教授課程為「大學閱讀」、「大學寫作」、「孝經」、「唐代小說與現代人生」等。

提　　要

　　唐代是詩歌大放異彩的黃金時代，呈現百花齊放的景象。詩歌題材的選取包羅萬象；而詠史懷古一類中，又有以漢代婦女故實為題材者，數量共有五百餘首之多。就內容而言，又以描寫王昭君和親、與漢代后妃得寵怨棄的史實為多。漢唐兩代同為雄霸中原的兩大帝國，其文化背景與社會型態，均呈現禮法較為疏闊的情形；女主臨朝，固他朝歷史所罕見，女性離婚、再嫁者亦不以為諱，漢唐婦女的地位遂十分相近。因此，對於外族採取的政策，同以女子和親為主；也有不少漢唐宮闈后妃得寵怨棄的史實記載，其歷史背景如此相近，使唐人得以「借古以喻今」。因此在唐代詩史上，以漢代婦女為題材的詩歌遂成為一個頗值得研究的對象。

　　本論文研究唐人以漢代婦女為主題之詩歌採作品內在研究及外緣研究。內在研究為集中焦點於作品本身，注重其形式與內涵。外緣研究則著重在作品外在關係之探究上，諸如歷史的批評，心理學的批評等。

　　第一章　提出研究本文的動機、選材範圍及研究方法。

　　第二章　透過外緣研究，從家庭、社會、法律、政治等四方面的觀察，以見漢唐婦女生活之共通性。

　　第三章　透過內在研究，分別探討唐代以王昭君為主題詩歌的內容分析、歷史故實、以及唐代各朝與外族和親的情況及其與昭君詩產生的關係。

　　第四章　透過內在研究，分別探討唐代以陳皇后、班婕妤、李夫人、趙飛燕、戚夫人等為主題詩歌的內容分析、歷史故實、以及唐代各朝后妃得寵怨棄的情況及其與寵怨詩產生的關係。

　　第五章　綜合歸納唐人吟詠漢代婦女的詩歌與唐代歷史的關係，尋繹其中的脈絡，期能提供若干對於中國文學、歷史研究的參考。

目

次

第一章　緒　論

第一節　研究動機

　　由於文學風潮的更替，與體裁內容的變革，所以一時代有一時代的文學，乃是文學史上顛撲不滅的眞理。〔註1〕有唐一代，憑藉著蓬勃的生命力與廣闊的融和性，締造了一個輝映千古的韻文藝術，成爲詩歌大放異彩的黃金時代，高棅《唐詩品彙》序中有云：

> 詩自三百篇以降，漢魏質過於文，六朝華浮於實，得二者
> 之中，備風人之體，惟唐詩爲然。

可見唐人詩歌造詣獨深。無論是體製的完備、技巧的圓融，與境界的擴大，莫不呈現百花齊放的景象，詩歌也蔚爲唐代文學的表徵。

　　在這種風氣的籠罩下，對於詩歌題材的選取，可謂包羅萬象；自應制宴遊，詠史懷古，以至風花雪月、靈異鬼怪等均有。而詠史懷古一類中，又有以漢代婦女故實爲題材者；這些詩作，就數量而言，共有五百餘首之多，頗爲可觀。就內容而言，又以描寫王昭君和親、與漢代后妃得寵怨棄的史實爲多。唐代的詩人墨客們，常將個人存在的意識，融入作品當中，對於這些漢代婦女的遭遇，或深表嘉許，同情

〔註1〕參考顏天佑先生《元雜劇所反映之元代社會・緒論》。

憐惜，或深惡痛斥，引以爲戒。然而此類詩作，絕不是單純的詠史懷古而已，乃是在作品之中，投射時代、社會的影子。因爲漢唐兩代的歷史進程十分相似，漢唐爲雄霸中原的兩大帝國，也是同爲中國人引以爲傲的偉大時代，迄今「漢學」、「唐人」猶爲光榮的稱號，得以聞名於世。此兩大帝國建立的文化背景與社會型態，均呈現出禮法較爲疏闊的情形；女主臨朝，獨斷擅行者，固他朝歷史所罕見，女性離婚、再嫁者亦不以爲諱，漢唐婦女的地位遂十分相近。因此，漢唐兩代對於外族所採取的政策，同以女子和親爲主。漢唐宮闈后妃得寵怨棄的史實，也記載頗多。

大凡一種偉大的作品，都絕對不能脫離它所產生的時代背景和思潮。漢唐兩代既然有如此相近的歷史背景，自然唐人得「借古以喻今」，在作品中反映時代、社會的影子。因此在唐代詩史上，以漢代婦女爲題材的詩歌，遂成爲一個值得研究的對象。筆者不揣學淺，以「唐人以漢代婦女爲主題詩歌之研究」命篇，期能探究唐代史實與唐人所寫以漢代婦女爲題材的詩歌產生的關係。

第二節　選材範圍

本文所選取的漢代婦女詩歌，主要是採用清聖祖御定的《全唐詩》。是編共九百卷，收二千二百餘家的各體詩，凡四萬八千九百餘首，爲歷來輯編的唐詩總集中蒐羅最備，篇幅最大的鉅構。其中使用漢代婦女如王昭君、陳皇后、班婕妤、李夫人、趙飛燕、戚夫人、卓文君、蔡文姬、曹娥、緹縈、孟光、明德馬后、鮑宣妻、周都妻、魏博妻等爲題材之詩作，共有五百餘首，援引以爲主題者，亦有一百八十二首之多。

以上諸人雖同爲漢代婦女，然而本文僅以用王昭君、陳皇后、班婕妤、李夫人、趙飛燕、戚夫人等六人爲主題的詩歌爲研究對象。其取材原則有二：

原則之一：本文題爲《唐人以漢代婦女爲主題詩歌之研究》，因此，未以漢代婦女爲主題者，則不予採錄。如描寫緹縈的，僅有李白〈東海有勇婦〉詩，及白居易〈吾雛〉詩二首。〈東海有勇婦〉詩云：

梁山感杞妻，痛哭爲之傾。金石忽暫開，都由激深情。
東海有勇婦，何慚蘇子卿。學劍越處子，超然若流星。
捐軀報夫讎，萬死不顧生。白刃耀素雪，蒼天感精誠。
十步兩躑躅，三呼一交兵。斬首掉國門，蹴踏五藏行。
豁此伉儷憤，槃然大義明。北海李史君，飛章奏天庭。
捨罪警風俗，流芳播滄瀛。名在列女籍，竹帛已光榮。
淳于免詔獄，漢主爲緹縈。津妾一棹歌，脫父於嚴刑。
十子若不肖，不如一女英。豫讓斬空衣，有心竟無成。
要離殺慶忌，壯夫所素輕。妻子亦何辜，焚之買虛聲。
豈如東海婦，事立獨揚名。〔註2〕

此詩敍述東海勇婦爲夫報仇，然後捐軀的故事。李白爲其堅貞義勇所感動，而賦詩頌揚。詩中舉六個史例，來襯托東海勇婦的義行，其中一例即爲緹縈救父事，曰：「淳于免詔獄，漢主爲緹縈。」足見此詩並非以緹縈一人爲主題。〈吾雛〉詩〔註3〕中，僅有「于公歎緹縈」一句，亦居襯托的地位。又如描寫孟光的詩歌，雖有近二十首，然而均非以爲主題者，因此略而不採。

原則之二：以漢代婦女爲題材的詩歌，又必須能凸顯唐代歷史的部分眞貌，否則，亦不予採錄。此項原則，涉及詩歌的內容性質與作品數量。茲先將唐人所寫以漢代婦女爲主題的詩歌內容分類，列表如次；其詳，容於後文說明之。

人　名	內容性質	作為主題詩歌的數量	僅為附帶詩歌的數量
王昭君	和親	六四	五十餘首
陳皇后	失寵	四三	六十餘首
班婕妤	失寵	四四	九十餘首

〔註2〕《全唐詩》卷二二。
〔註3〕《全唐詩》卷四三一。

李夫人	得寵	十三	近十首
趙飛燕	得寵	五	十餘首
戚夫人	得寵	一	四首
卓文君	決絕	四	七十餘首
蔡文姬	亂離	一	十餘首
曹娥	孝行	三	四首
明德馬后	賢慈	一	無
鮑宣妻	節義	一	無
周都妻	節義	一	無
魏博妻	節義	一	無

上表依內容性質分類，可將唐人以漢代婦女爲題材的詩歌細別爲和親、得寵怨棄、決絕、亂離、孝行、賢慈、節義等七類，其顯示之特點有二：

（一）和親、得寵怨棄的主題詩歌數量，計有一百七十首，佔全部主題詩歌的十分之九以上，可見此二類幾乎已包涵整個以漢代婦女爲主題的詩歌作品。

（二）決絕、亂離、孝行、賢慈、節義等五類詩歌，計有十二首，不僅數量過於稀少，不能反映時代性的意義；就其本身的內容性質觀察，亦多缺乏凸顯性，如曹娥詩三首曰：

　　青娥埋沒此江濱，江樹颼颼慘暮雲。
　　文字在碑碑已墮，波濤辜負色絲文。〔註4〕
　　心摧目斷哭江濆，窺浪無蹤日又昏。
　　不入重泉尋水底，此生安得見沈魂。〔註5〕
　　高碑說爾孝應難，彈指端思白浪間。
　　堪歎行人不迴首，前山應是苧蘿山。〔註6〕

據《後漢書》卷八四〈曹娥傳〉云：

〔註4〕《全唐詩》卷五五〇趙嘏〈題曹娥廟〉。
〔註5〕《全唐詩》卷七二九周曇〈曹娥詩〉。
〔註6〕《全唐詩》卷八三七貫休〈曹娥碑〉。

孝女曹娥者，會稽上虞人也。父盱，能絃歌，爲巫祝。漢安
二年五月五日，於縣江泝濤婆娑迎神，溺死，不得屍骸。娥
年十四，乃沿江號哭，晝夜不絕聲，旬有七日，遂投江而死。
至元嘉元年，縣長度尚改葬娥於江南道傍，爲立碑焉。

可見上述三詩，即因曹娥孝行而發的感懷。自古中國即以孝傳家，所
謂「百善孝爲先」、「善事父母爲孝」等，因此「孝」已成爲爲人子女
所應盡的責任，實無特殊性可言。他如決絕、節義、賢慈等類，亦同
於此，均不具凸顯唐代部分歷史眞貌的特殊性。至於亂離一類，僅詩
一首，而且還有作品產生時代的爭議，〔註7〕所以此五類詩歌，均略
而不採。

　　依據以上兩原則，故以唐人用漢代婦女王昭君、陳皇后、班婕妤、
李夫人、趙飛燕、戚夫人等和親、得寵怨棄的詩作，作爲本文的主要
研究對象。

第三節　研究方法

　　本論文研究唐人以漢代婦女爲主題的詩歌，所採取的方法，是基
於以下觀念而建立的：一般文學研究的方法可大別爲作品的內在研究
及作品的外緣研究。內在研究是集中焦點於作品本身，注重其形式與
內涵。外緣研究則著重在作品外在關係的探究上，諸如歷史的批評，
心理學的批評等。〔註8〕儘管有方法上的不同，但二者不但不互相排
斥，反而可以互相發明。基於上述這種觀念，本文遂分爲三部分進行
討論：

　　一、漢唐婦女生活的時代背景。這裡屬於外緣研究，從家庭、社
會、法律、政治等四方面的觀察，以見漢唐婦女生活的共通性。

　　二、唐人以漢代婦女爲主題詩歌的內容大意。這裡屬於內在研

〔註7〕《全唐詩》卷二三，以胡笳十八拍詩的作者爲劉商。卻又云「大胡
　　　　笳十八拍、小胡笳十九拍，並蔡琰作。」
〔註8〕參考張淑香《李義山詩析論・緒論》。

究，從《全唐詩》中蒐羅援引漢代婦女如王昭君、陳皇后、班婕妤、李夫人、趙飛燕、戚夫人等爲主題之詩作，凡一百七十首，依照作者時代的先後次序，分別探討詩歌的大意、綜合內容、作者時代，及漢代婦女歷史故實等。

三、唐代對外和親、后妃得寵怨棄等史實與唐人以漢代婦女爲主題詩歌產生的關係研究。這裡是從詩歌作品的時代、內容，進一步衍生而出的比較研究，借著探討唐代相關的歷史，尋繹其中的脈絡，再加以綜合歸納，期能一窺這些吟詠漢代婦女的詩歌，與唐代歷史的關係。希望能對中國文學、歷史的研究，提供若干參考。

第二章　漢唐婦女生活之異同

　　自古以來，我國婦女地位即無法與男子並駕齊驅。《易經·繫辭上》有云：

> 天尊地卑，乾坤定矣。卑高以陳，貴賤位矣，……乾道成
> 男，坤道成女。

這種天地、乾坤、貴賤的哲理，形成傳統社會當中「男尊女卑」的觀念。

　　漢唐兩代婦女的地位仍然遜於男子，但比起唐以後，民國以前的各代婦女，則又較爲開放而自由，此緣於其特殊的文化背景與社會型態。

　　漢代上承先秦的文化背景，由於去古未遠，流風餘韻猶存；《周禮·地官》有云：「仲春之月，令會男女，於是時也，奔者不禁。」《詩經·召南·野有死麕》亦云：「有女懷春，吉士誘之。」可見當時禮教的疏闊。楊筠如〈春秋時代之男女風紀〉一文，即針對《左傳》記載貴族男女淫亂成風之事加以評論曰：

> 在當時之貴族階級，其男女風紀，因尚未受禮教之束縛，
> 現象頗形混亂，而放蕩者居多；即在普通社會方面，亦無
> 法證明較貴族爲好，似可說是一丘之貉，無所謂軒輊于其
> 間也。

足見秦漢以前，各地區仍舊會流傳昔日的風俗，甚至違反禮法的行爲。

　　再者，高祖以一介布衣躍登大漢天子的寶座，其從龍豪傑又多屬

雞鳴狗盜之輩，使得漢初政權帶有強烈的民間色彩。而且當時百家爭鳴，學派紊亂，司馬談論六家要旨，即對道家多所讚譽，對儒家則頗有微詞。〔註1〕可見不僅帝王新貴疏於禮防，連學術界也崇道輕儒。此爲漢代呈現的社會型態。

　　至於繼承魏晉南北朝動亂之後的大唐帝國，其立國規模的宏闊與文治武功的鼎盛，比起漢帝國猶有過之。當時「天下大治，蠻夷君長，襲衣冠，帶刀宿衛。東薄海，南踰嶺，戶闔不閉，行旅不齎糧，取給於道」，〔註2〕呈現四海昇平、天下一家的繁榮景象。推究大唐王朝的興起，乃是歷經數千年傳統文化的薰陶，以及魏晉之後的社會風氣所匯合轉化而成。此類社會風氣，多與胡俗有關，因爲自東晉至南北朝，外族長期佔領中國北方，其風俗文化亦漸漸感染漢民族，直到有唐一代繼立，胡俗仍然盛行而不衰。此爲唐代上承的文化背景。

　　再者，李唐初期的后妃，雜有鮮卑族的血統，是爲胡化的關隴集團。至於李唐先世的氏族，據陳寅恪先生〈統治階級之氏族及其升降〉一文有云：

　　　　李唐皇室者唐代三百年統治之中心也。自高祖太宗創業至
　　　　高宗統御之前期，其將相文武大臣大抵承西魏北周及隋以
　　　　來之世業，即宇文泰「關中本位政策」下所結集團體之後
　　　　裔也。

李唐先世究竟是胡是漢，雖然迄今未有定論，不過即便爲漢族，也必是胡化的漢族。因此唐代呈現的社會型態，異於純粹的漢民族，而別有新的涵受與包容。

〔註1〕《史記‧太史公自序》云：「道家使人精神專一，動合無形，贍足萬物。其爲術也，因陰陽之大順，采儒墨之善，撮名法之要，與時遷移，應物變化，立俗施事，無所不宜。指約而易操，事少而功多。儒者則不然，以爲人主天下之儀表也，主倡而臣和，主先而臣隨，如此則主勞而臣逸。……夫儒者以六藝爲法，六藝經傳以千萬數，累世不能通其學，當年不能究其體，故曰博而寡要，勞而少功。若夫列君臣父子之禮，序夫婦長幼之別，雖百家弗能易也。」

〔註2〕《新唐書》卷九七〈魏徵傳〉。

　　以上漢唐婦女生活的歷史背景與社會型態雖各有淵源，但是卻同時呈現出禮法較爲疏闊的情形。以下更就家庭、社會、法律、政治四方面的觀察，說明漢唐婦女地位的概況。

第一節　漢唐婦女的家庭地位

　　家庭是組成社會的基礎，經由兩性婚姻的結合，而產生出人倫的關係。《禮記‧昏義》有云：「昏禮者，禮之本也。」可見婚姻是齊家治國平天下的基礎。

　　自周代以來，定聘娶婚制，即特別重視「父母之命，媒妁之言」，因此男女雙方的選擇意志多受限制。然而婚姻關係成立之後，婦女所扮演的角色又是如何？以下就婚姻方面，以探討漢唐婦女的家庭地位。

一、「一夫多妻」現象的不合理

　　一夫一妻制，原爲我國的婚姻原則，然而《禮記‧昏義》記載：

　　　　古者天子后立六宮、三夫人、九嬪、二十七世婦、八十一
　　　　御妻，以聽天下之內治。

不僅帝王後宮員額眾多，而且諸侯也有一娶九女、卿大夫一妻二妾、士一妻一妾的說法，足見一夫多妻，自古皆然。推究多妻的形成；原因之一，是由於經濟變遷，得以廣置妻妾，炫耀財富。原因之二，是由於部族戰爭，掠奪婦女，以據爲己有。原因之三，是由於後嗣無人，因此多納媵妾，以繼子孫。原因之四，是由於權貴勢族的縱情淫慾，以御聲色。其中最主要者，是爲特殊階級的縱慾，皇室諸王、公侯將相侍妾之多，或屬平常。然而連才高博學的鴻儒文人，亦起而傚尤，縱情聲色，則不免令人慨嘆。《後漢書》卷六〇上〈馬融傳〉云：

　　　　居宇器服，多存侈飾，常坐高堂，施絳紗帳，前授生徒，
　　　　後列女樂。

又如白居易有「櫻桃樊素口，楊柳小蠻腰」，[註3] 韓愈有「別來楊柳

〔註 3〕孟棨《本事詩》。

街頭樹，……還有小園桃李在」，〔註4〕爲人師表、文學儒士，尙且享受左擁右抱之樂，可見多妻的蔚爲風氣。雖然也有一妻多夫的情形，如漢宣帝時，燕代有三男共娶一女，〔註5〕唐武、韋兩后有男寵盛多的記載，〔註6〕但是或被視爲禽獸之行，或被譏爲淫慾之行，備受抨擊。可見男女地位的不平等。

　　一夫多妻的結果，造成許多悲劇；第一、妻妾視同貨物，可以轉相授受，婦女尊嚴不被重視。如漢爰盎賜侍兒予從史。〔註7〕第二、寵幸衰弛，怨恨丈夫。如東漢光武郭聖通「以寵稍衰，數懷怨懟。」〔註8〕第三、妒忌仇恨，殘害異己，甚至溺殺幼嬰，以保全寵幸。如唐宜城公主執駙馬裴巽的外寵，「截其耳鼻，剝其陰皮，附駙馬面上。」〔註9〕又如漢成帝后趙飛燕〔註10〕、桓帝梁皇后的毒殺嬰兒。〔註11〕是以「內多怨女，外多曠夫。」〔註12〕《易經・革卦・彖》云：

> 革，水火相息，二女同居，其志不相得曰革。

可見多妻爲變亂之本，可不愼歟！

二、「買賣婚」的盛行

　　婚姻的趨向，各代不同。漢代風俗所趨者，見於賈誼《新書・時變事勢篇》：

> 曩之爲秦者，今轉而爲漢矣。……欲交，吾擇貴者而交之；
> 欲勢，擇吏權者而使之；取婦嫁子非有權勢，吾不與婚姻；
> 非貴有戚，不與兄弟；非富大家，不與出入。

可知漢代所重者，乃是對於富貴財勢的希求，因此婚姻以「王侯有土

〔註 4〕《唐摭言》卷六〈補遺〉。
〔註 5〕《初學記》卷一二。
〔註 6〕《新唐書》卷七六〈后妃傳〉、《舊唐書》卷五一〈后妃傳〉。
〔註 7〕《漢書》卷四九〈爰盎傳〉。
〔註 8〕《後漢書》卷一〇上〈皇后紀〉。
〔註 9〕《新唐書》卷八三〈諸帝公主傳〉。
〔註 10〕《漢書》卷九七下〈外戚傳〉。
〔註 11〕《後漢書》卷一〇下〈皇后紀〉。
〔註 12〕《漢書》卷七二〈貢禹傳〉。

之女」〔註13〕爲尙。唐代婚姻的趨向有三：即門第、資財，與功名。因此將相名臣多仰慕山東士族，公卿之家，也以新科進士爲擇婿的對象，亦即重視現實的名利富貴。漢唐兩代的婚姻趨向既如上述，則其嫁娶婚俗往往奢侈太過，富者競相爭逞，貧者恥其不逮，因此邀致財物，動輒萬計，造成財婚的情勢，形同買賣。王符《潛夫論・斷訟篇》即言「一女許數家」，可見漢代以嫁女爲獲取財富的手段。《唐會要》卷八三嫁娶條，貞觀十六年（643）有詔曰：

> 婚姻之道，莫先於仁義，……問名惟在於竊資，結褵必歸于富室。乃有新官之輩，豐財之家，慕其祖宗，競結婚媾，多納財資，有如販鬻……積習成俗，迄今未已。……朝夙夜兢惕，憂勤改道，往代盍害，咸已懲革，惟此敝風，未能盡變，……其自今年六月，禁賣婚。

此一詔令，已明言「禁賣婚」，可見當時已達風俗陵夷的地步。

買賣婚的盛行，必然造成貧女難嫁的弊端。唐白居易有詩云：

> ……貧爲時所棄，富爲時所趨，紅樓富家女，金縷繡羅襦，見人不斂手，嬌癡二八初，母兄未開口，已嫁不須臾。綠窗貧家女，寂寞二十餘，荊釵不值錢，衣上無眞珠，幾迴人欲聘，臨日又踟躕。主人會良媒，置酒滿玉壺，四座且勿飲，聽我歌兩途。富家女易嫁，嫁早輕其夫，貧家女難嫁，嫁晚孝於姑。聞君欲娶婦，娶婦意何如。〔註14〕

此即貧女難嫁所興起的感概。生產不足、經濟不豐的貧民家庭，甚至不舉女嬰，以免爲將來的妝奩而坐困愁城。

第二節　漢唐婦女的社會地位

自古即以「男主外，女主內」作爲兩性權責的劃分，婦女也絕少接觸家庭以外的事物。然而漢唐兩代的男女之防不嚴，社交往來也相

〔註13〕《史記》卷四九〈外戚世家〉。
〔註14〕《全唐詩》卷四二五〈秦中吟十首之一・議婚〉。

當開放而自由，因此婦女們得以參與各種活動，如買賣勞動、婚娶聚會、歲時節慶等。

漢唐婦女的生活，既有別於往昔，則其呈現在社會的面貌及評價又是如何？以下就教育制度，與再嫁風俗兩方面，探討漢唐婦女的社會地位。

一、「教育制度」與「教育著作」所顯示的男女不平等

我國教育制度本以男子專藝而守官的正規教育爲務。婦女則大抵祇接受家事與婦道的家庭教育而已。漢唐兩代的婦女，也同樣未受正式學校教育的薰陶，然而由於漢代經過武帝的提倡儒術，不少經學大儒的家學傳承，使其子女受到感染，產生一些以學問見稱的婦女。至於唐代，除了武則天時，將內文學館改爲留藝館，以掌教宮人學習書算眾藝之外，並沒有正式婦女教育制度的設立。然而由於唐代君主多愛好文學，又以詩賦取士，因此公卿大夫以詩競賽，寒門儒生以詩進身。在風行草偃之下，一般深居宮闈繡幃的婦女、官宦妻妾，多致力於詩學，以求寵幸。士大夫家的女子，亦多接受父兄的調教，幼讀詩書，博聞彊學。此外，民間婦女、入道女冠，甚至歡場女子，亦由私學而能知書識字、吟詠詩歌。可見漢唐兩代的婦女，雖然多未能與男子同受正規教育，卻深受社會環境的影響，而致力於學問的追求。

至於有關婦女教育的著作，漢代有劉向《列女傳》七篇、班昭《女誡》七篇；《列女傳》羅列母儀、賢明、仁智、貞順、節義、辯通、孽嬖等事實，以作爲婦女生活的規範與鑒戒。《女誡》則開始有系統地規範婦女的思想，從敬夫一點出發，婦女一味地順從、曲從，毫無獨立自主的人格。唐代的女教著作，有長孫皇后的《女則》三十卷、楊氏的《女誡》一卷，可惜原書已佚。現存的重要著作，則有鄭氏《女孝經》十八章、宋若華《女論語》十二章，以及李義山《雜纂》十則等，多仿《列女傳》、《女誡》的體裁，人物自后妃夫人以至邦君庶民，內容自立身事夫以至學書學算，莫不敬戒相承，以教育婦女。

　　由以上漢唐兩代的教育制度與教育著作觀之，可見男尊女卑、三從四德的傳統觀念，乃然深植人心。不過唐代婦女的教育，除了以德行爲主，亦間以詩書算學授受，比起漢代婦女的教育，則略爲寬泛而開明。

二、不諱再嫁

　　再嫁之俗，本爲先王仁政的一種，爲使「內無怨女，外無曠夫」，〔註15〕是以《管子・入國篇》有合獨之說曰：

> 凡國都皆有掌媒，丈夫無妻曰鰥，婦人無夫曰寡，取鰥寡而和合之，予田宅而家室之，三年然後事之。此之謂合獨。

因此漢唐再嫁之例，不勝枚舉。帝王之家，如漢高祖薄姬原爲魏豹的侍妾。〔註16〕景帝王皇后，曾先嫁金氏，並生一女而後奪歸。〔註17〕又如唐太宗納弟元吉之妻。〔註18〕高宗納其父太宗後宮才人武媚娘。〔註19〕玄宗納子壽王瑁妃楊玉環〔註20〕等均是。將相名儒之家，如漢丞相陳平之妻，曾經五嫁而夫輒死。〔註21〕又如唐文學大家韓愈之女，先適李氏，後嫁樊氏。〔註22〕至於一般市井平民，亦不以再嫁爲非。唐經學大家賈公彥之語，尤能道破再嫁不被賤視的原由，其疏釋《儀禮・喪服》的「繼父同居者」條曰：

> 繼父本非骨肉，故次在女子子之下，案〈郊特牲〉云：夫死不嫁，終身不改，詩恭姜自誓不許再歸。此得有婦人將子嫁而有繼父者，彼不嫁者自是貞女守志，而有嫁者雖不如不嫁，聖人許之，故齊衰三年，章有繼母，此又有繼父之文也。

〔註23〕

〔註15〕《漢書》卷七二〈貢禹傳〉。
〔註16〕《漢書》卷九七上〈外戚傳〉。
〔註17〕同上。
〔註18〕《新唐書》卷八〇〈太宗諸子傳〉。
〔註19〕《新唐書》卷七六〈后妃傳〉。
〔註20〕同上。
〔註21〕《史記》卷五六〈陳丞相世家〉。
〔註22〕參考陳東原《中國婦女生活史》第五章「八、貞節觀念的淡薄」。
〔註23〕賈公彥《儀禮疏・喪服》卷三一。

可見再嫁雖不如節婦般受到褒獎，但仍是聖人許可的行為，不違反禮教的舉動。

以上所述，漢唐婦女再嫁之事頗不乏人，社會也不予以鄙視，然而並非意味婦女毫無貞節的觀念。

孟郊〈去婦〉詩有云：

君心匣中鏡，一破不復全。妾心耦中絲，雖斷猶牽連……

一女事一夫，安可再移天……〔註24〕

白居易〈婦人苦〉亦云：

……婦人一喪夫，終身守孤子。有如林中竹，忽被風吹折。

一折不重生，枯身猶抱節。……〔註25〕

由此可知，漢唐婦女仍有「一女事一夫」的傳統觀念，而且丈夫過世，也要守節。是以漢唐婦女再嫁者雖不乏其人，然而與終身未改嫁者相比，仍是屬於極少部分。

第三節　漢唐婦女的法律地位

婚姻關係的成立，大抵須經過訂婚與成婚的程序。古制婚禮有納采、問名、納吉、納徵、請期、親迎等六禮。前四禮即屬訂婚之禮，後二禮則為婚娶之禮。因此婚約一經成立之後，即負有成婚的義務，如有悔婚情形，則應負予法律上的責任，受到相當的制裁。同樣地，已完成聘娶之禮，正式成為夫妻者，因具有婚姻關係，所涉及的權責問題又更為繁複，諸如緣坐、重婚、犯姦、毆殺等。以下就法律方面，以探討漢唐婦女的地位。

一、「緣坐、毆殺、犯姦、重婚罪」的加重

緣坐是家屬在法律關係中最明顯的連帶責任，有因而配流、沒官，或入死刑者，此制乃起於秦文公定三族之誅。漢初沿襲舊法，彭

〔註24〕《全唐詩》卷三七四。
〔註25〕《全唐詩》卷四三五。

越、韓信等人，被夷三族。呂后時，一度廢除族刑。至漢武帝，有公上廣德、公孫敖，及劉屈氂，皆因妻子祝詛〔註26〕、巫蠱〔註27〕、大逆不道〔註28〕，以夫從坐而死。由此觀之，漢律中的夫妻有相對的連坐責任。唐律則更明文規定，以謀反〔註29〕、大逆，〔註30〕及造畜蠱毒，〔註31〕爲婦女的緣坐刑責，其他犯罪則否。然而唐律中，婦女本身犯罪，則無所謂緣坐，止坐其身。〔註32〕可見唐律中，夫不因妻罪而受牽連，妻子卻要負緣坐的刑責。

此外，夫婦倘有互相毆殺的行爲，必要受到法律制裁。漢史中有夫殺傷妻而受罰的記載，〔註33〕然而律令中似無殺妻的明文。朝廷正視的，乃是妻殺夫的事件。《漢書》卷七四〈魏相傳〉曾上奏曰：

> 元康中……相上書諫曰：「……案今年計，子弟殺父兄，妻殺夫者，凡二百廿二人，臣愚以爲此非小變也。」

由此觀之，妻殺夫如同子弟殺父兄，乃是下對上的殺戮，因而倍受關切。可惜漢律中並未明言殺夫之罪爲何？遂不得而知。唐律中有關夫妻毆殺的刑責，有明文訂定，大抵夫毆妻罪輕，甚至無罪；妻毆夫者，則徒一年，死者並至問斬，可見婦女在毆殺行爲的處罰條律中，是受到極不公平的對待。

犯姦是有婚姻的存續關係，而與他人更爲婚外性行爲者。漢律男子與人相姦，可遭免侯，或耐爲鬼薪。至於女子與人相姦之罪，則無明文可知。唐律中，男女相姦，有明令處罰，即男有妻妾而犯姦，徒一年半，罪不加重。女有夫而犯姦，徒二年，〔註34〕可見男女刑期的

〔註26〕《漢書》卷一六〈高惠高后文功臣表〉。
〔註27〕《漢書》卷六六〈劉屈氂傳〉。
〔註28〕《漢書》卷五五〈公孫敖傳〉。
〔註29〕《唐律》卷一七賊盜一條。
〔註30〕同上。
〔註31〕《唐律》卷一八賊盜二條。
〔註32〕《唐律》卷一七賊盜一條。
〔註33〕《漢書》卷五三〈河間王傳〉、《漢書》卷一四〈諸侯王表〉。
〔註34〕《唐律》卷二六雜律上條。

不公平。此外，唐律重婚罪，男子徒一年，〔註35〕女子則增加二等，即徒三年。〔註36〕以上犯姦、重婚罪的刑責，婦女較男子爲重，此種現象產生的原因，據陳顧遠的推測曰：

> 舊日之懲姦，並非視爲夫婦之相互義務，乃以婦人犯姦有
> 亂血統爲主，故男可多娶，女獨守貞。〔註37〕

今觀「有子而死，倍死不貞」、「夫死無男，有更嫁之道」等說法，似可證明陳氏之說。〔註38〕

二、「和離自由」形同具文

婚姻的關係，或因配偶一方的死亡，或因夫婦感情的不睦，而產生關係終止的情形。漢唐婦女的離婚、再嫁，多不以爲諱，因此《唐律》卷一四戶婚下條云：

> 若夫婦不相安諧和離者不坐。

此條疏議有云：「彼此情不相得，兩願離者不坐。」唐律雖然允許夫婦和離，但是事實上，妻易爲夫所虐待，往往求去而不成。《唐律》卷一四戶婚下條云：

> 諸妻無七出及義絕之狀，而出之者，徒一年半。雖犯七出，
> 有三不去而出之者，杖一百，追還合。若犯惡疾及姦者，
> 不用此律。

此條疏議有云：「伉儷之道，義期同穴，一與之齊，終身不改。故妻無七出及義絕之狀，不合出之。」此論似爲保障婦女的婚姻而設的，但是夫絕妻者，往往逾越七出之外，況且妻無去夫的明令，使得和離自由成爲具文。

此外，若夫死守節，也往往不能如願。東漢時代，強嫁風氣已盛，且無明令禁止。王符《潛夫論・斷訟篇》有云：

〔註35〕《唐律》卷一三戶婚中條。
〔註36〕《唐律》卷一四戶婚下條。
〔註37〕參考陳顧遠《中國婚姻史》第五章「一、婚姻與配偶關係」。
〔註38〕參考李貞德《西漢律令中的倫常觀》第四章第三節。

> 貞絜寡婦，或男女備具，財貨富饒，欲守一醮之禮，成同
> 穴之義，執節堅固，齊懷必死，終無更許之慮。遭值不仁
> 叔世，無義兄弟，或私其聘幣，或貪其財賄，或私其兒子，
> 則彊中欺嫁，處迫脅遣送人。

因此自漢以後，夫喪而欲守志者，其祖父母、父母、兄長，均可奪而
嫁之。至唐代，尚沿舊習，惟限於祖父母、父母而已。〔註39〕由以上
的敘述，可見漢唐婦女法律地位仍舊低於男子甚多。

第四節　漢唐婦女的政治地位

中國傳統儒家思想，一向不容婦女干政，《尚書·牧誓》有云：
> 牝雞無晨。牝雞之晨，惟家之索。

僞孔（安國）傳云：
> 雌代雄鳴則家盡，婦奪夫政則國亡。

可見女子主政的被抨擊，因此自夏商傳位子啓開始，後代歷任君主，
莫不將王位傳於子，而不傳於女。惟自西漢呂雉以太后臨朝，始開女
子攝政的風氣，東漢援引其事，以爲成規。〔註40〕降至唐代，不僅后
妃、公主參與朝政，武則天更以一介女子奪取帝位，成爲中國史上唯
一的女皇帝。本節即述女子的與於國事，以見漢唐婦女的政治地位。

一、「太后臨朝」與「后妃干政」

太后臨朝，始於西漢的呂后；漢高祖於武德十二年（210）駕崩，
子盈嗣位，是爲惠帝。然生性仁弱，由母后呂氏專政。呂后才識過人，
《史記·呂后本紀》言其「爲人剛毅，佐高祖，定天下。」且又知人
善任，蕭規曹隨，致使海內清平，百姓爲歌云：
> 蕭何爲法，顜若劃一；曹參代之，守而勿失；載其清靜，
> 民以寧壹。〔註41〕

〔註39〕《唐律》卷一四戶婚下條。
〔註40〕參考楊聯陞〈中國歷史上的女主〉收入《中國婦女史論文集》。
〔註41〕《史記》卷五四〈曹相國世家〉。

此一政治原則，頗合漢初的社會狀況，於是爲大漢四百餘年帝國的統一奠定鞏固的基礎。

惠帝在位七年而卒，呂后進而實行「臨朝稱制」，〔註42〕連立幼子恭與弘爲傀儡皇帝，且積極扶植諸呂，以掌握實際的軍政大權，呂祿任上將軍，呂產任相國，致使功臣派的丞相、太尉如同虛設；又以呂氏女配諸劉，欲藉此連根固本，安劉興漢，其用意雖佳，結果卻適得其反，諸呂政治勢力的膨脹，使得功臣派與宗室聯合，於呂后病死後，發動大軍聲討諸呂，以「不當爲王」與「欲爲亂」的罪名，誣陷諸呂，不分男女少長，盡行夷滅，此爲諸呂事件的始末，然而呂后專政的得失，歷史自有公論，《漢書》贊有云：

> 孝惠高后之時，海內得離戰國之苦，君臣俱欲無爲，故惠帝拱己，高后女主，制政不出房闥，而天下晏然，刑罰罕用，民務稼穡，衣食滋殖。〔註43〕

此誠爲漢初呂后惠民政治的最佳寫照，是以後繼者得成其歷史所謂「文景之治」。〔註44〕

呂后死後，至西漢滅亡爲止，漢帝國的政事，多由太后、母舅參與。宣帝以後，歷經元、成、哀、平及孺子嬰五帝，凡五十五年，而後爲外戚王莽所篡。此期諸帝大多柔弱無能，元帝時，宦官石顯弄權，成帝以降，政權漸由外戚王氏一門所掌握；孝元皇后王政君，歷漢四世，爲天下母，享國六十餘載。王氏父子五代，握政權二十餘年，聲勢赫赫。后的侄兒莽，乘大統更迭之際，擁戴幼主，利用經學讖緯學說，淆惑世人耳目，即眞天子位，改國號爲新。王太皇太后政君雖然反對，但爲時已晚，稚兒寡婦難挽頹勢，漢室江山只得拱手讓人。總計漢自劉邦入關收降秦王子嬰，至王莽篡漢爲止，凡二百一十四年而亡，史稱西漢。〔註45〕

〔註42〕《史記》卷九〈呂太后本紀〉、《漢書》卷三〈高后本紀〉。
〔註43〕《漢書》卷三〈高后本紀〉。
〔註44〕參考芮和蒸〈論呂后專政與諸呂事件〉，收入《政治史》。
〔註45〕參考鄔紀萬《中國通史——秦漢史》第一章第六節。

東漢光武建國，有鑑於西漢外戚之禍，不設輔政將軍，又制後宮之家不得封侯與政，但因矯枉過正，致使憂患迭生。東漢一代，前後共有六次母后臨朝擅政，是以太后攝政漸成制度化，蔡邕《獨斷》有云：

> 后攝政，則后臨前殿朝群臣，后東面，少帝西面，群臣奉
> 事上書，皆爲兩通，一詣太后，一詣少帝。

此即記載太后攝政的儀式。母后權大，外戚自然漸操政炳，外戚專政與君權發生衝突之際，君主所能信任者唯有宦官，因此乃有閹宦預政的開端。自章帝崩後，東漢政治遂形成外戚宦官激烈火拼的局面：和帝、殤帝、安帝、北鄉侯、順帝、沖帝、質帝、桓帝皆以沖齡踐祚。章德竇后、和熹鄧后、安思閻后、順烈梁后相繼臨朝。竇憲、鄧騭、耿寶、閻顯、梁商、梁冀，也以大將軍或車騎將軍輔政，外戚權勢之大、氣焰薰天，可想而知。然而竇憲之死，假手於鄭眾。鄧騭之死，假手於李閏、江京。閻顯之死，假手於孫程。梁冀之死，假手於單超、徐璜、具瑗、唐衡、左悺，可見宦官勢力的鉅大。東漢中葉君主，既假宦官之手以誅外戚，因此不能不假以權力；鄭眾、孫程、單超等人，均致位公卿，與聞國事，其暴虐恣橫，更甚於外戚。儒士不忍看見朝政日非，於是與外戚結合，併力排除宦官；竇武、何進相繼失敗，黨獄數起，朝廷流血，諸賢被殺，袁紹憤怒至極，召引外兵，以誅宦官，外戚宦官之禍雖平，而東漢也因此滅亡。
〔註46〕

縱觀兩漢女主主政，具有下列意義：第一、太后臨朝，必須具備先帝駕崩、皇帝年幼或仁弱的條件，始能預政掌權。第二、太后臨朝，多用父兄子弟以寄腹心。但外戚權勢又常因母后崩逝而變動，發生流血慘劇。第三、東漢外戚，才能遠遜於西漢，卻又更加專橫驕奢，把持朝政，陷害忠良。第四、女主臨朝，不便面接公卿，因此閹宦有預政的機會，加上凝聚力強大，每每於百年戚宦之爭中

〔註46〕參考王桐齡《中國史》第二編第一期秦漢時代第十四章引言。

節節獲勝。〔註47〕

　　唐代女后主政，始於武則天。因王皇后的入薦，而進爲昭儀。又使計令高宗廢王皇后，冊拜其爲武皇后，參與朝政。高宗在位三十四年，於弘道元年（683）崩，立中宗，武后以其昏愚，廢而立睿宗，使居別殿，不得與聞政事，后臨朝稱制。天授元年（690），利用佛教經典以爲稱帝理論的根據，將東魏國寺僧人法明等所獻的《大雲經》頒行全國，經上言太后乃彌勒佛下生，當代唐爲閻浮提主。其時佛道是爲唐代思想主流，因此中外百官、帝室宗戚、遠近百姓、四夷酋長、沙門道士等均陳請，睿宗也自請改姓。武后遂於同年九月九日自即帝位，稱聖神皇帝，改國號爲周，是爲中國史上唯一的女皇帝。

　　武氏以一女流稱帝，乃因她具有非常的才力與野心，今略述其重要事績以明之：

　　（一）積極培育人才。進士科本爲唐代取士的考試科目之一。主要試時務策，並試經與雜文。武氏喜愛文史，於是以進士科考來吸收新進人物，造成新興的統治階級，朝中主要官吏，無不由文章進身。使得舉國文墨風氣鼎盛，打破南北朝以來門第社會的舊傳統，深爲平民所擁戴。

　　（二）引用正士，當時將相如魏元忠、婁師德、狄仁傑等均爲不可多得的人才；又如玄宗時的名相姚崇、宋璟，也是出於武后的拔識，每能知人善用，獎忠納諫。武后晚年更納狄仁傑的建議，還政中宗，復唐大統。後代史家雖有意抹煞其政績，但其臨朝與稱帝期間，內政外交均燦然可觀，因此中有永徽之治，後有開元之治，均爲難得的盛景，武后之功不可沒。〔註48〕

　　然而，武后爲人所詬病者亦甚多，如濫刑誅殺一事，以恐怖政策打擊反對者，《新唐書》卷二〇九〈酷吏列傳・序〉有云：

　　　　（武后）畏下異己，欲脅制群臣，榷剪宗支……於是索元

〔註47〕參考鄒紀萬《中國通史——秦漢史》第一章第九節。
〔註48〕參考傅樂成《中國通史——隋唐五代史》第六章第二節。

　　禮、來俊臣之徒，揣后密旨，紛紛並興。澤吻摩牙，嚙紳

　　纓，若狗豚然。至叛喥臭達道路，冤血流離……。

又如宮闈穢亂一事，於聖曆二年（699）設立「控鶴監」，以張昌宗、張易之兄弟及僧懷義等爲後宮面首，名爲內供奉，被譏爲內行不修。

　　至於歷史方面的評論，《舊唐書》卷六〈則天皇后本紀〉有云：

　　武后奪嫡之謀也……其不道也甚矣……然猶泛延讜議，時

　　禮正人，初雖牝雞司晨，終能復子明辟，飛語辯元忠之罪，

　　善言慰仁傑之心，尊時憲而抑幸臣，聽忠言而誅酷吏。有

　　旨哉，有旨哉！

今觀唐人沈既濟、李白均列武后爲「四聖」、「七聖」之一，而且武后於利州江潭之廟，至中晚唐，民間香火仍崇祀不絕，可見武后在唐人心中自有其特殊的地位。〔註49〕

　　武后退位，還政於中宗後，女主干政餘波盪漾；中宗廢遷房陵之時，與韋后同幽閉，備嘗艱危，情愛甚篤，及復位，寵信有加，一任韋后所爲。韋后私通武三思，並互相勾結，擅殺敬暉、桓彥範、張柬之、袁恕己、崔玄暐等五大臣。太子重俊不平，與羽林大將軍李多祚等密謀起兵誅武三思、武崇訓父子，不克而遇害，於是韋后更加專橫，其兄韋溫與武三思黨宗楚客等亦專權恣橫，韋后並引用多名婦女，每每營私受賄，鬻賣官爵，十分驕恣。中宗漸生不滿，引起韋后及其黨羽的疑懼。遂仿效武則天故事，與安樂公主合謀，於景龍四年（710）毒死中宗，立溫王重茂，是爲少帝，韋后以太后臨朝，韋溫則掌握內外軍權，軍政要職皆以韋氏子弟充任，宗楚客並上書請韋后稱帝。事爲隆基得知，隆基爲相王旦的第三子，密結京師才力之士，與太平公主及公主子衛尉卿薛崇簡、苑總監鍾紹京，前朝邑尉劉幽求等密謀發動政變，捕殺韋后、安樂公主、武延秀與上官婕妤等人，迎睿宗復位，是爲韋后之亂。〔註50〕

〔註49〕參考羅龍治《李唐前期的宮闈政治》第三章第二節。
〔註50〕參考傅樂成《中國通史——隋唐五代史》第六章第三節。

二、「公主弄權」

自來帝王之女，身份尊貴，必是榮寵無比。漢唐兩代的公主亦是如此。尤其唐代公主，據《唐會要》卷六公主雜錄條有云：

> 神龍二年閏正月一日，敕置公主設官屬，鎮國太平公主儀比親王；長寧、安樂唯不置長史，餘並同親王；宣城、新都、安定、金城等公主非皇后生，官員減半。……至景龍四年六月廿二日停公主府。……唐隆元年六月廿六日敕公主置府，近有敕總停，其太平公主有崇保社稷功，即宜依舊。……酸棗縣尉袁楚客奏記于中書令魏元忠曰：「……幕府者，丈夫之職，非婦人之事。今公主開府建察，崇置法官，秩若親王，以女處男職，所謂長陰而抑陽也。」

此處言唐代中宗時公主開府置官，女處男職，視爲合法，足見公主地位的尊榮。是以唐代先後有安樂、太平二公主弄權干政，野心之盛，以至於侵犯東宮、皇帝之位，茲略述如下：

安樂公主爲韋后所生男女中排行最小。性惠敏，容質秀絕，中宗韋后愛寵日深，恣其所欲，奏請無不允許，恃寵縱橫，權傾天下，自王侯宰相以下，除拜多出其門。〔註51〕神龍二年（706），安樂公主私請廢皇太子而立己爲皇太女，帝以問魏元忠，元忠有云：

> 皇太子國之儲君，生人之本，今既無罪，豈得輒有動搖，欲以公主爲皇太女，駙馬復若爲名號，天下必甚怪愕，恐非公主自安之道。

公主獲知，甚怒，以元忠爲山東木強田舍漢，不足與論國家權宜盛事，而上奏曰：「阿母子尚自爲天子，況兒是公主，作皇太女，有何不可」，足見其驕恣專橫。〔註52〕中宗不允，安樂公主竟與韋后共同謀害中宗，以遂其爲皇太女的心願，《舊唐書》卷七〈中宗本紀〉有云：

> 安樂公主志欲皇后臨朝稱制而求立爲皇太女，由是與后合謀進鴆。六月壬午，帝遇毒，崩於神龍殿。

〔註51〕《新唐書》卷八三〈諸帝公主傳〉。
〔註52〕《舊唐書》卷九二〈魏元忠傳〉。

身爲子女，竟爲權勢毒弒親父，實令人不恥，因此下場亦十分悲慘，爲臨淄王李隆基等人所捕殺。

太平公主爲武后之女，方額廣頤，通達權謀，武后以爲類己，常令參預宮廷謀議。擁立中宗與誅討韋后的政變中，公主均參與。睿宗對其言無不從，每每參決軍國大事。太子隆基英武，公主遂加以讒毀，賴朝臣竭力爲太子表白而保東宮之位。公主引其黨竇懷貞、崔湜、岑義、蕭至忠入閣，專擅朝政。

睿宗傳位太子隆基，是爲玄宗，太平公主倚上皇之勢，擅權用事，景龍四年（710）以後，公主置府皆停，只有太平公主府依舊，而朝中大臣往往出入其家。玄宗初期，宰相七人，五出其門，文武大臣多半依附公主。玄宗開元元年（713），公主與宰相竇懷貞、岑義、蕭至忠、崔湜等黨羽同謀廢玄宗，事洩，懷貞等伏誅，太平則賜死。自武則天以來五十餘年唐室婦女干政的風氣，至此結束。〔註53〕

由以上太后臨朝、后妃干政，與公主弄權來看，漢唐婦女在政治上扮演活躍的角色者，僅爲極少數的一部分，而且不論其政績有多可觀，歷史的評價仍不會太高，可見婦女政治地位大體仍是低落的。

〔註53〕參考王桐齡《中國史》第二編第三期隋唐時代第六章第三節。

第三章　唐人借漢代婦女爲主題以凸顯和親政策的詩歌

中國歷史上，對於外族所採取的政策，不外和、戰兩種。而媾和所採取的手段雖然很多，但以「和親」爲主；從漢代以降，未取和親路線的，僅有宋、明兩代。而積極推行此項政策者，則爲最強盛的漢與唐。亦即，和親政策起於漢代，而盛於唐代，可見和親政策對於漢唐的重要。〔註1〕是以唐人有借漢代王昭君出塞的詩歌，以凸顯唐室與外族的和親政策。

第一節　唐代以王昭君爲主題詩歌的內容及其分析

鍾嶸《詩品·序》云：

> 若乃春風春鳥，秋月秋蟬，夏雲暑雨，冬月祁寒；斯四候之感諸詩者也。嘉會寄詩以親，離群託詩以怨。至于楚臣去境，漢妾辭宮；或骨橫朔野，或魂逐飛蓬；或負戈外戍，殺氣雄邊；塞客衣單，孀閨淚盡；或士有解佩出朝，一去忘返；女有揚蛾入寵，再盼傾國。凡斯種種，感蕩心靈，非陳詩何以展其義，非長歌何以騁其情？故曰：「詩可以群，可以怨。」

〔註 1〕參考林恩顯《唐朝對奚與契丹的和親政策研究》。

此經由事物的感蕩發爲詩歌，遂有「楚臣去境，漢妾辭宮」，或藉屈
原被逐以述男子的懷才不遇；或藉昭君出塞以述女子的失寵怨棄。凡
此種種，均「感於哀樂，緣事而發」。〔註2〕

　　漢代樂府詩盛行，詩人所寫昭君詩歌，每依史事而鋪敘，但已大
半亡佚，只存王嬙〈昭君怨〉一首，又因缺乏正史資料的印證，或爲
後世託名之作。而後晉石崇的〈王明君詞〉，也本於史實而發，點出
「遠嫁難爲情」的主旨。孫月峰謂其「莽莽自肆、有逸態，亦有勁氣」，
何義門稱其「逼似陳王」，〔註3〕因此千載讀來，猶有餘情。魏晉南北
朝詩，多重巧構形似之言，加上齊梁宮體詩盛行，每藉昭君和親的事
蹟來比喻宮闈女性的怨恨，不僅用字綺靡華麗，而且細膩刻畫昭君的
體態、服飾，如梁簡文帝〈明君詞〉有云：

　　　玉豔光瑤質，金鈿婉黛紅。一去葡萄觀，長別披香宮。
　　　秋簷照漢月，愁帳入胡風。妙工偏見詆，無由情恨通。

又如沈約〈明君詞〉云：

　　　朝發披香殿，夕濟汾陰河。於茲懷九折，自此斂雙蛾。
　　　沾妝疑湛露，繞臆狀流波。日見奔沙起，稍覺轉蓬多。
　　　胡風犯肌骨，非直傷綺羅。銜涕試南望，關山鬱嵯峨。
　　　始作陽春曲，終成苦寒歌。唯有三五夜，明月暫經過。

此二詩用字綺靡，對偶駢儷，如「玉豔光瑤質，金鈿婉黛紅」、「沾妝
疑湛露，繞臆狀流波」，已達巧構形似，曲寫其狀的境地，合於宮體
詩輕豔的風格。因此六朝多有詠昭君出塞的作品。

　　唐代以降，昭君詩歌數量之多，爲前所未有。當時以昭君的悲怨
或青冢的荒涼入詩者，約有一百二十首左右；其中以王昭君故實爲主
題詩歌的作品，有六十四首之多。其風格的表現，初唐時期，仍具有
六朝宮體的特色。至盛唐、中唐以後，則帶有邊塞詩的豪情，而且詩
趣可愛動人。〔註4〕茲將唐人以王昭君爲主題的詩歌抄錄於後，略述

〔註2〕《漢書》卷二二〈禮樂志序〉。
〔註3〕參考葉婉之《昭君詩評》。
〔註4〕參考邱燮友〈歷代王昭君詩歌在主題上的轉變〉，收入《主題學研究

其詩意，並介紹其作者。〔註5〕

（一）〈昭君詞〉

作者爲張文琮。詩云：

　　戎途飛萬里，回首望三秦。忽見天山雪，還疑上苑春。玉
　痕垂淚粉，羅袂拂胡塵。爲得胡中曲，還悲遠嫁人。〔註6〕

此詩寫昭君出塞，飛渡萬里的情景；前段敘思漢情切，以致將天山皚
皚白雪，誤作上苑春光。後段寫滿面淚痕，妝粉盡落，加上胡沙撲人，
舉袂拂之不去，昭君心情的悲怨，實可想見，其中「爲得胡中曲，還
悲遠嫁人」一句，言外之意，似指漢室爲消弭胡禍，竟然令一弱女子
遠嫁和親，造成昭君終生的悲恨。

　　作者張文琮，約爲唐太宗貞觀十四年（640）左右的人，喜好寫
書，筆不釋手。貞觀中，爲侍書御史，而後三遷亳州刺史。永徽中，
獻文皇帝頌，優制褒美，拜戶部侍郎。又因房遺愛謀反事，文琮坐其
從母弟，出爲建州刺史。〔註7〕此〈昭君詞〉，或爲文琮被貶之時的作
品，借昭君出塞之恨，以寄託自身的遭遇。

（二）〈王昭君〉

作者爲上官儀。詩云：

　　玉關春色晚，金河路幾千。琴悲桂條上，笛怨柳花前。霧
　掩臨妝月，風驚入鬢蟬。緘書待還使，淚盡白雲天。〔註8〕

此詩先寫出塞路途的遙遠。次以琴曲、羌笛見其悲怨。再以胡地風沙
之毒，損人容華。情景交融，意境淒涼。末句殷切企盼漢使的回音，
卻久久不至，只得遙望雲天，眼淚流盡，胡地的愁情，溢於辭外。

　　作者上官儀，貞觀年間，十分貴顯。擅於寫詩，風格綺錯婉媚，

　　論文集》。
〔註5〕昭君詩內容分析，主要參考葉婉之《昭君詩評》，作者生卒年及部分
　　　史實，則參考評正壁《中國文學家大辭典》。
〔註6〕《全唐詩》卷一九。
〔註7〕《新唐書》卷一一三〈張文琮傳〉。
〔註8〕《全唐詩》卷一九、卷四〇。

爲時人仿傚的對象，稱爲「上官體」。麟德元年（664），坐梁王忠事而下獄死。《新唐書》詳載其得禍的始末：

> 初，武后得志，遂牽制帝，專威福，帝不能堪；又引道士行厭勝，中人王伏勝發之。帝因大怒，將廢爲庶人，召儀與議。儀曰：「皇后專恣，海內失望，宜廢之以順人心。」帝使草詔。左右奔告后，后自申訴，帝乃悔；又恐后怨恚，乃曰：「上官儀教我。」后由是深惡儀。始，忠爲陳王時，儀爲諮議，與王伏勝同府。至是，許敬宗構儀與忠謀大逆，后志也。自褚遂良等元老大臣相次屠覆，公卿莫敢正議，獨儀納忠，禍又不旋踵，由是天下之政歸於后，而帝拱手矣。〔註9〕

貴顯如上官儀者，終不免於遭禍，何況是王昭君一介弱女子？

（三）〈昭君怨〉

作者爲盧照鄰。詩云：

> 合殿恩中絕，交河使漸稀。肝腸辭玉輦，形影向金微。漢地草應綠，胡庭沙正飛。願逐三秋雁，年年一度歸。〔註10〕

此詩首聯敍出塞前後，漢王的寡恩。次聯追寫辭宮離鄉的心情。末二聯以今昔胡漢景物的不同，引出其身在異邦，心繫漢室，惟願隨三秋鴻雁，年年一度南歸的思念。

作者盧照鄰，約爲唐太宗貞觀至高宗永隆年間的人。鄧王十分愛重，並云：「此吾之相如。」後因病去官，加上遭逢父喪，病情更加惡化，竟至一手殘廢。經過多年重病的折磨，以自己爲無用之人，作〈五悲文〉表明心跡，與親友訣別後，自沈穎水而死。〔註11〕

（四）〈王昭君〉

作者爲宋之問（一作沈佺期）。詩云：

> 非君惜鸞殿，非妾妒娥眉。薄命由驕虜，無情是畫師。

〔註9〕《新唐書》卷一○五〈上官儀傳〉。
〔註10〕《全唐詩》卷一九、卷四二。
〔註11〕《新唐書》卷二○一〈文藝上・盧照鄰傳〉。

　　嫁來胡地日，不並漢宮時。辛苦無聊賴，何堪上馬辭。

〔註12〕

此詩前段怨生不逢時，薄命所由並非君王與自己的過失，而是驕虜難
制，欲謀和親，加上畫師貪賄，圖形失眞所造成。後段寫嫁到胡地，
景物皆惡，不如當年居漢的景況，於是追憶上馬辭去、依依難捨的情
形。

　　此詩作者一說宋之問，一說沈佺期，二人生年都不詳，但均卒於
玄宗先天、開元年間。宋之問相貌奇偉，善於雄辯，又工於作詩，然
而爲人無行，先後傾心媚附張易之兄弟、太平公主、安樂公主等人。
中宗、睿宗時，因狡猾險惡而被流放，後竟賜死於桂州，自殺身亡。〔註
13〕沈佺期，工於五言，與宋之問齊名，人稱「沈宋」，爲人也善於諂
媚阿諛，曾受贓被劾而流放，後又出任中書舍人、太子少詹事等官。
與宋之問均有文集十卷傳於世。〔註14〕

（五）〈昭君怨二首之一〉

　　作者爲董思恭（一作董初），詩云：

　　新年猶尚小，那堪遠聘秦。裾衫霑馬汗，眉黛染胡塵。
　　舉眼無相識，路逢皆異人。唯有梅將李，猶帶故鄉春。

〔註15〕

此詩首段寫昭君年小，不堪行役的勞苦，致使馬汗沾污衣衫，胡塵染
滿眉黛。後段寫孤苦的心境，以道出思鄉的情切，可謂情景交融。

　　此詩作者一說董思恭，一說董初。後者生平無可考。前者事蹟，
見於《舊唐書》卷一九○〈文苑傳〉，其文記載：

　　董思恭者，蘇州吳人。所著篇詠，甚爲時人所重。初爲右
　　史，知考功舉事，坐預泄問目，配流嶺表而死。

由此可以推知他的學識極受推崇，不過卻坐事流死嶺表，甚爲可惜。

〔註12〕《全唐詩》卷一九、卷五二、卷九六。
〔註13〕《新唐書》卷二○二〈文藝中・宋之問傳〉。
〔註14〕《新唐書》卷二○二〈文藝中・沈佺期傳〉。
〔註15〕《全唐詩》卷六三、卷七七○。

（六）〈昭君怨二首之二〉

作者亦爲董思恭。詩云：

> 琵琶馬上彈，行路曲中難。漢月正南遠，燕山直北寒。
> 髻鬟風拂亂，眉黛雪霑殘，斜酌紅顏改，徒勞握鏡看。

〔註16〕

此詩以跨鞍出塞爲主。前段寫昭君行路艱難，漸去漸遠的景況。後段寫其行役勞苦而容飾敗落，但因心情悲怨，根本無心梳理，呈現極度哀絕之情。

（七）〈王昭君三首之一〉

作者爲郭元振。詩云：

> 自嫁單于國，長銜漢扴悲。
> 容顏日憔悴，有甚畫圖時。〔註17〕

此詩的重點在於「銜悲」二字，寫昭君遠嫁匈奴，愁苦摧心，致使容顏憔悴，較失眞的圖形，還無顏色，正適以反映昭君居胡的悲怨。

作者郭元振，生於唐高宗顯慶元年（656），卒於玄宗開元元年（713）。其人任俠使氣，不以細務介意。拜涼州都督，設和戎城及白亭軍，拓境一千五百里。又善於撫御，治理涼州五年，牛羊被野，路不拾遺，使夷夏畏慕；每上疏奏吐蕃、突厥等事，有功於國。中宗神龍以後，互有遷起。玄宗講武驪山，因軍容不整而流於新州。後雖起爲饒州司馬，而病卒於道，年五十八。《新唐書》有贊曰：

> 元振功顯節完，一跌未復，世恨其蚤殞云。〔註18〕

由此足見其被人崇仰的情況，甚至蠻夷酋長也十分慕服。尤其治理西土邊界，防禦虜寇，貢獻甚大。其所作王昭君詩，共有三首，或爲元振久處邊界，周旋外族，所發出的感懷之作。以下即略述另二首作品。

（八）〈王昭君三首之二〉

〔註16〕《全唐詩》卷一九、卷六三。
〔註17〕《全唐詩》卷一九、卷六六。
〔註18〕《新唐書》卷一二二〈郭元振傳〉。

作者亦爲郭元振。詩云：

　　厭踐冰霜域，嗟爲邊塞人。

　　思從漢南獵，一見漢家塵。〔註19〕

漢北多有冰霜，氣候酷寒，昭君無奈奉君命和親，成爲塞外之人。然而思漢心切，只盼能跟隨單于往漢南出獵，得見故土的塵埃，也可以聊慰鄉愁。此詩用語淺顯，而情意深長。

（九）〈王昭君三首之三〉

作者亦爲郭元振。詩云：

　　聞有南河信，傳聞殺畫師。

　　始知君惠重，更遣畫蛾眉。〔註20〕

此詩借「斬畫師」一事，以描寫昭君心情的轉變。因女爲悅己者容，當時和親，誤以爲漢帝無情，一任自己容華的憔悴。直到傳聞帝斬畫工，才覺得君恩深重，於是復上妝台，以示不負使命。

（一〇）〈王昭君〉

作者爲駱賓王。詩云：

　　斂容辭豹尾，緘怨度龍麟。金鈿明漢月，玉箸染胡塵。

　　妝鏡菱花暗，愁眉柳葉嚬。惟有清笳曲，時聞芳樹春。

〔註21〕

此詩先寫辭宮含怨的心情。次言金鈿明亮，猶如漢月，然而昭君卻身入異域，不禁淚灑胡塵。因悲怨難以排遣，也無心修飾自己，只有愁眉深鎖。末聯寫思漢之情，惟有寄語胡笳之曲，聊以自慰而已。

　　作者駱賓王，生卒年不詳，約爲唐高宗永隆年間的人。七歲能賦詩，尤工於五言。曾作〈帝京篇〉，當時以爲絕唱。武后時，屢次上書建議國事，卻左遷爲臨海丞，於是怏怏失志，罷官而去。徐敬業舉義時，駱賓王爲其草檄，斥武后罪狀。武后讀之，感嘆宰相爲何不羅致此人？後徐敬業敗死，駱賓王亦不知逃往何方。中宗時，得其文數

〔註19〕《全唐詩》卷一九、卷六六。

〔註20〕同上。

〔註21〕《全唐詩》卷一九、卷七八。

百篇，集成十卷。〔註22〕

（一一）〈王昭君三首之一〉

作者爲東方虬。詩云：

　漢道初全盛，朝廷足武臣。

　何須薄命妾，辛苦遠和親。〔註23〕

此爲諷刺詩，寫大漢全盛之時，不以武將衛土，而竟犧牲薄命的女子，換得邊境的安綏。言下之意，是借昭君的哀怨，以反問和親政策的可恥。

作者東方虬，約爲武后時代的人，曾說百年後可與西門豹作對。陳子昂寄東方左史修竹篇書，稱讚其孤桐篇骨氣端翔，音韻頓挫。然而今已失傳。存詩四首。〔註24〕其中三首爲王昭君詩。茲再略述以下二首。

（一二）〈王昭君三首之二〉

作者亦爲東方虬。詩云：

　掩涕辭丹鳳，銜悲向白龍。

　單于浪驚喜，無復舊時容。〔註25〕

此詩寫昭君出塞時憂傷憔悴，已無復當年容色，而單于仍然驚喜不已。言昭君姿色極美，如王荊公詩所云「低徊顧影無顏色，尚得君王不自持」的情景。

（一三）〈王昭君三首之三〉

作者亦爲東方虬。詩云：

　胡地無花草，春來不似春。

　自然衣帶緩，非是爲腰身。〔註26〕

此詩敘昭君入胡所見，均異於中土，毫無春色。再者離鄉去國，內心已苦，二者交逼，使得腰身自然瘦減，衣帶自然寬緩，並不是眞有意

〔註22〕《舊唐書》卷一九〇上〈駱賓王傳〉。

〔註23〕《全唐詩》卷一九、卷一〇〇。

〔註24〕《全唐詩》卷一〇〇。

〔註25〕《全唐詩》卷一九、卷一〇〇。

〔註26〕同上。

於細腰。可謂辭淺意深。

（一四）〈王昭君〉（一作吟歎曲）

作者爲崔國輔。詩云：

　　漢使南還盡，胡中妾獨存。

　　紫臺綿望絕，秋草不堪論。〔註27〕

此詩先寫胡地僅其一漢人，極度孤單。後以漢宮難見的悲懷，寄託於秋草萋萋的琴曲，以見其思漢情切。

作者崔國輔，生卒年不詳，約爲玄宗開元、天寶年間的人。詩文婉變清楚，深宜諷詠。開元中舉縣令，遷集賢直學士、禮部員外郎。天寶年間，坐事王銑近親，貶竟陵司馬，存詩一卷。〔註28〕其所作〈王昭君詩〉共有二首，茲再略述另一首。

（一五）〈王昭君〉

作者亦爲崔國輔。詩云：

　　一回望月一回悲，望月月移人不移。

　　何時得見漢朝使，爲妾傳書斬畫師。〔註29〕

此詩前段以人月並寫，以月移轉出人的不移，兩相映襯，寫盡昭君思漢的悲情。後段怨畫師的貪賄，因此日盼漢使到來，爲其傳書以斬畫師。昭君怨恨之情，表露無遺。

（一六）〈昭君怨〉

作者爲顧昭陽。詩云：

　　莫將鉛粉匣，不用鏡花光。一去邊城路，何情更畫妝。

　　影銷胡地月，衣盡漢宮香。妾死非關命，都緣怨斷腸。

　　〔註30〕

此詩先寫昭君出塞，無心妝扮，從此影隨胡月而消失，衣上所染的漢宮香氣也將散盡。再敘其身死異域，實是哀怨斷腸的緣故，借此以向

〔註27〕《全唐詩》卷一九、卷一一九。
〔註28〕《唐才子傳》卷二。
〔註29〕《全唐詩》卷一九、卷一一九。
〔註30〕《全唐詩》卷一九、卷一二四。

漢王訴情。

　　作者顧朝陽，爲開元中人，僅有〈昭君怨〉一首傳世。〔註31〕

　　（一七）〈明妃曲四首之一〉

　　作者爲儲光羲。詩云：

　　　西行隴上泣胡天，南向雲中指渭川。

　　　毳幕夜來時宛轉，何由得似漢王邊。〔註32〕

此詩前段寫昭君辭漢出塞的情景。後段則借其夜幕低垂，輾轉難眠的描述，以表達居胡思漢的心緒。

　　作者儲光羲，有〈明妃曲〉四首傳世，此爲其中之一。其人事蹟見載於《唐才子傳》卷一，其文云：

　　　光羲，兗州人。開元十四年（726）嚴迪榜進士。有詔中書試文章。嘗爲監察御史。值安祿山陷長安，輒受僞署，賊平後自歸，貶死嶺南。工詩，格高調逸，趣遠情深，削盡常言。挾風雅之道，養浩然之氣，覽者猶聽韶濩音，先洗桑濮耳，庶幾乎賞音也。有集七十卷、《正論》十五卷、《九經分義疏》廿卷，並傳。

由此可見其名氣之大，往往凌駕其他才俊之上，卓然有賢者的風範。然而竟遭安史之亂，貶死於嶺南。生不逢時之遭際，實類於王昭君。以下再述其另外三首〈明妃曲〉。

　　（一八）〈明妃曲四首之二〉

　　作者亦爲儲光羲。詩云：

　　　胡王知妾不勝悲，樂府皆傳漢國辭。

　　　朝來馬上箜篌引，稍似宮中閒夜時。〔註33〕

此詩述昭君入胡後的生活。前段寫胡王憐惜昭君悲怨的情緒，爲傳漢國樂府辭。後段箜篌引之樂曲，可稍慰其思漢之情。

　　（一九）〈明妃曲四首之三〉

〔註31〕《唐詩紀事》卷二四。

〔註32〕《全唐詩》卷一三九。

〔註33〕同上。

作者亦為儲光羲。詩云：

> 日暮驚沙亂雪飛，傍人相勸易羅衣。
>
> 強來前殿看歌舞，共待單于夜獵歸。〔註34〕

此詩亦寫昭君居胡的生活。胡人對其十分照拂，但昭君總覺居非漢地，不如故國之親。因此只得人前強作歡笑，等待單于的夜獵歸來。此反襯出昭君的愁苦無聊。

（二〇）〈明妃曲四首之四〉

作者亦為儲光羲。詩云：

> 彩騎雙雙引寶車，羌笛兩兩奏胡笳。
>
> 若為別得橫橋路，莫隱宮中玉樹花。〔註35〕

此詩述昭君辭漢入胡的情景。前段描述當時和親的禮儀，胡笳聲增添悲怨。後段言此去歸漢已無期，則莫再追憶過去漢宮的種種，以免徒留傷悲。

（二一）〈昭君墓〉

作者為常建。詩云：

> 漢宮豈不死，異域傷獨沒。萬里馱黃金，蛾眉為枯骨。
>
> 迴車夜出塞，立馬皆不發。共恨丹青人，墳上哭明月。
>
> 〔註36〕

此詩以哀憐紅顏為主。前段寫昭君遠嫁和親，卻葬身異域。後段借立馬不發的景況，以反映昭君出塞依依不捨之情，而今哭墳於此，亦為其容華失真而憤恨不平。

作者常建，生卒年不詳，玄宗開元十五年（727）登科。大曆中，授以盱眙尉。仕途不如意，於是放浪琴酒。而後寓居鄂渚，招王昌齡、張僨同隱。《唐才子傳》悲其遭遇云：

> 古稱高才而無貴仕，誠哉是言。曩劉楨死於文學，鮑照卒於參軍，今建亦淪於一尉，悲夫！建屬思既精，詞亦警絕，

〔註34〕《全唐詩》卷一九、卷一三九。

〔註35〕《全唐詩》卷一三九。

〔註36〕《全唐詩》卷一四四。

似初發通莊，卻尋野徑，百里之外，方歸大道，旨遠典僻，
能論意表，可謂一倡而三歎矣。〔註37〕

其讚歎如此，足見常建文詞的精絕。

（二二）〈塞下曲四首之四〉

作者亦爲常建。詩云：

因嫁單于怨在邊，蛾眉萬古葬胡天。
漢家此去三千里，青冢常無草木煙。〔註38〕

此詩先寫昭君和親，含怨而死。再以青冢荒涼的景色，襯托其死後，
仍不得歸葬的孤寂。

（二三）〈王昭君〉

作者爲劉長卿。詩云：

自矜妖豔色，不顧丹青人。那知粉繢能相負，卻使容華翻
誤身。上馬辭君嫁驕虜，玉顏對人啼不語。北風雁急浮清
秋，萬里獨見黃河流。纖腰不復漢宮寵，雙蛾長向胡天愁。
琵琶弦中苦調多，蕭蕭羌笛聲相和。可憐一曲傳樂府，能
使千秋傷綺羅。〔註39〕

此詩前四句揭出薄命所由，全因容華而起。以下寫出塞和親事，兼述
悲涼之景與昭君悲傷之情。末句專就琵琶而言，以爲世間如有知音
者，雖經過千年之後，也能夠體會昭君的心情，感歎其身世的坎坷，
其一生哀怨，惟有託於琵琶而已。

作者劉長卿，爲開元年間進士，後爲轉運使判官。鄂岳觀察使吳
仲儒誣奏，使其入獄姑蘇，貶爲潘州南巴尉。有爲其辯白者，長卿才
貶爲睦州司馬，而終於隨州刺史。權德輿稱其詩爲「五言長城」，可
見其文才。〔註40〕此王昭君詩，述其因畫師的貪賄，造成終生遭際的
坎坷，而長卿性剛多忤，以致被誣陷，豈不同爲天涯淪落之人？或即

〔註37〕《唐才子傳》卷二。
〔註38〕《全唐詩》卷一四四。
〔註39〕《全唐詩》卷一九、卷一五一。
〔註40〕《唐才子傳》卷二。

爲此而賦詩詠懷，以明其志。

（二四）〈王昭君二首之一〉

作者爲李白。詩云：

> 漢家秦地月，流影照明妃。一上玉關道，天涯去不歸。漢
> 月還從東海出，明妃西嫁無來日。燕支長寒雪作花，蛾眉
> 憔悴沒胡沙。生乏黃金枉圖畫，死留青冢使人嗟。〔註41〕

此詩前段寫昭君西嫁，永無歸期，而以月能復出，人卻永無歸期，道
出人不如月的悲怨。後段歎昭君際遇的不幸，只因不賄畫工，以致埋
骨胡沙，徒令後人嗟傷而已。

作者李白，生於唐武后長安元年（701），卒於肅宗寶應元年
（762）。〔註42〕少有逸才，志氣宏放，益州長史蘇頲以爲其天才英
特，可比司馬相如。天寶初，至長安往見賀知章，被嘆爲謫仙，而
得以上見唐玄宗。召爲翰林供奉，帝甚愛其才。但李白爲人狂放不
羈，徒恃文才，而無緣於仕途，遭遇頗爲坎坷，《新唐書・李白傳》
云：

> 白常侍帝，醉，使高力士脫靴。力士素貴，恥之，摘其詩
> 以激楊貴妃。帝欲官白，妃輒沮止。白自知不爲親近所容，
> 益驚放不自脩……懇求還山，帝賜金放還。……安祿山
> 反，轉側宿松、匡盧間，永王璘辟爲府僚佐，璘起兵……
> 敗，當誅。……子儀請解官以贖，有詔長流夜郎。會赦，
> 還尋陽，坐事下獄。……代宗立，以左拾遺召，而白已卒，
> 年六十餘。〔註43〕

由此足見李白命運的乖舛，實與美人相同：昭君有國色，李白有奇才；
昭君不以賄賂求幸，李白也未曾以貨財求達；昭君西嫁，是受畫師貪賄
所致，李白不遇，亦受權臣寵妾的阻撓。所以此〈王昭君〉詩，雖明寫

〔註41〕《全唐詩》卷一九、卷一六三。

〔註42〕李白生卒年有二說，一生於唐武后長安元年，卒於肅宗寶應元年，
　　　　此說見於《歷代名人年譜》。一生於聖曆二年，卒於寶應元年，此說
　　　　爲《疑年錄》據曾鞏〈太白詩集序〉所言。今從前說。

〔註43〕《新唐書》卷二〇二〈文藝中・李白傳〉。

其怨，或許也暗喻自己的悲淒。茲再略述李白另一首〈王昭君〉詩。

（二五）〈王昭君二首之二〉

作者亦爲李白。詩云：

> 昭君拂玉鞍，上馬啼紅頰。
>
> 今日漢宮人，明朝胡地妾。〔註44〕

此詩歎昭君際遇的不幸，以上國的宮嬪，而爲胡地的侍妾。似歎世事變化無常，白雲蒼狗，瞬息萬異，正如自己命運的多變，亦寄託遙深。

（二六）〈詠懷古跡五首之三〉

作者爲杜甫。詩云：

> 群山萬壑赴荊門，生長明妃尚有村。一去紫臺連朔漠，獨留青冢向黃昏。畫圖省識春風面，環珮空歸月夜魂。千載琵琶作胡語，分明怨恨曲中論。〔註45〕

此詩前段寫明妃一生事蹟，賅舉始末，言其空以美色入宮，生於漢朝卻歿於塞外，身世飄零，令人爲之傷悲。後段轉寫昭君的怨恨，寄於琵琶，雖爲千載上的胡曲，但知音者聽來，猶如見其面訴不平之憤。

作者杜甫，爲杜審言之孫。生於唐睿宗先天元年（712），卒於代宗大曆五年（770），年五十九。年少貧困，客居吳越齊趙之間。李邕奇其才而往見之，然舉進士不第。天寶末年，獻〈三大禮賦〉，授京兆府兵曹參軍。但因遭安史之亂而顛沛流離。《新唐書·杜甫傳》云：

> 會祿山亂，天子入蜀，甫避走三川。肅宗立，自鄜州羸服欲奔行在，爲賊所得。至德二年，亡走鳳翔上謁，拜右拾遺。與房琯爲布衣交，琯時敗陳濤斜，又以客董廷蘭，罷宰相。甫上疏言……然帝自是不甚省錄。時所在寇奪，甫家寓鄜，彌年艱窶，孺弱至餓死，因許甫自往省視。從還京師，出爲華州司功參軍。關輔饑，輒棄官去，客秦州，負薪採橡栗自給。流落劍南，結廬成都西郭。召補京兆功曹參軍，不至。

〔註44〕《全唐詩》卷一九、卷一六三。
〔註45〕《全唐詩》卷二三〇。

會嚴武節度劍南東、西川，往依焉。武再帥劍南，表爲參謀，檢校工部員外郎。武以世舊，待甫甚善，親入其家。甫見之，或時不巾，而性褊躁傲誕，嘗醉登武床，瞪視曰：「嚴挺之乃有此兒！」武亦暴猛，外若不爲忤，中銜之。一日欲殺甫及梓州刺史章彝，集吏於門。武將出，冠鉤于簾三，左右白其母，奔救得止，獨殺彝。武卒，崔旰等亂，甫往來梓、夔間。大曆中，出瞿唐，下江陵，泝沅、湘以登衡山，因客耒陽。游嶽祠，大水遽至，涉旬不得食，縣令具舟迎之，乃得還。令嘗饋牛炙白酒，大醉，一昔卒，年五十九。甫曠放不自檢，好論天下大事，高而不切。少與李白齊名，時號「李杜」。嘗從白及高適過汴州，酒酣登吹臺，慷慨懷古，人莫測也。數嘗寇亂，挺節無所汙，爲歌詩，傷時撓弱，情不忘君，人憐其忠云。〔註46〕

以上所述，先言其際遇的坎坷，次言其詩作的偉大。由此詠懷古跡詩觀之，全詩純敘昭君，不著一字議論，但語意深長。其寫昭君的怨恨，或亦即寫自己的怨恨，不見重於當世，寂寥終身而已。其用字遣詞，精煉且深刻，無怪乎爲唐代集大成之詩人。

（二七）〈巫山之陽香谿之陰明妃神女舊跡存焉〉

作者爲蔣洌。詩云：

　　神女歸巫峽，明妃入漢宮。擣衣餘石在，薦枕舊臺空。行
　　　雨有時度，谿流何日窮。至今詞賦裡，悽愴寫遺風。〔註47〕

此詩述昭君舊跡的存在，使人緬懷其當年入漢宮、出塞和親的事蹟。因此雖歷經時光的流轉，卻仍然能爲詩人墨客詠懷不已。

作者蔣洌，生卒年不詳。爲儀鳳中宰相高智周的外孫，第進士、考功員外郎，終於尙書左丞。存詩七首。〔註48〕

（二八）〈王昭君〉（一作昭君怨）

作者爲僧皎然。詩云：

〔註46〕《新唐書》卷二○一〈文藝上・杜甫傳〉。
〔註47〕《全唐詩》卷二五八。
〔註48〕同上。

自倚嬋娟望主恩，誰知美惡忽相翻。

黃金不買漢宮貌，青冢空埋胡地魂。〔註49〕

此詩先寫昭君雖美，然而世事無常，美惡相翻，以致有出塞之事。末句寫其因不願賄賂畫工，而成青冢埋魂的憾恨，全詩出以含蓄蘊藉的筆調，亦寄託深刻。

作者皎然，姓謝，字清晝，爲謝靈運十世孫。生卒年不詳，約爲唐肅宗上元年間的人。居於杼山，文章俊麗，與顏眞卿、韋應物往來酬唱。貞元中，敕寫其文集，入於秘閣。存詩七卷。〔註50〕

（二九）〈昭君詞〉

作者爲戴叔倫。詩云：

漢宮若遠近，路在沙塞上。

到死不得歸，何人共南望。〔註51〕

此詩先寫昭君出塞，回望漢宮，若近若遠，永不得見，所行只是寒塞的路途。再寫到死不得歸，以轉出「何人共南望」，見其念漢思歸的心緒，孤寂悲涼。

作者戴叔倫，生於唐玄宗開元廿年（732），卒於德宗貞元五年（789），年五十八。《新唐書》卷一四三〈戴叔倫傳〉云：

戴叔倫字幼公，潤州金壇人。師事蕭穎士，爲門人冠。劉晏管鹽鐵，表主運湖南，至雲安，楊子琳反，馳客劫之曰：「歸我金幣，可緩死。」叔倫曰：「身可殺，財不可奪。」乃捨之。嗣曹王皋領湖南、江西，表在幕府。皋討李希烈，留叔倫領府事，試守撫州刺史。民歲爭溉灌，爲作均水法，俗便利之。耕餉歲廣，獄無繫囚。俄即眞。期年，詔書襃美，封譙縣男，加金紫服。

（三〇）〈昭君詞〉

作者亦爲戴叔倫。詩云：

〔註49〕《全唐詩》卷一九、卷八二〇。

〔註50〕《全唐詩》卷八一五。

〔註51〕《全唐詩》卷一九、卷二七四。

　　　　漢家宮闕夢中歸，幾度氈房淚溼衣。

　　　　惆悵不如邊雁影，秋風猶得向南飛。〔註52〕

前段寫昭君夢中思歸，醒來卻是一場空，不禁潸然淚下。後段以邊雁
對照昭君，一可年年隨秋風南飛，一則終老異域，人實不如雁也。

　　（三一）〈昭君詞〉

　　作者爲李端。詩云：

　　　　李陵初送子卿回，漢月明明照帳來。

　　　　憶著長安舊遊處，千門萬戶玉樓臺。〔註53〕

此詩先寫李陵送歸蘇武事，言其羈胡多年，仍得生歸，而昭君嫁後，
永居胡地。下以追憶長安，見其思漢心切，反襯出胡地景色淒涼不堪。

　　作者李端，生卒年不詳。約爲唐德宗貞元元年（785）前後在世。
大曆五年（770）進士。與盧綸、吉中孚、韓翃、錢起、司空曙、苗
發、崔峒、耿湋、夏侯審唱和，號爲「大曆十才子」。曾經客於駙馬
郭曖府第，賦詩冠於其他坐客。初授校書郎，後移疾於江南，官杭州
司馬而卒。〔註54〕

　　（三二）〈明妃怨〉

　　作者爲楊凌（一說楊達）。詩云：

　　　　漢國明妃去不還，馬馱絃管向陰山。

　　　　匣中縱有菱花鏡，羞對單于照舊顏。〔註55〕

前二句寫昭君出塞，一去不歸。後二句寫昭君心情惡劣，無心再照舊
容。

　　此詩作者，一說楊凌，一說楊達。後者生平不詳。前者楊凌，字
恭履。生卒年不詳，約爲唐德宗貞元年間的人。年少以篇什著聲，官
終於侍御史。存詩一卷。〔註56〕

〔註52〕《全唐詩》卷二七四。

〔註53〕《全唐詩》卷一九、卷二八六。

〔註54〕《全唐詩》卷二八四。

〔註55〕《全唐詩》卷二三、卷二九一、卷七七六。

〔註56〕《全唐詩》卷二九一。

（三三）〈王昭君〉

作者爲令狐楚。詩云：

　　錦車天外去，毳幕雲中開。

　　魏闕蒼龍遠，蕭關赤雁哀。〔註57〕

此詩前段寫昭君出塞，錦車離宮，行向胡地，對句十分工整。後段寫
其心情，距故國已遠，聞雁聲愈覺悲哀。以胡漢對寫，融情入景。

　　作者令狐楚，生於唐代宗大曆元年（766），卒於文宗開成二年
（837）。生五歲，能寫辭章，貞元中及第。德宗召授右拾遺。憲宗至
敬宗年間，數度遭貶。文宗開成元年（836），上疏辭位，拜山南西道
節度使。有集一百三十卷，詩一卷傳世。〔註58〕

（三四）〈王昭君〉

作者爲張仲素。詩云：

　　仙娥今下嫁，驕子自同和。

　　劍戟歸田盡，牛羊繞塞多。〔註59〕

此詩寫昭君下嫁匈奴，單于無復南侵。漢胡息兵，解甲歸田，而胡兒
則南入邊塞，放牧牛羊。

　　作者張仲素，字繪之。生卒年不詳，約唐德宗至憲宗時代在世。
貞元十四年（798）進士。後遷司勳員外郎，除翰林學士。憲宗時，
拜中書舍人。存詩一卷。〔註60〕

（三五）〈青冢〉

作者爲白居易。詩云：

　　上有飢鷹號，下有枯蓬走。茫茫邊雪裡，一掬沙培塿。

　　傳是昭君墓，埋閉蛾眉久。凝脂化爲泥，鉛黛復何有。

　　唯有陰怨氣，時生墳左右。鬱鬱如苦霧，不隨骨銷朽。

　　婦人無他才，榮枯繫妍否。何乃明妃命，獨懸畫工手。

〔註57〕《全唐詩》卷一九、卷三三四。

〔註58〕《新唐書》卷一六六〈令狐楚傳〉。

〔註59〕《全唐詩》卷一九、卷三六七。

〔註60〕《唐才子傳》卷五。

丹青一註誤，白黑相紛糾。遂使君眼中，西施作嫫母。

同儕傾寵幸，異類爲配偶。禍福安可知，美顏不如醜。

何言一時事，可戒千年後。特報後來姝，不須倚眉首。

無辭插荊釵，嫁作貧家婦。不見青冢上，行人爲澆酒。〔註61〕

此詩前四句描寫青冢的景象，次四句述昭君死後的情狀，其容華鉛黛均不復存在。以下四句並述其哀怨，不隨屍骨而消散殆盡。接著由怨轉出昭君一生的際遇，言其貌妍，卻下嫁單于，此丹青之誣，使其因貌美而得禍。由此以鑑往知來，勸後世佳人，勿重蹈覆轍，不如嫁入貧門，安度一生。最後再點題目，以慨感作結。

作者白居易，生於唐代宗大曆七年（772），卒於武宗會昌六年（846）。〔註62〕敏悟絕人，文章精切，尤工於詩，平易近人，老嫗都解。與元稹、劉禹錫齊名，號「元白」、「劉白」。貞元中，擢進士第，補校書郎。然仕途坎坷，自憲宗至武宗時代，多次被貶。《新唐書》卷一一九〈白居易傳〉云：

居易被遇憲宗時，事無不言，漸剔抉摩，多見聽可，然爲當路所忌，遂擯斥，所蘊不能施，乃放意文酒。既復用，又皆幼君，偓僁益不合，居官輒病去，遂無立功名意。與弟行簡、從祖弟敏中友愛。東都所居履道里，疏沼種樹，構石樓香山，鑿八節灘，自號醉吟先生，爲之傳。暮節惑浮屠道尤甚，至經月不食葷，稱香山居士。嘗與胡杲、吉旼、鄭據、劉眞、盧眞、張渾、狄兼謨、盧貞燕集，皆高年不事者，人慕之，繪爲〈九老圖〉。……贊曰：觀居易始以直道奮，在天子前爭安危，冀以立功，雖中被斥，晚益不衰。當宗閔時，權勢震赫，終不附離爲進取計，完節自高。而積中道徼險得宰相，名望溘望。嗚呼，居易其賢哉！

由此可見居易屢以忠鯁遭擯，由於命運乖舛，仕途不順，常爲遊賞之

〔註61〕《全唐詩》卷四二五。

〔註62〕白居易卒年有二說，一卒於唐武宗會昌六年，此說乃《疑年錄》據《新唐書》、《唐詩紀事》及李義山撰墓碑之文。一卒於宣宗大中元年，此說見於《舊唐書》。今從前說。

樂，縱酒賦詩，因此頗多傳世之作，上述〈青冢詩〉即是。以下再略述另外三首有關王昭君詩的作品。

（三六）〈過昭君村〉

作者亦爲白居易。詩云：

> 靈珠產無種，彩雲出無根。亦如彼妹子，生此遐陋村。
> 至麗物難掩，遽選入君門。獨美眾所嫉，終棄出塞垣。
> 唯此希代色，豈無一顧恩。事排勢須去，不得由至尊。
> 白黑既可變，丹青何足論。竟埋代北骨，不返巴東魂。
> 慘澹晚雲水，依稀舊鄉園。妍姿化已久，但有村名存。
> 村中有遺老，指點爲我言。不取往者戒，恐貽來者冤。
> 至今村女面，燒灼成瘢痕。〔註63〕

此詩前段寫昭君的生平。首四句以靈珠彩雲，比喻昭君的美，謂天下至麗者，常出於偏陋隱遠的地方。下四句寫昭君入宮被嫉，而棄於塞外。下面二語頓挫，興起「事排勢須去」的感嘆，點出白黑可變的情形。後由昭君葬身異域，竟不能埋骨歸鄉，轉入昭君村，並與前面「生此遐陋村」呼應。最後以村中遺老的言論，見昭君際遇的悲慘。因女子所重者爲容貌，而今村女寧使臉灼瘢痕，也不願重蹈覆轍，則昭君身世的可悲，足以令千古嗟傷，引爲鑑戒。

（三七）〈王昭君二首之一〉

作者亦爲白居易。詩云：

> 滿面胡沙滿鬢風，眉銷殘黛臉銷紅。
> 愁苦辛勤憔悴盡，如今卻似畫圖中。〔註64〕

前二句寫昭君因行役的勞苦，以致容顏憔悴。三、四句承上點出，而翻轉「如今卻似畫圖中」，即指過去圖形的失真，如今則已人如其圖。全詩用今昔真假對照的筆法，以容色落想，可謂意切情婉。

（三八）〈王昭君二首之二〉

作者亦爲白居易。詩云：

〔註63〕《全唐詩》卷四三四。
〔註64〕《全唐詩》卷一九、卷四三七。

漢使卻回憑寄語，黃金何日贖蛾眉。

君王若問妾顏色，莫道不如宮裡時。〔註65〕

此詩以昭君對漢使的傳語，見其心情。首句設漢使返朝，昭君留胡而託語，領起全詩。次句以「何日贖蛾眉」，見其思歸心切。末二句更重申對漢使的叮嚀，為恐色衰愛弛，被棄於胡，不令返國，由此足見昭君用心的良苦。《歸田詩話》評價此詩甚高，其文云：

> 詩人詠昭君者多矣。大篇短章，率敘其離愁別恨而已。惟樂天云：「漢使卻回憑寄語，黃金何日贖蛾眉？君王若問妾顏色，莫道不如宮裡時。」不言怨恨，而惓惓舊主，高過人遠甚。其與「漢恩自淺胡自深，人生樂在相知心」者異矣。〔註66〕

由上可見，此詩意深辭婉，委曲之情，見於言外。

（三九）〈昭君怨〉

作者亦為白居易。詩云：

> 明妃風貌最娉婷，合在椒房應四星。只得當年備宮掖，何曾專夜奉幃屏。見疏從道迷圖畫，知屈那教配虜庭。自是君恩薄如紙，不須一向恨丹青。〔註67〕

此詩前段寫昭君容貌極美，應獲帝王的寵幸，卻僅備於庭掖，已見其命薄的徵兆。五六句言其再遭圖畫失真，而有和蕃情事。最後點明命薄的主旨，以丹青之恨作結。

（四〇）〈昭君怨〉

作者為施肩吾。詩云：

> 馬上徒勞別恨深，總緣如玉不輸金。

> 已知賤妾無歸日，空荷君王有悔心。〔註68〕

此詩前段寫昭君出塞，徒勞君王別恨深深，因歸咎自己不賄畫工，以至於此。後段由自傷不歸，感念君王追悔之心，但已無補實際，徒留

〔註65〕同上。
〔註66〕《歷代詩話續編》下。
〔註67〕《全唐詩》卷二三、卷四三九。
〔註68〕《全唐詩》卷四九四。

悵惘。全詩存有感激,而無怨恨,具溫柔敦厚之詩教。

　　作者施肩吾,生卒年不詳,約爲唐憲宗、穆宗時代的人。元和年間登盧儲榜進士第,後歸隱於洪州的西山。爲詩奇麗,有《西山集》十卷。〔註69〕

　　(四一)〈解昭君怨〉

　　作者爲王叡。詩云:

　　　莫怨工人醜畫身,莫嫌明主遣和親。

　　　當時若不嫁胡虜,祇是宮中一舞人。〔註70〕

此詩以反面的事虛擬,勸昭君莫怨畫工醜其圖形,也莫恨君王遣其和蕃。因爲當初若不嫁於胡地,只是宮中一舞人,至死都將沒沒無聞。歷來多少佳麗,葬送一生幸福於後宮中,則其怨恨比昭君更深,是以爲昭君稱幸,亦爲後宮佳麗歎婉。

　　作者王叡,自號炙轂子。生卒年及生平事蹟均不詳,約唐文宗太和中前後在世。有集五卷,存詩九首。〔註71〕

　　(四二)〈賦昭君塚〉

　　作者爲張祐。〔註72〕詩云:

　　　萬里關山塚,明妃舊死心。恨爲秋色晚,愁結暮雲陰。

　　　夜切胡風起,天高漢月臨。已知無玉貌,何事送黃金。

　　　〔註73〕

前段由昭君塚的景色,寫昭君的心情,當初遣嫁不歸,心中十分悲絕。如今怨恨化作晚涼秋色,哀愁結爲暮雲濃陰。後段追寫在胡的情境,既已遣嫁匈奴,憔悴無復玉貌,君王又何必再送黃金,爲其贖身?可見昭君怨恨之深。

〔註69〕同上。

〔註70〕《全唐詩》卷五〇五。

〔註71〕同上。

〔註72〕張祐,《新唐書》、《全唐詩》作祐,《唐詩紀事》、《唐才子傳》作祜,此從前者。

〔註73〕《全唐詩》卷五一〇。

作者張祜，生年不詳，卒於唐宣宗大中年間。以宮詞得名。元和、長慶間，令狐楚表薦之。帝召問元稹評其詞藻上下，稹以「雕蟲小巧，壯夫不爲」對之，於是張祜寂寞而歸，爲詩自悼。後辟諸侯府，又多不合，自劾去。曾客淮南，愛丹陽曲阿地，築室隱居。存集十卷。〔註74〕其所作王昭君詩，共有三首，多述其恨，或與己身遭遇坎坷有關。茲再略述以下二首作品。

（四三）〈昭君怨二首之一〉

作者亦爲張祜。詩云：

> 萬里邊城遠，千山行路難。
> 舉頭惟見月，何處是長安。〔註75〕

前段先寫昭君出塞行路的艱苦，千山萬水，阻隔難行。再寫不見長安故城，明月當空，月仍爲一，而地卻相隔萬里，悲怨至極。

（四四）〈昭君怨二首之二〉

作者亦爲張祜。詩云：

> 漢庭無大議，戎虜幾先和。
> 莫羨傾城色，昭君恨最多。〔註76〕

此詩起首便譏諷漢庭，爲一堂堂大國，遇敵犯邊不謀抵禦，卻以女子和親，真是奇恥大辱。下以昭君事言女子縱有傾城的美貌，而如昭君遠嫁塞外，不如姿色平庸，安度一生。

（四五）〈聽王氏話歸州昭君廟〉

作者爲李遠。詩云：

> 獻之閒坐說歸州，曾到昭君廟裡遊。
> 自古行人多怨恨，至今鄉土盡風流。
> 泉如珠淚侵階滴，花似紅妝滿岸愁。
> 河畔猶殘翠眉樣，有時新月傍簾鉤。〔註77〕

〔註74〕《唐才子傳》卷六。
〔註75〕《全唐詩》卷二三、卷五一一。
〔註76〕同上。
〔註77〕《全唐詩》卷五一九。

起首先寫王獻之閒坐話歸州，曾到昭君廟中一遊，以點明題目。次言昭君抱怨恨以終，由其鄉土景物，可依稀見其風流之致。再以其地景物，比擬其人容貌，以見昭君的哀怨。末句又以新月比眉樣作結。

作者李遠，字求古（一作承古）。約爲文宗太和前後的人。歷忠、建、江三州刺史。終於御史中丞。存集一卷。〔註 78〕

（四六）〈青塚〉

作者爲杜牧。詩云：

　　青塚前頭隴水流，燕支山上暮雲秋。

　　蛾眉一墜窮泉路，夜夜孤魂月下愁。〔註 79〕

此詩先寫青冢所在的景色，令人倍覺荒涼寂寞。末寫昭君雖死，孤魂卻仍在月夜思漢，悲歎身世，足見其生前的哀愁孤絕。

作者杜牧，爲杜佑之孫。生於唐德宗貞元十九年（803），卒於宣宗大中六年（852）。善於屬文，太和二年（828），登進士第。又舉賢良方正。沈傳師表爲江西團練府巡官，又爲牛僧孺淮南節度府掌書記，擢爲監察御史。移疾分司東都，以弟顗病而棄官。復爲宣州團練判官、拜殿中侍御史內供奉。累遷左補闕、史館修撰。曾歷黃、池、睦三州刺史，入爲司勳員外郎。常兼史職。後拜考功郎中、知制誥，遷中書舍人而卒。其人剛直有奇氣，不拘小節，敢論列大事，指陳利弊。但因疏直惹出是非，而無背景支援。其詩情致豪邁，人稱「小杜」。有《樊川詩》四卷、《外集》詩一卷、《別集》詩一卷。〔註 80〕

（四七）〈王昭君〉

作者爲李商隱。詩云：

　　毛延壽畫欲通神，忍爲黃金不爲人。

〔註 78〕同上。

〔註 79〕《全唐詩》卷五二五。

〔註 80〕《新唐書》一六六〈杜牧傳〉。

　　　馬上琵琶行萬里，漢宮長有隔生春。〔註81〕

前段寫毛延壽爲一小人，貪求黃金，顛倒黑白，造成昭君終身的不幸。
後段寫昭君出塞，含悲銜恨，從此一生沒於胡塵，漢宮春色，如同隔
世，無緣再見。

　　作者李商隱，字義山。約生於貞元、元和年間，卒於大中、咸通
年間。幼能爲文，令狐楚深加禮遇。開成二年（837），擢進士第。然
而由於娶王茂元之女爲妻，牽連於牛李黨爭之中，仕途甚不得意，《新
唐書‧李商隱傳》云：

　　　王茂元鎮河陽，愛其才，表掌書記，以子妻之，得侍御史。
　　　茂元善李德裕，而牛、李黨人蚩謫商隱，以爲詭薄無行，
　　　共排笮之。茂元死，來游京師，久不調，更依桂管觀察使
　　　鄭亞府爲判官。亞謫循州，商隱從之，凡三年乃歸。亞亦
　　　德裕所善，綯以爲忘家恩，放利偷合，謝不通。京兆尹盧
　　　弘止表爲府參軍，典箋奏。綯當國，商隱歸窮自解，綯憾
　　　不置。弘止鎮徐州，表爲掌書記。久之，還朝，復干綯，
　　　乃補太學博士。柳仲郢節度劍南東川，辟判官，檢校工部
　　　員外郎。府罷，客滎陽，卒。〔註82〕

其仕途如此坎坷，《舊唐書》歸因於「無持操，恃才詭激，爲當塗者
所薄。名宦不進，坎壈終身。」〔註83〕然其文章瑰邁奇古，自成一格，
後學者，稱爲西崑體。有《樊南甲集》廿卷、《乙集》廿卷、《玉溪生
詩》三卷。〔註84〕

　　（四八）〈昭君〉

　　作者爲汪遵。詩云：

　　　漢家天子鎮寰瀛，塞北羌胡未罷兵。
　　　猛將謀臣徒自貴，蛾眉一笑塞塵清。〔註85〕

〔註81〕《全唐詩》卷一九、卷五四○。
〔註82〕《新唐書》卷二○三〈文藝下‧李商隱傳〉。
〔註83〕《舊唐書》卷一九○〈文苑下‧李商隱傳〉。
〔註84〕《唐才子傳》卷七。
〔註85〕《全唐詩》卷六○二。

前段寫漢天子鎮寰瀛，宇內臣服，然而塞北羌胡並未歸服，戰亂不息。
後段論猛將謀臣自覺位高顯貴，卻不能分擔國憂，尚須昭君一女子，
以美色綏靖邊塵，實爲一大諷刺。

作者汪遵，一作王遵，生卒年不詳，約唐僖宗乾符中前後在世。
初爲小吏，後辭役就貢，咸通七年（866），登進士第。存詩一卷。
〔註 86〕

（四九）〈昭君〉

作者爲李咸用。詩云：

　古帝修文德，蠻夷莫敢侵。不知桃李貌，能轉虎狼心。
　日暮邊風急，程遙磧雪深。千秋青塚骨，留怨在胡琴。

　〔註 87〕

前段寫古聖賢君修文德而敵不至，反譏漢代不能以武功靖平匈奴邊
患，卻用和親下策以安撫外族。後段轉寫和蕃者出塞之苦，倍極辛勞。
而以青塚胡琴，寄託昭君的怨恨。

作者李咸用，生卒年不詳，與來鵬同時，約唐懿宗咸通末前後在
世。工於詩，應舉不第。曾應辟爲推官。有《披沙集》六卷。〔註 88〕

（五○）〈青塚〉

作者爲胡曾。詩云：

　玉貌元期漢帝招，誰知西嫁怨天驕。
　至今青塚愁雲起，疑是佳人恨未銷。〔註 89〕

前段寫昭君貌美如玉，期盼獲得寵幸，誰知圖形失眞，反而悲怨出嫁
塞外。後段轉寫青塚的景色，愁雲四起，如同昭君幽恨未銷一般，辭
淺意深。

作者胡曾，生卒年不詳，約唐僖宗乾符中前後在世。天分高爽，
意度不凡。咸通中舉進士。曾爲漢南從事。每覽古今興廢陳跡，慷慨

〔註 86〕同上。
〔註 87〕《全唐詩》卷六四五。
〔註 88〕《全唐詩》卷六四四。
〔註 89〕《全唐詩》卷六四七。

懷古，作《詠史詩》三卷。並有《安定集》十卷。〔註90〕其所作王昭
君詩共有二首。茲再略述另一首作品內容。

（五一）〈漢宮〉

作者亦爲胡曾。詩云：

> 明妃遠嫁泣西風，玉箸雙垂出漢宮。
>
> 何事將軍封萬戶，卻令紅粉爲和戎。〔註91〕

此詩先寫昭君辭別漢宮，和蕃遠嫁的情景，見其悲傷之情。末二句旨
在批評和親爲穢政，言漢朝臣，爲封萬戶侯，竟不惜以昭君一弱女子
下嫁單于，是爲刺詩。

（五二）〈過昭君故宅〉

作者爲崔塗。詩云：

> 以色靜胡塵，名還異眾嬪。免勞征戰力，無愧綺羅身。
>
> 骨竟埋青塚，魂應怨畫人。不堪逢舊宅，寥落對江濱。
>
> 〔註92〕

前段寫昭君和親的貢獻，似爲之讚許，然而實恐深含感嘆。引出後段
死不能歸葬，魂猶有餘恨，而今空遺舊宅，悠悠江水，似訴平生的哀
怨。以今日的寥落，反照昔時的功名。

作者崔塗，生卒年不詳，約唐僖宗、昭宗時代的人。工於詩。光
啓四年（888）登進士第。存詩一卷。〔註93〕

（五三）〈惆悵詩十二首之十二〉

作者爲王渙。詩云：

> 夢裡分明入漢宮，覺來燈背錦屏空。
>
> 紫臺月落關山曉，腸斷君恩信畫工。〔註94〕

此詩以居胡爲背景，前段寫昭君思鄉心切，而於夢中歸漢，然醒來卻

〔註90〕《唐才子傳》卷八、《全唐詩》卷六四七。
〔註91〕《全唐詩》卷六四七。
〔註92〕《全唐詩》卷六七九。
〔註93〕同上。
〔註94〕《全唐詩》卷六九〇。

是一場空。後段述漢家景物不再，觸目所見僅塞外的荒涼，若非畫師貪賄，君恩薄倖，何至於遠嫁和親，悲怨腸斷？

作者王渙，約生於唐穆宗長慶元年（821）之前，卒於梁太祖開平末年後。工於詩，情極婉麗。大順二年（891）登第，官考功員外郎。有詩十四首，以作〈惆悵詩〉而顯名。皆詠古代才子佳人哀愁事，如崔鶯鶯、李夫人、樂昌公主、綠珠、張麗華、王昭君，及蘇武、劉阮等人，凡十二首，此詩即爲最後一首，皆屬絕唱，膾炙士林。〔註95〕

（五四）〈青塚〉

作者爲張蠙。詩云：

傾國可能勝效國，無勞冥寞更思回。

太眞雖是承恩死，祇作飛塵向馬嵬。〔註96〕

全詩以昭君和親有益國事爲主。將士無法平定的戰爭，由其遠嫁匈奴，而化干戈爲玉帛，免生靈塗炭，是以昭君功勳卓然，不須心懷悲怨而思歸。下以楊妃的死作對比，言其無益於國，輕如飛塵，不若昭君有功於國，死留青家，能供後人懷念憑弔。

作者張蠙，生卒年不詳，約唐昭宗、哀帝時代在世。初與許棠、張喬齊名。登乾寧二年（895）進士第。爲校書郎、櫟陽尉、犀浦令。入蜀，拜膳部員外郎。終於金堂令。存詩一卷。〔註97〕

（五五）〈追和常建嘆王昭君〉

作者爲徐夤。詩云：

紅顏如朔雪，日爍忽成空。淚盡黃雲雨，塵消白草風。

君心爭不悔，恨思竟何窮。願化南飛燕，年年入漢宮。

〔註98〕

此詩乃追和常建所寫〈昭君墓〉一詩而作。全詩以思漢欲歸爲中心主

〔註95〕《唐才子傳》卷一〇。

〔註96〕《全唐詩》卷七〇二。

〔註97〕同上。

〔註98〕《全唐詩》卷七〇八。

旨，由塞外嚴寒蕭瑟的景物摧折，引出其怨思，於是願化爲南飛燕，以表達昭君回歸漢宮的深情。

作者徐夤，約爲唐昭宗時代的人。登乾寧進士第，授秘書省正字。依於王審知，禮待簡略，拂袖而去，歸隱於延壽溪。著有《探龍》、《釣磯》二集。〔註99〕其所作王昭君詩有二首，另外一首題爲〈明妃〉。茲略述其詩的內容。

（五六）〈明妃〉

作者亦爲徐夤。詩云：

> 不用牽心恨畫工，帝家無策及邊戎。
>
> 香魂若得昇明月，夜夜還應照漢宮。〔註100〕

前段勸昭君莫恨畫工的誣繪容貌，當怨和蕃政策，是譏諷漢朝的無能。後段以昭君即使身死，魂亦伴月照臨漢家，則其對漢的深情可想而知。

（五七）〈王昭君〉

作者爲胡令能。詩云：

> 胡風似劍鎪人骨，漢月如鉤釣胃腸。
>
> 魂夢不知身在路，夜來猶自到昭陽。〔註101〕

此詩寫昭君念漢的深切。由「漢月如鉤釣胃腸」轉出下二句，鄉愁濃濃，以致夢歸故國，身到漢宮，猶不自知其身在路途。

作者胡令能，生卒年不詳。爲莆田隱者。有詩四首傳世。〔註102〕

（五八）〈王昭君〉

作者爲李中。詩云：

> 蛾眉翻自累，萬里陷窮邊。滴淚胡風起，寬心漢月圓。
>
> 飛塵長翳日，白草自連天。誰貢和親策，千秋污簡編。

〔註103〕

〔註99〕　同上。

〔註100〕　《全唐詩》卷七一一。

〔註101〕　《全唐詩》卷七二七。

〔註102〕　同上。

此詩先寫昭君因色誤身而出塞。次言其思漢心切。下寫昭君所見胡地景象淒迷，末以昭君之問作結，見其內心的悲憤。

　　作者李中，隴西人。仕南唐爲淦陽宰。有《碧雲集》三卷。
〔註104〕

　　（五九）〈王昭君〉

　　作者爲梁獻。詩云：

　　　　圖畫失天眞，容華坐誤人。君恩不可再，妾命在和親。
　　　　淚點關山月，衣銷邊塞塵。一聞陽鳥至，思絕漢宮春。

　　　　　　　〔註105〕

此詩先寫圖形容華失眞，引出和親之行。下接以出塞行役，思漢悲怨。末以在胡見雁北來，思及承恩漢宮之永不可得。

　　作者梁獻，生卒年不詳。有詩〈王昭君〉一首傳世。〔註106〕

　　（六〇）〈昭君冢〉

　　作者爲蔣吉。詩云：

　　　　曾爲漢帝眼中人，今作狂胡陌上塵。
　　　　身死不知多少載，冢花猶帶洛陽春。〔註107〕

前段以胡漢今昔的對寫，見昭君身世的飄零。後段以青冢見昭君向漢之心，堅貞不二，盛讚其爲國之忠貞。

　　作者蔣吉，存詩十五首。〔註108〕

　　（六一）〈明妃曲〉

　　作者爲王偓。詩云：

　　　　北望單于日半斜，明君馬上泣胡沙。
　　　　一雙淚滴黃河水，應得東流入漢家。〔註109〕

〔註103〕　《全唐詩》卷七四九。
〔註104〕　《全唐詩》卷七四七。
〔註105〕　《全唐詩》卷一九、卷七六九。
〔註106〕　《全唐詩》卷七六九。
〔註107〕　《全唐詩》卷七七一。
〔註108〕　同上。
〔註109〕　《全唐詩》卷一九、卷七七三。

前段寫昭君去漢，戀戀不捨。下以行經黃河，淚珠隨波東去，盼其流入漢家，見昭君思漢心切。

　　作者王偃，存詩二首。〔註110〕

（六二）〈看蜀女轉昭君變〉

　　作者為吉師老。詩云：

　　　妖姬未著石榴裙，自道家連錦水濆。

　　　檀口解知千載事，清詞堪歎九秋文。

　　　翠眉顰處楚邊月，畫卷開時塞外雲。

　　　說盡綺羅當日恨，昭君傳意向文君。〔註111〕

此詩藉一解知千載事之女子，講說王昭君變文的情景，其中心在於昭君和親塞外的悲怨。因此末二句寫「說盡綺羅當日恨，昭君傳意向文君」。

　　作者吉師老，存詩四首。〔註112〕

（六三）〈昭君怨〉

　　作者為梁瓊。詩云：

　　　自古無和親，貽災到妾身。胡風嘶去馬，漢月弔行輪。

　　　衣薄狼山雪，妝成虜塞春。回看父母國，生死畢胡塵。

　　　〔註113〕

此詩先寫昭君無奈，偏遇和親之事，只得遠嫁塞外。再寫入胡的感受。待回看故國時，則知生死均在胡地，心中愈悲怨哀絕。

　　作者梁瓊，存詩四首。〔註114〕

（六四）〈王昭君〉

　　作者無名氏。詩云：

　　　猗蘭恩寵歇，昭陽幸御稀。朝辭漢闕去，夕見胡塵飛。

　　　寄信秦樓下，因書秋雁歸。〔註115〕

〔註110〕　《全唐詩》卷七七三。

〔註111〕　《全唐詩》卷七七四。

〔註112〕　同上。

〔註113〕　《全唐詩》卷二三、卷八〇一。

〔註114〕　《全唐詩》卷八〇一。

〔註115〕　《全唐詩》卷七八六。

此詩寫昭君不得君王寵幸，乃生不逢時。次言其出塞行役。末言其思漢寄書而無由以達，心中悲戚至極。

　　以上昭君詩的內容，可大略分爲九類：即辭宮、跨鞍、行役、和親、畫師、望鄉、思漢王、客死，與詠懷。凡此數端，多具悲怨的象徵。如江淹〈恨賦〉云：

　　　若夫明妃去時，仰天太息。紫台稍遠，關山無極。搖風忽起，白日西匿。隴雁少飛，代雲寡色。望君王兮何期？終蕪絕兮異域。〔註116〕

此處藉美人出塞的幽恨、空留青冢，以歎世事的循環無端、枯榮終將歸於一盡。因而昭君詩的內容多詠其生不逢時、悲苦淒絕之情。今以辭漢出塞、寄身胡域，與哀憐紅顏三者，再加以論述。

一、辭漢出塞

　　此寫昭君辭宮離鄉、出塞行役的勞苦。江淹〈別賦〉有云：

　　　黯然銷魂者，唯別而已矣。……有別必怨，有怨必盈。使人意奪神駭，心折骨驚。〔註117〕

有憾人間，本就有太多離愁別緒。《楚辭·九歌·少司命》云「悲莫悲兮生別離」，佛家也以「愛別離」爲八苦之一，可見離別的摧傷折磨。〔註118〕昭君所別者，不僅鴛夢難償、永訣漢王，而且一赴絕國、永辭故里，此種雙重別恨，情何以堪？因此述其辭宮者，如：

　　　斂容辭豹尾，緘怨度龍麟。（駱賓王〈王昭君〉）

　　　掩涕辭丹鳳，銜悲向白龍。（東方虯〈王昭君三首之二〉）

　　　肝腸辭玉輦，形影向金微。（盧照鄰〈昭君怨〉）

　　　明妃遠嫁泣西風，玉箸雙垂出漢宮。（胡曾〈漢宮詩〉）

述其跨鞍者，如：

　　　昭君拂玉鞍，上馬啼紅頰。（李白〈王昭君二首之二〉）

〔註116〕《六朝文絜箋注》卷一。
〔註117〕同上。
〔註118〕參考羅宗濤先生〈中國的愛情詩〉，收入《中國詩歌研究》。

北望單于日半斜，明君馬上泣胡沙。(王偃〈明妃曲〉)

以上數句，運用辭、怨、涕、悲、泣、啼、望等動詞，構成靈活生動的哀戚，使人讀來不勝歔欷，從而預見馬上行役的勞苦。

唐代邊塞詩人王之渙有出塞詩，以反映塞上的苦悶與淒涼。《全唐詩》卷二五三〈涼州詞二首之一〉云：

黃河遠上白雲間，一片孤城萬仞山。

羌笛何須怨楊柳，春風不度玉門關。

此詩呈現出邊塞悲涼的風格，與淒屬的情調。昭君以一弱女子而出塞，所受的風霜冰寒之苦，恐怕是令人難以想像的，因此唐人往往著力描繪昭君容色的改變，以襯托出行役勞苦，憔悴不堪的情景。其實以女性容貌體態爲主的詩歌起源甚早，如《詩經・衛風・碩人》云：

碩人其頎，衣錦褧衣。……手如柔荑，膚如凝脂，領如蝤蠐，齒如瓠犀，螓首蛾眉。巧笑倩兮，美目盼兮。碩人敖敖，說于農郊。……

此爲春秋時代，對於女性美的標準，以皮膚白皙滑嫩、頸項修長、牙齒潔白整齊、寬額彎眉爲尚，尤其當目美腮俏、顧盼淺笑之時，更是風情萬種。〔註119〕至於六朝的宮體詩，則細膩寫實刻畫女性的容貌妝扮、舉止形態，極盡雕琢之能事。唐人所詠昭君出塞詩，有以描述其容華變化爲主者，如白居易〈王昭君二首之一〉有云：

滿面胡沙滿鬢風，眉銷殘黛臉銷紅。愁苦辛勤憔悴盡，如今卻似畫圖中。

此詩全從昭君容色著筆，敘其因出塞而遭胡風吹沙，撲人滿面，鬢髮散亂，眉黛銷殘，紅妝脫落，致使人如其圖所繪之形也。其他又見「妝鏡菱花暗，愁眉柳葉嚬」(駱賓王〈王昭君〉)、「霧掩臨妝月，風驚入鬢蟬」(上官儀〈王昭君〉)、「金鈿明漢月」(駱賓王〈王昭君〉)、「裾衫霑馬汗」(董思恭〈昭君怨二首之一〉)、「羅袂拂胡塵」(張文琮〈昭君詞〉)，以上數句，具有宮體詩的風格，藉眉黛、鬢髮、裾衫、金鈿、

〔註119〕　參考黃婷婷《六朝宮體詩研究》第四章第一節。

羅袂等的摧折，反映出塞行役的辛勞。《詩經‧衛風‧伯兮篇》云：

豈無膏沐，誰適為容？

昭君此行即將終老異域，永訣漢王，因此也不復有心妝飾。

二、寄身胡域

此言昭君入胡以後，望鄉思漢王的情景。此類詩歌的篇幅最多，每每敘述塞外滿目淒涼、嚴寒早至，朔風冰霜，實難以為懷。此類景物的描繪，如：

胡風似劍鏤人骨，漢月如鉤釣胃腸。(胡令能〈王昭君〉)

北風雁急浮清秋，萬里獨見黃河流。(劉長卿〈王昭君〉)

燕支長寒雪作花，蛾眉憔悴沒胡沙。(李白〈王昭君二首之一〉)

漢地草應綠，胡庭沙正飛。(盧照鄰〈昭君怨〉)

飛塵長翳日，白草自連天。(李中〈王昭君〉)

淚點關山月，衣銷邊塞塵。(梁獻〈王昭君〉)

淚盡黃雲雨，塵消白草風。(徐夤〈追和常建嘆王昭君〉)

極目所見，俱為淒冷肅殺的場景，如天象的胡風、北風、寒雪、胡沙、飛塵、黃雲、暮雲；地理的黃河、燕支、白草、關山……流蕩一片涼氣寒光，東方虯〈王昭君三首之三〉有云：

胡地無花草，春來不似春。自然衣帶緩，非是為腰身。

足見胡域四季如冬，嚴窒蕭鬱，更添傷悴。陸機〈感時賦〉中敘述冬日的索漠，其文云：

悲夫！冬之為氣，亦何懍懍以蕭索？伊夫時之方慘，曷萬物之能歡？矧余情之含悴，恆睹物而增酸。歷四時以迭感，悲此歲之已寒；撫傷懷以嗚咽，望永路而汍瀾。〔註120〕

此種破敗衰颯，眾芳蕪穢的景觀，正烘托出世事無常、美人遲暮的感嘆，因此也引發昭君思念起漢家的故土來。然而既已出塞和親，此身終將老死異域，不得遂其回國的心願，昭君只能借著秋雁、明月、歸

───────────────

〔註120〕《全上古三代秦漢三國六朝文》第五冊《全晉文》卷九六。

夢等，寄託其望鄉的情思。《文心雕龍・物色篇》云：

> 詩人感物，聯類不窮，流連萬象之際，沈吟視聽之區，寫
> 氣圖貌，既隨物以宛轉；屬采附聲，亦與心而徘徊。

此即因物色而觸發生離死別的哀怨。昭君詩當中，以雁抒發己懷者，
最早見於晉石崇的〈王明君詞〉：

> 願假飛鴻翼，乘之以遐征。
> 飛鴻不我顧，佇立以屏營。〔註121〕

唐人援雁入詩的，如：

> 惆悵不如邊雁影，秋風猶得向南飛。（戴叔倫〈昭君詞〉）
> 魏闕蒼龍遠，蕭關赤雁哀。（令狐楚〈王昭君〉）
> 寄信秦樓下，因書秋雁歸。（無名氏〈王昭君〉）
> 願化南飛燕，年年入漢宮。（徐夤〈追和常建嘆王昭君〉）
> 一聞陽鳥至，思絕漢宮春。（梁獻〈王昭君〉）

雁在詩中的引用，多有喻意；其一，以爲書信的象徵。《漢書》卷五四
〈蘇武傳〉即有「雁足傳書」之說，然而鴻雁歸時，實無法傳送音訊給
遠方的親朋故舊。元人黃庚〈見雁有懷〉詩云「年年江上無情雁，只帶
秋來不帶書」，〔註122〕既知期盼終將成空，則思念的情懷愈加濃烈，鴻
雁也因而增添悲傷哀怨的色彩。其二，以爲鄉愁的象徵。南遷避寒爲飛
雁的習性，猶如異地漂泊不歸的旅人，唐徐夤〈鴻詩〉有云「春去秋來
燕不同」，於情於景，不免倍添寂寞淒涼的感懷。〔註123〕昭君在胡地思
鄉情切，因此無論其爲書信或鄉愁的象徵，均適以呈現濃郁的鄉愁。

　　此外，借月起興，亦爲詩歌常用之法。《詩經・陳風・月出》第
一章有云：

> 月出皎兮，佼人僚兮。舒窈糾兮，勞心悄兮。

此即因皎好的月光，興發眷念情人的愁思。而杜甫則以最深沈的鄉愁

〔註121〕　《文選》卷二七〈樂府詩〉。
〔註122〕　《元詩選》甲集〈月屋漫稿〉，收入《歷代詩文總集》第十一冊。
〔註123〕　參考陳啓佑《花落又關情》雁詩引言。

託付於明月，吟唱「月是故鄉明」，以撩撥遊子懷鄉的心弦。因此昭君詩中望月思漢的情景亦屢見不鮮。如：

> 李陵初送子卿回，漢月明明照帳來。（李端〈昭君詞〉）
>
> 舉頭惟見月，何處是長安。（張祐〈昭君怨二首之一〉）
>
> 一回望月一回悲，望月月移人不移。（崔國輔〈王昭君〉）
>
> 漢月還從東海出，明妃西嫁無來日。（李白〈王昭君二首之一〉）

俗云「月是故鄉明」，由異地之月思念故鄉之月，乃是人之常情，此亦可見昭君地隔萬里的悲痛。

再者，昭君魂縈故國，每於夢中歸漢。夢，乃是屬於古老幽秘的虛幻世界，《周禮》早有六夢之說：

（一）正夢者，無所感動而平安自夢。

（二）噩夢者，驚愕而夢。

（三）思夢者，清醒時有所思念而夢。

（四）寤夢者，覺所通而爲夢。

（五）喜夢者，喜悅而有夢。

（六）懼夢者，恐懼而有夢。〔註124〕

此六夢，大多爲人類意識的幻化，因此《夢書》卷一有云：

> 夢者，像也，精氣動也。魂魄離身，神來往也。〔註125〕

是以詩人藉夢超越漫遠的空間，可以一償歸鄉的宿願。〔註126〕昭君歸夢的詩句，見於「夢裡分明入漢宮，覺來燈背錦屏空」（王渙〈惆悵詩十二首之十二〉）、「魂夢不知身在路，夜來猶自到昭陽」（胡令能〈王昭君〉）等，以上二句，雖有現實阻絕歸鄉之路，然而魂夢的飛馳，可以收縮遙遠空間於尺寸之中，張潮《幽夢影》有云：

> 假使夢能自主，雖千里無難命駕，可不羨長房之縮地。〔註127〕

〔註124〕《周禮》卷六〈春官宗伯下〉。

〔註125〕洪頤煊《經典集林》，《百部叢書集成》第三八部《問經堂叢書》第六函。

〔註126〕參考顏崑陽〈中國古典詩中的鄉愁〉，收入《古典詩文論叢》。

〔註127〕《中華古籍叢刊》第二七冊。

顧況〈憶故園〉詩亦云：

> 惆悵多山人復稀，杜鵑啼處淚霑衣。故園此去千餘里，春
> 夢猶能夜夜歸。〔註128〕

不論距離有多遙遠，在夢魂之中，不過是尺寸之間而已。因此在現實
世界中，此身無所依藉而歸，但在虛幻的世界中，夢卻可以自由遨翔，
補償昭君思鄉之心。〔註129〕

三、哀憐紅顏

　　此寫昭君遠嫁不歸，客死胡域。紅顏薄命，正如落花的凋謝，徒
留憑弔而已。如描寫青冢的景象云：

> 青冢常無草木煙。（常建〈塞下曲四首之四〉）
>
> 獨留青冢向黃昏。（杜甫〈詠懷古跡五首之三〉）
>
> 青冢空埋胡地魂。（皎然〈王昭君〉）
>
> 冢花猶帶洛陽春。（蔣吉〈昭君冢〉）
>
> 至今青塚愁雲起，疑是佳人恨未銷。（胡曾〈青塚〉）

白居易所寫的〈青冢〉詩，更有陰鬱之氣，不僅上有飢鷹哀號，下有
蓬蒿枯乾，而且一片鬱鬱茫茫的景象，如同苦霧。蛾眉一墜黃泉路，
竟成夜夜孤魂，仍不能回到生前牽繫思念的故土家鄉。此種不幸的際
遇，莫不是緣於胡虜的覬覦和親，與畫師的貪賄無情？因此唐人以和
親爲主題的詩歌，多責其非，如：

> 漢代非良計，西戎世世塵。無何求善馬，不算苦生民。
>
> 外國仇虛結，中華憤莫伸。卻教爲後恥，昭帝遠和親。（張
> 祐〈詠史〉）
>
> 漢家青史上，計拙是和親。社稷依明主，安危託婦人。
>
> 豈能將玉貌，便擬靜胡塵。地下千年骨，誰爲輔佐臣。（戎
> 昱〈詠史〉）
>
> 軍門頻納受降書，一劍橫行萬里餘。

〔註128〕《全唐詩》卷二六七。
〔註129〕 參考顏崑陽〈中國古典詩中的鄉愁〉，收入《古典詩文論叢》。

漢祖謾誇婁敬策，卻將公主嫁單于。(戴叔倫〈塞上曲〉)

以上三首均視和親爲穢政，因此每於昭君出塞詩中描述其遠嫁和親之恨，云「誰貢和親策，千秋污簡編」(李中〈王昭君〉)、「自古無和親，貽災到妾身」(梁瓊〈昭君怨〉)、「何須薄命妾，辛苦遠和親」(東方虬〈王昭君三首之一〉)。杜甫〈諸將〉詩有「胡虜千秋尙入關」之語，可見戎狄需索無度的惡行，昭君犧牲小我，以完成大我，但是藉著和親，以達到綏靖邊塵的作用有限，因而杜甫有此感嘆，恐亦不以和親政策爲是。

至於以畫師爲題材的詩歌，俯拾皆是。如「自矜妖豔色，不顧丹青人。那知粉繢能相負，卻使容華翻誤身」(劉長卿〈王昭君〉)、「見疏從道迷圖畫，知屈那教配虜庭」(白居易〈昭君怨〉)、「圖畫失天眞，容華坐誤人」(梁獻〈王昭君〉)、「自倚嬋娟望主恩，誰知美惡忽相翻。黃金不買漢宮貌」(皎然〈王昭君〉)……，凡此皆以爲圖形容華之誤，致失漢王的寵幸。晚唐李義山更直指貪賄的畫師是爲毛延壽，其〈王昭君〉詩云：

毛延壽畫欲通神，忍爲黃金不爲人。

馬上琵琶行萬里，漢宮長有隔生春。

周曇亦有〈毛延壽〉詩云：

不拔金釵賂漢臣，徒嗟玉豔委胡塵。

能知貨賄移妍醜，豈獨丹青畫美人。

大凡悲怨多起於不平，而婦女最不平者，莫過於徒有才貌卻不得寵愛，此於情於理均不能平，其美愈甚，其怨愈深。《樂府詩集》卷五九琴曲歌辭的〈昭君怨〉即以「有鳥黃山，集于苞桑，養育毛羽，形容生光」暗比自我秀麗的容顏，然而卻遭失寵的命運，以致「我獨伊何，改往變常，翩翩之燕，遠集西羌」，怨痛之情溢於言表，因而有「腸斷君恩信畫工」(王渙〈惆悵詩十二首之十二〉)、「昭君此時怨畫工」(李如璧〈明月詩〉)的詩句。甚至以斬畫師代其發抒心中之怨，足見詩人憐惜昭君的心情。同時也借其遭遇，鑑戒後來的女子，不如嫁爲貧婦。張祜〈昭

君怨二首之一〉即云「莫羨傾城色，昭君恨最多」，白居易〈過昭君村〉亦云「至今村女面，燒灼成瘢痕」，奉勸世人，莫再重蹈覆轍也。

　　謹將詠昭君詩之分類及主題表列於後。

分類	主題	詩　　　名	作　　者	出處：全唐詩
辭漢出塞	辭宮	王昭君	宋之問（一作沈佺期）	卷一九、卷五二、卷九六
		王昭君	駱賓王	卷一九、卷七八
		王昭君	無名氏	卷七八六
		漢宮	胡曾	卷六四七
		王昭君（昭君怨）三首之二	東方虯	卷一九、卷一○○
		明妃曲四首之四	儲光羲	卷一三九
	跨鞍	王昭君二首之二	李白	卷一九、卷一六三
		明妃曲（一作明君詞）	王偃	卷一九、卷七七三
		昭君怨	施肩吾	卷四九四
	行役	昭君怨	梁瓊	卷二三、卷八○一
		昭君怨二首之二（一作王昭君）	董思恭	卷一九、卷六三
		王昭君二首之一	白居易	卷一九、卷四三七
		王昭君	上官儀	卷一九、卷四○
		明妃怨	楊凌（一作楊達）	卷二三、卷二九一、卷七七六
		昭君怨二首之一	董思恭	卷六三、卷七七○
寄身胡域	望鄉	王昭君	梁獻	卷一九、卷七六九
		王昭君（一作昭君怨）	盧照鄰	卷一九、卷四二
		王昭君（一作昭君怨）	顧朝陽	卷一九、卷一二四
		昭君詞（一作昭君怨）	張文琮	卷一九、卷三九
		王昭君	李中	卷七四九
		王昭君	崔國輔	卷一九、卷一一九
		王昭君三首之一	郭元振	卷一九、卷六六
		惆悵詩十二首之十二	王渙	卷六九○
		明妃曲四首之二	儲光羲	卷一三九

		明妃曲四首之三（一作王昭君）	儲光羲	卷一九、卷一三九
		王昭君二首之二	白居易	卷一九、卷四三七
		王昭君（一作昭君怨）三首之三	東方虬	卷一九、卷一○○
		王昭君三首之二	郭元振	卷一九、卷六六
		王昭君	令狐楚	卷一九、卷三三四
		王昭君	崔國輔	卷一九、卷一一九
		昭君詞	戴叔倫	卷一九、卷二七四
		昭君詞	戴叔倫	卷二七四
		昭君怨二首之一	張祜	卷二三、卷五一一
		昭君詞	李端	卷一九、卷二八六
		追和常建嘆王昭君	徐夤	卷七○八
		王昭君	胡令能	卷七二七
	思漢王	明妃曲四首之一	儲光羲	卷一九、卷一三九
		王昭君三首之三	郭元振	卷一九、卷六六
哀憐紅顏	客死	王昭君二首之一	李白	卷一九、卷一六三
		昭君墓	常建	卷一四四
		賦昭君塚	張祜	卷五一○
		昭君塚	蔣吉	卷七七一
		塞下曲四首之四	常建	卷一四四
		青塚	杜牧	卷五二五
	詠懷	王昭君（一作王昭君歌）	劉長卿	卷一九、卷一五一
		昭君怨	白居易	卷二三、卷四三九
		過昭君故宅	崔塗	卷六七九
		解昭君怨	王叡	卷五○五
		青塚	張蠙	卷七○二
		青塚	胡曾	卷六四七
		昭君	李咸用	卷六四五
		明妃	徐夤	卷七一一
		過昭君村	白居易	卷四三四
		青冢	白居易	卷四二五
		詠懷古跡五首之三	杜甫	卷二三○
		巫山之陽香谿之陰明妃神女舊跡存焉	蔣洌	卷二五八

		聽王氏話歸州昭君廟	李遠	卷五一九
		看蜀女轉昭君變	吉師老	卷七七四
	畫師	王昭君	李商隱	卷一九、卷五四○
		王昭君（一作昭君怨）	皎然	卷一九、卷八二○
和親		王昭君	張仲素	卷一九、卷三六七
		王昭君（一作昭君怨）三首之一	東方虯	卷一九、卷一○○
		昭君怨二首之二	張祜	卷二三、卷五一一
		昭君	汪遵	卷六○二

第二節　王昭君的歷史故實

王昭君所以能夠名垂千古，乃是因爲漢代實行的和親政策。所謂和親，即是漢族皇帝以本國公主嫁與外國君主，利用婚媾關係以敷衍其君，使不爲我害，或羈縻其君，使成爲我助。〔註130〕藉著婚姻的建立，進可拓展實力，退可消除外侮。

和親政策的提出雖始於漢劉敬，然而以婚姻作爲政治運用的手段則溯自春秋戰國，如越王句踐獻西施、鄭旦等人予吳王夫差，以美女要親於強國，進而達成其復國的目的。又如戰國時代，秦派女子至梁以爲內應，《戰國策》卷二○〈魯仲連義不帝秦〉云：

> 彼（秦國）又將使其子女讒妾，爲諸侯妃姬，處梁之宮，梁王安得晏然而已乎？

此即以美女賜婚於小國，進而達到控制其政權的目的。〔註131〕

漢代和親政策濫觴於高祖白登之困以後，依劉敬的獻計而與匈奴結爲姻好，《史記》卷九九〈劉敬傳〉有云：

> 陛下（高祖）誠能以適長公主妻單于，厚奉遺之。彼知漢適女送厚，蠻夷必慕以爲閼氏，生子必爲太子，代單于。何者？貪漢重幣，陛下以歲時漢所餘，彼所鮮數問遺，因使辯士風諭以禮節。冒頓在，固爲子婿，死，則外孫爲單

〔註130〕參考王桐齡《漢唐之和親政策》。
〔註131〕參考鄔錫芬《王昭君故事研究》第一章第二節。

于，豈嘗聞外孫敢與大父亢禮哉？兵可無戰以漸臣也。

此後即奉宗室女翁主為單于閼氏。文景兩帝也沿襲其事，然而匈奴或絕其和親，屢次犯邊。漢為休養生息，每每敷衍其事，委屈抑己。

經過漢初六十餘年的刻意經營，至武帝時欲伐匈奴，先後遣嫁細君、解憂至烏孫，以斷匈奴的右臂。自此和親始由消極的姑息變為積極的聯合。《漢書》卷九六下〈西域傳〉載元封中，以江都王建女細君公主先後妻於烏孫昆莫及昆莫孫岑陬。並自作〈烏孫公主歌〉以傳世，詩曰：

> 吾家嫁我兮天一方，遠託異國兮烏孫王。穹廬為室兮旃為牆，以肉為食兮酪為漿。居常思土兮心內傷，願為黃鵠兮歸故鄉。

細君歿後，岑陬又遣使請婚於漢，漢廷乃再以楚王戊孫女解憂公主下嫁。充分溝通兩國之間的橋樑，以及達到監視烏孫王的功能，歷配岑陬、肥王、泥靡三君主，操縱烏孫政權達數十年之久，屢次趁匈奴君主更迭之際，與漢室聯絡，東西出兵夾攻匈奴，以收克敵致勝的奇效。當解憂年老思鄉心切，而上書漢天子「願得骸骨歸漢」，於是在漢宣帝甘露三年（前 51）返回京師長安，帝賜田宅奴婢，奉養的禮儀一如公主，以慰其敦睦邦交之功。〔註132〕此為昭君以前和親的概況。

有關昭君和親的記載，最早見於班固《漢書》。《漢書》卷九〈元帝本紀〉云：

> 竟寧元年春正月，匈奴呼韓邪單于來朝，……賜單于待詔掖庭王檣為閼氏。

同書卷九四下〈匈奴傳〉有云：

> 單于自言願婿漢氏以自親，元帝以後宮良家子王牆，字昭君，賜單于。……號寧胡閼氏。

此外，《後漢書》卷八九〈南匈奴傳〉亦云：

> 昭君字嬙，南郡人也。初元帝時以良家子選入掖庭。時呼

〔註132〕同上。

> 韓邪來朝，帝敕以宮女五人賜之，昭君入宮數歲不得見御，積悲怨，乃請掖庭令求行。呼韓邪臨辭大會，帝召五女以示之，昭君豐容靚色、光明漢宮、顧景裴回、竦動左右，帝見大驚，意欲留之，而難於失信，遂與匈奴，生二子。

又《琴操》卷下有云：

> 王昭君者，齊國王襄女也。昭君年十七時，顏色皎潔，聞於國中，襄見昭君端正閒麗，未嘗窺看門戶，以其有異於人，求之者皆不與。獻與孝元帝，以地遠，既不幸納於後宮，積五六年，昭君心有怨曠，偽不飾其形容，元帝每歷後宮，疏略不過其處。後單于遣使者朝賀，元帝陳設倡樂，乃令後宮妝出，昭君怨恚日久，不得侍列，乃更修飾，善妝盛服，光暉而出，俱列坐。元帝謂使者曰：「單于何所願樂？」對曰：「珍奇怪物，皆悉自備，惟婦人醜陋，不如中國。」帝乃問後宮，欲以一女賜單于，誰能行者起。于是昭君喟然越席而前曰：「妾幸得備在後宮，粗醜卑陋，不合陛下之心，誠願往。」時單于使者在旁，帝大驚悔之，不得復止。良久，太息曰：「朕已誤矣。」遂以與之。

以上四說，見於正史者有三，其中《漢書》言和親緣由較為詳盡，言昭君身世則過於簡略。《後漢書》的敘述漸趨豐富，頗近於《琴操》，皆謂昭君乃是自請和蕃，且著力描繪其性情容貌：如范曄言昭君久不見御，心積悲怨，乃「請掖庭令求行」，《琴操》更是毅然面陳「粗醜卑陋，不合陛下之心」的感懷，此已突顯昭君為一性情中人。再觀《琴操》所載的〈怨曠思惟歌〉云：

> 秋木萋萋，其葉萎黃。有鳥處山，集于苞桑。養育毛羽，形容生光。既得升雲，上遊曲房。離宮絕曠，身體摧藏。志念抑沈，不得頡頏。雖得委食，心有徊徨。我獨伊何，改往變常。翩翩之燕，遠集西羌。高山峨峨，河水泱泱。父兮母兮，道里悠長。嗚呼哀哉！憂心惻傷。

此詩作者是否為昭君本人，實屬可疑，如《詩鏡總論》評「昭君〈黃鳥

詩），感痛未深，以絕世姿作蠻夷嬪，人苟有懷，其言當不止此，此有情而不能言情之過也」，則此詩或爲後人的僞作，但其目的是爲表白昭君心跡、強化個性，因此詩中怨而不怒、溫柔敦厚的性情，每成爲歷代文人墨客吟詠傳頌的題材，不只多愁善感、賢慧貞靜，而且妙解音律，賦性超俗。此外，關於儀態的描寫，昭君已從《漢書》平凡的宮女，一躍成爲范曄筆下「光明漢宮、竦動左右」的美人，而《琴操》亦云「顏色皎潔、端正閑麗」，自後，昭君越世傾國之美，與舉止優雅的神態已深植人心。清代筆記小說中，藉一成精老狐講述歷代佳人，共分三等，有超軼一時者，跨越一代者，橫絕千古者，而昭君爲第一等，其文云：

> 有橫絕千古之麗，則必天仙之偶謫人間者，……昭君以豐整而絕豔，互古所無，是橫絕千古之麗也。……其難效者在秋波善睐、神光動人。〔註133〕

可見文人極力著墨昭君容色之美，同時也由此而衍生出畫工貪賄毀圖的張本。

《西京雜記》卷上云：

> 元帝後宮既多，不得常見。乃使畫工圖形，按圖召幸之。諸宮人皆賂畫工，多者十萬，少者亦不減五萬。獨王嬙不肯，遂不得見。匈奴入朝，求美人爲閼氏，於是上按圖以昭君行。及去，召見，貌爲後宮第一，善應對、舉止閑雅。帝悔之，而名籍已定。帝重信於外國，故不復更人。乃窮案其事，畫工皆棄市，籍其家，資皆巨萬。畫工有杜陵毛延壽，爲人形，醜好老少必得其眞，安陵陳敞、新豐劉白龔寬，并工爲牛馬飛鳥眾勢，人形好醜，不逮延壽，下杜楊望亦善畫，尤善布色，樊育亦善布色，同日棄市，京師畫工於是差稀。

《世說新語·賢媛篇》、張彥遠《歷代名畫記》所載與此略同。皆謂昭君乃應召和親，而其過在於畫工的貪賄。此說就文學作品觀察，當不出於蕭梁以前，晉石崇〈明君辭序〉均未提及圖畫、畫工。但自蕭

〔註133〕 〈老狐談歷代麗人記〉，收入《香豔叢書》三集卷四。

梁以來，開始言畫師之罪，如劉氏（王叔英妻）〈昭君怨〉「一生竟何定，萬事最難保。丹青失舊儀，玉匣成秋草……」、沈氏（范靖妻）〈昭君歎〉「早信丹青巧，重貨洛陽師。千金買蟬鬢，百萬寫蛾眉。」昭君拒絕賄賂畫工，增加了故事的衝突性，也成爲後世悲憫昭君的描述重點之一。

　　關於昭君出漢宮後的際遇，史有明文，《後漢書》卷八九〈南匈奴傳〉云：

> （昭君）生二子。及呼韓邪死，其前閼氏子代立，欲妻之，昭君上書求歸，成帝敕令從胡俗，遂復爲單于閼氏焉。

《漢書》卷九四下〈匈奴傳〉有云：

> 王昭君號寧胡閼氏，生一男伊屠知牙師，爲右日逐王。呼韓立廿八年死。……雕陶莫皋立爲復株絫鞮單于……復妻王昭君，生二女。長女云爲須卜居次，小女爲當于居次。

以上所述爲昭君入胡生兒育女的情形，《後漢書》謂其「遂與匈奴生二子」，似指與呼韓邪生二子，然《漢書》明載祇生一子，其後二女，是與後夫雕陶莫皋所生。因此昭君於匈奴共生一子二女。而《漢書》卷九四下〈匈奴傳〉又云：

> 新都侯王莽秉政，欲說太后以威德至盛異於前，乃風單于令遣王昭君女須卜居次云入侍太后，所以賞賜之甚厚。……建國五年，烏珠留單于死，匈奴用事大臣右骨都侯須卜當即王昭君女伊墨居次云之婿也。

前文已言昭君二女，一爲須卜居次，一爲當于居次，而此處又有伊墨居次，疑其人或即入侍太后的須卜居次也。

　　正史所載昭君入胡已如上述，然後世文人多諱言其眞相，致使眾說紛云；石崇〈明君詞〉有「殊類非所安，雖貴非所榮，父子見陵辱，對之慚且驚。殺身良不易，點點以苟生……昔爲匣中玉，今爲糞上英；朝華不足歡，甘與秋草并。傳語後世人，遠嫁難爲情」之歎，述其入胡忍辱偷生、妻事父子難堪之情，此說於史尚稱不遠。《琴操》則云：

> 單于死，子世達繼立，凡爲胡者，父死妻母。昭君問世達

　　　　曰：「汝爲漢也，爲胡也？」世違曰：「欲爲胡耳。」昭君
　　　　乃吞藥自殺。

此即受禮教約束，爲免於亂倫的行爲，復憫於昭君和蕃遠嫁的辛苦，
以拒子逼婚，吞藥自殺之法了卻殘生。

　　中國自古即有胡漢融合的情形。到了漢高祖時，以家人子妻於單
于冒頓，從此以後，公主出塞不絕於途。其中關於王昭君和蕃的故實，
迄今雖有二千餘年之久，但其流傳的廣大、影響的深遠，無出其右者。
以漢史而論，昭君出塞不僅解除漢匈的糾紛，促進雙方和平親善與文化
交流，即昭君本身也貴爲匈奴兩代閼氏、子女爲王爲公主、婿爲顯貴重
臣，而子、婿、外孫又數度幾爲匈奴王。甚且稱歸王氏，亦以有女和親
的緣故而貴顯數世，歷元、成、哀、平、新莽更始、迄於光武中興，仍
居對匈奴折衝樽俎的重任，則昭君和蕃影響數世，實居胡漢弭兵的首功。

　　再者，昭君故實已成爲歷代文人吟詠寫作的題材；論形式，則包
括詩詞文賦小說戲劇，論作者，則不拘帝王后妃凡夫俗子，論時代，
則起自漢魏隋唐至宋元明清。據清胡鳳丹《青冢志》所收已有四百六
十篇左右的作品，足見數量之多。而歌詠昭君出塞的意義，有純以悲
憫情懷感歎昭君遠離家國的辛苦，有雜以時代意識比擬自我生不逢時
的悲痛。如魏晉南北朝的五胡亂華，中原以北莫不受胡騎欺凌蹂躪，
以致家破人散，因此藉昭君事述時人生離死別、離漢入胡的苦境，今
觀石崇〈明君詞序〉「匈奴盛，請婚於漢」之語，即知其因時勢而竄
改史實的過失也。由此可見昭君故實的影響後世。

第三節　唐代各朝與外族和親的情況及其與昭君詩産生的關係

　　有唐一代，疆域東西約萬餘里，歷時先後近三百年，與邊疆民族
之間的關係頗爲複雜。〔註 134〕當時，除了北方的突厥，東北的奚、

〔註 134〕參考鄺平樟《唐代公主和親考》。

契丹、室韋之外，尚有西北的西突厥、回紇，西部的吐蕃及西南的南詔。再者，東部的高麗、百濟，西域的吐谷渾、焉耆、龜茲、党項、于闐、疏勒等國，也常是唐代對外用兵或迭生糾紛的對象。由於戰術、地勢、社會狀況等的不同，唐室與外族的戰爭，每處於被動形勢，因此戎狄交侵，遠較犁庭掃穴爲多。唐代雖有幾次主動出擊，並且締造過輝煌的戰績，但並非全恃武力以對付外族，而是加上政治外交的策略，以收成效，其中運用頻繁者，即爲和親政策。〔註135〕

唐室與外族的和親，最早記載於太宗貞觀十四年（640），迄於僖宗中和三年（883），凡廿三次，爲唐代極重要的史實，而唐人以王昭君和親爲主題的詩作，也有六十四首之多，二者之間，是否有所關連？其情形又如何？是以本節擬就公主出降的時代背景、公主出降的概況，及公主出降後的情形等方面加以探討敘述，期能一窺唐代各朝與外族和親的情況，及其與昭君詩產生的關係。

一、唐代各朝與外族和親的情況

和親政策，於唐代特見盛行。高祖未定關中之時，曾經派遣劉文靜與突厥連和，並欲行和親政策以爲懷柔之計，〔註136〕其言曰：

> 我當用長策以馭之，和親而使之，令其畏威懷惠，在茲一舉。〔註137〕

此爲高祖早年的策畫，尚未見諸事實。既而登帝位，以女妓賂突厥可汗。《資治通鑑》云：

> 上遣從子襄武公琛，太常卿鄭元璹，以女妓遺始畢可汗。〔註138〕

而後，於武德四年（621），因許婚而得還唐使。《唐會要》云：

> 四年三月，頡利遣使送鄭元璹等還。先是處羅與劉武周寇

〔註135〕　參考傅樂成〈突厥的文化和它對鄰國的關係〉，收入《漢唐史論集》。
〔註136〕　參考馮藝超《唐朝與吐蕃和親之研究》第一章第三節。
〔註137〕　唐溫大雅《大唐創業起居注》卷一。
〔註138〕　《資治通鑑》卷一八六高祖武德元年條。

> 并州，遣元璹諭以禍福，不從。未幾，處羅死，疑璹毒之，
> 留不遣。又遣漢陽公瑰使頡利。頡利欲令瑰拜。不屈，亦
> 留之。復遣使賂頡利，且許結婚，遂遣使送還。〔註139〕

武德五至七年（622～624），又爲突厥入寇廉州、大震關、馬邑等地
而許以和親。〔註140〕可見高祖初年，欲以和親政策羈縻突厥的用心。
但各書所記，只聞許婚，不見公主出降，鄭平樟以爲：

> 以唐初政局觀之，外蕃唯突厥最盛，高祖既每遣使說以和
> 親，突厥必已娶唐女。其出降者，或爲宗親之女，或爲將
> 吏之女，是以其名不傳耳。〔註141〕

此說因缺乏史料證明，只能作爲一種推測，遽難論定也。至武德八年
（625），與突厥同祖，雄立於漠北的西突厥統葉護可汗也遣使請婚，
《冊府元龜》記載唐高祖與裴矩的對話，可見其概：

> 帝謂侍中裴矩曰：「西突厥一與我懸遠，有急不得相助。今
> 來請婚，其意如何？」對曰：「西蕃懸遠，誠如聖言。但北
> 寇盛彊，數爲邊害。當今之計，須遠交而近攻，權可許婚，
> 以近頡利，且羈縻之。待一、二年後，中國完實，足抗北
> 夷，然後徐思其宜，此蓋一時之策也。」帝然之。令高平
> 王道立至其國，統葉護大悅。〔註142〕

此處雖聞高祖許婚，然因遇突厥「頡利頻歲入寇，西蕃路梗」，〔註143〕
以致和親未成。

　　唐室對外和親的記載，始於太宗貞觀十四年（640），以宗室女弘
化公主，下降吐谷渾烏也拔勒豆汗慕容諾曷鉢。是後，與唐結爲姻親
關係的外族；東爲奚、契丹，西爲吐谷渾、吐蕃，北爲突厥、回紇，
南爲南詔，遠西則爲突騎施、寧遠等國。其下嫁公主人數的眾多，和
親對象範圍的廣大，實爲前所未有。

〔註139〕 《唐會要》卷九四。
〔註140〕 《資治通鑑》卷一九○、卷一九一高祖武德六年、七年條。
〔註141〕 鄺平樟《唐代公主和親考》。
〔註142〕 《冊府元龜》卷九七八〈外臣部・和親一〉。
〔註143〕 同上。

　　茲依公主出降的先後順序，約略說明唐代各朝與外族和親的情

形：〔註144〕

（一）太宗朝

1. 弘化公主出降吐谷渾

（1）公主出降的時代背景及其出降概況

　　吐谷渾於隋代爲邊患，其王伏允於隋末助唐高祖擊涼州李軌。

至唐太宗時，叛附無常。貞觀九年（635），詔李靖、侯君集等率領

大軍進討，吐谷渾大敗，伏允自殺，其子慕容順立爲可汗，稱臣內

附，太宗封爲西平郡王，授趉胡呂烏甘豆可汗。不久，慕容順爲臣

下所殺，其子諾曷鉢嗣立，年幼，大臣爭權，國中大亂。〔註145〕

於是太宗遣兵支援，詔侯君集前往經紀，封爲諾曷鉢河源郡王，號

烏地也拔勒豆可汗，遣淮陽王道明持節冊拜，賜以鼓纛。諾曷鉢因

而入謝請婚，獻馬牛羊萬數。貞觀十四年（640），太宗以宗室女弘

化公主妻之，資送甚厚，並詔淮陽王道明及右武衛將軍慕容寶持節

送公主。〔註146〕

　　弘化公主本爲宗室女，出降時，吐谷渾不知。《舊唐書》卷六〇

〈淮陽王道玄傳〉云：

　　　送弘化公主還蕃，坐洩主非太宗女，奪爵，國除，後卒於

　　　鄆州刺史。

《新唐書》卷七八〈淮陽王道玄傳〉亦云：

　　　貞觀十四年，與武衛將軍慕容寶持節送弘化公主於吐谷

　　　渾，坐漏言主非帝女，奪王，終鄆州刺史。

若非淮陽王洩漏弘化的身分，恐怕吐谷渾尙以公主爲太宗生女。此爲

唐代仿傚漢代政策，以他人子充公主下降外族的慣例也。

（2）公主出降後的情形

〔註144〕　唐代各朝與外族和親的概況，多參考廓平樟《唐代公主和親考》。

〔註145〕　王壽南《唐代的和親政策》。

〔註146〕　《新唐書》卷二二一〈吐谷渾傳〉、《舊唐書》卷一九八〈吐谷渾傳〉。

　　自弘化公主出降後，吐谷渾無日安寧。先是丞相宣王跋扈專權，陰謀作亂，欲襲擊公主，劫諾曷鉢奔往吐蕃。諾曷鉢知而大懼，率輕騎走鄯善城，其威信王與鄯州刺史合軍討平，繼而又爲吐蕃攻擊，侵擾不已。《舊唐書》卷一九八〈吐谷渾傳〉云：

> 其後與吐蕃互相攻伐，各遣使請兵救援，高宗皆不許之。吐蕃大怒，率兵以擊吐谷渾，諾曷鉢既不能禦，脫身及弘化公主走投涼州。高宗遣右威衛大將軍薛仁貴等救吐谷渾，爲吐蕃所敗，於是吐谷渾遂爲吐蕃所併。諾曷鉢以親信數千帳來內屬，詔左武衛大將軍蘇定方爲安置大使，始徙其部眾于靈州之地，置安樂州，以諾曷鉢爲刺史，欲其安而且樂也。

可知公主於吐蕃侵逼之下，隨諾曷鉢走投涼州，而後又遷徙於靈州，已入居中國邊境以內。

2. 文成公主出降吐蕃

（1）公主出降的時代背景及其出降概況

　　吐蕃於太宗時代已建立成強有力的統一王國。貞觀八年（634）始通於中國，並遣使請婚。《舊唐書》卷一九六上〈吐蕃傳〉云：

> 貞觀八年，其贊普棄宗弄讚始遣使朝貢。弄讚弱冠嗣位，性驍武，多英略，其鄰國羊同及諸羌並賓伏之。太宗遣行人馮德遐往撫慰之。見德遐，大悅。聞突厥及吐谷渾皆尚公主，乃遣使隨德遐入朝，多齎金寶，奉表求婚，太宗未之許。使者既返，言於弄讚曰：「初至大國，待我甚厚，許嫁公主。會吐谷渾王入朝，有相離間，由是禮薄，遂不許嫁。」弄讚遂與羊同連，發兵以擊吐谷渾。吐谷渾不能支，遁於青海之上，以避其鋒，其國人畜並爲吐蕃所掠。於是進兵攻破党項及白蘭諸羌，率其眾二十餘萬，頓於松州西境，遣使貢金帛，云來迎公主，又謂其屬曰：「若大國不嫁公主與我，即當入寇。」遂進攻松州。

吐蕃使者言吐谷渾王離間，以致未蒙許婚；其時吐蕃浸盛，正圖謀蠶食鄰國，擴張領土，因此借名而興師，並欲威脅太宗許婚。而太宗在

松州一役戰勝吐蕃之後，因兵威已立，加以知悉吐蕃確爲西鄰強國，於諸部中佔有舉足輕重的地位，爲保障西境安寧，也就允許締結姻好以爲羈縻。《新唐書》卷二一六上〈吐蕃傳〉云：

> 至是弄贊始懼，引而去，以使者來謝罪，固請婚，許之。遣大論薛祿東贊獻黃金五千兩，它寶稱是，以爲聘。十五年，妻以宗女文成公主，詔江夏王道宗持節護送，築館河源王之國。

據上所載，吐蕃聘禮當屬厚重，則唐室賜贈妝奩，理應十分隆盛。但《新唐書》、《舊唐書》、《冊府元龜》等典籍卻不見記載，如僅有江夏王道宗持節護送一事而已。至於藏籍所載，如《王臣記》、《王統記》、《藏王迎娶文成公主記》等，雖云公主嫁奩極富，不可思議，〔註147〕但諸書的傳記色彩濃厚，亦未能確認其實。

　　文成公主本爲宗室女，但吐蕃似不知其眞正身份，李蔚蒼譯〈藏王松簪幹布迎娶文成公主記〉一文，稱公主爲太宗的生女，可知文成公主出降時，吐蕃並不知其實，而猶沿襲舊說也。

　　（２）公主出降後的情形

　　吐蕃在今西藏地，崎嶇不平，氣候嚴寒。人民結繩刻木以紀事，聯氈帳而居。自棄宗弄贊尙公主後，中國的文化隨之傳入，《舊唐書》一九六上〈吐蕃傳〉云：

> 既而歎大國服飾禮儀之美，俯仰有愧沮之色。及與公主歸國，謂所親曰：「我父祖未有通婚上國者，今我得尙大唐公主，爲幸實多。當爲公主築一城，以誇示後代。」遂築城邑，立棟宇以居處焉。公主惡其人赭面，弄贊令國中權且罷之，自亦釋氈裘，襲紈綺，漸慕華風。仍遣酋豪子弟，請入國學以習詩、書。又請中國識文之人典其表疏。

凡此種種漢化的措施，莫不積極加以推行，使得唐蕃之間的關係趨於親善，贊普也傾誠擁戴唐室，《舊唐書》一九六上〈吐蕃傳〉云：

> 太宗伐遼東還，遣祿東贊來賀，奉表曰：「聖天子平定四方，

〔註147〕參考馮藝超《唐朝與吐蕃和親之研究》第三章第二節。

日月所照之國，並爲臣妾，而高麗恃遠，闕於臣禮。天子
自領百萬，度遼致討，隳城陷陣，指日凱旋。夷狄才聞陛
下發駕，少進之間，已聞歸國。雁飛迅越，不及陛下速疾。
奴忝預子婿，喜百常夷。夫鵝，猶雁也，故作金鵝奉獻。」
其鵝黃金鑄成，其高七尺，中可實酒三斛。二十二年，右
衛率府長史王玄策使往西域，爲中天竺所掠，吐蕃發精兵
與玄策擊天竺，大破之，遣使來獻捷。

高宗嗣位，授弄讚爲駙馬都尉，封西海郡王，賜物二千段。
弄讚因致書于司徒長孫無忌等云：「天子初即位，若臣下有
不忠之心者，當勒兵以赴國除討。」并獻金銀珠寶十五種，
請置太宗靈座之前。高宗嘉之，進封爲賓王，賜雜綵三千
段。因請蠶種及造酒、碾、磑、紙、墨之匠，並許焉。乃
刊石像其形，列昭陵玄闕之下。

可見棄宗弄讚時代，兩國關係融洽。對外，唐室得吐蕃之助以討龜茲、
中天竺，奠定大唐在西疆的聲威。對內，高宗得吐蕃奉書遙助，或可
誇示天下以中外歸心之德，鞏固帝位。〔註 148〕則自文成公主下降以
後，終棄宗弄讚時代，唐蕃的和親政策收效頗大。

至於公主薨逝的年代，爲高宗永隆元年（680），《新唐書》卷二
一六上〈吐蕃傳〉：

永隆元年，文成公主薨，遣使者弔祠。

此未言公主死亡緣由，于闐國史則載文成公主胸間長痘瘡數枚，旋而
病死。其事所云，或可補我國史籍的闕略。

（二）高宗朝

1. 金城縣主出降吐谷渾

永徽三年（西元 652 年），弘化公主還朝，高宗又以宗女金城縣
主妻於吐谷渾王子蘇度摸末。《冊府元龜》云：

唐高宗永徽三年八月，吐谷渾弘化長公主表請入朝，遣左

〔註 148〕 參考任育才《唐朝對吐蕃和親政策之運用》。

　　　　驍衛將軍鮮于濟往迎之，十一月，弘化長公主來朝。〔註149〕

《新唐書》卷二二一上〈吐谷渾傳〉云：

　　　公主表請入朝，遣左驍衛將軍鮮于匡濟迎之。十一月，及
　　　諾曷鉢至京師，帝又以宗室女金城縣主妻其長子蘇度摸
　　　末，拜左領軍衛大將軍。

由以上二說，則知縣主出降，當在是年十一月或十二月。其時吐蕃漸
雄霸於西方，唐室欲羈縻吐谷渾，使不附吐蕃，因此再妻以女。金城
縣主嫁後事蹟不詳，或歿於吐谷渾，或已返居中國。

2. 金明縣主出降吐谷渾

《新唐書》卷二二一上〈吐谷渾傳〉云：

　　　久之，摸末死，主與次子右武衛大將軍梁漢王闥盧摸末來
　　　請婚，帝以宗室女金明縣主妻之。既而與吐蕃相攻，上書
　　　相曲直，並來請師，天子兩不許。

吐谷渾與吐蕃互相攻伐，各遣使乞援，事在龍朔三年（663），則金明
縣主出降，當在永徽四年至龍朔三年之間（653～663）。至於金明縣
主嫁後的事蹟，因乏史料，未知其詳。

（三）中宗朝

　　此期和親史實有一，即金城公主出降吐蕃。唐史記載其事頗爲詳
盡，茲擇其要而分述如下：

（1）公主出降的時代背景

　　吐蕃自棄宗弄讚卒後，國相祿東贊父子相繼執政，有勇略，拓地
至萬里，爲中國邊患三十餘年。但仍不時派遣使者入唐，且曾數度向唐
室請婚；如高宗顯慶三年（658），贊普遣使請婚，獻金球闕及牦牛尾。
〔註150〕龍朔三年（663），祿東贊遣使人論仲琮入朝，除表陳吐谷渾之
罪外，仍請和親。〔註151〕調露元年（679），吐蕃文成公主遣大臣論塞

〔註149〕　《冊府元龜》卷九七九〈外臣部・和親二〉。
〔註150〕　同上。
〔註151〕　《冊府元龜》卷九九六〈外臣部・責讓〉。

調旁來告贊普芒松芒贊之喪，並請婚。〔註 152〕武后萬歲通天元年
（696），吐蕃復遣使請和親。〔註 153〕前後四次，唐室以吐蕃時和時寇，
反覆無常，因此不予允諾。然久經戰禍，唐室也思治求安。郭元振上武
后疏云「每歲發和親使」，〔註 154〕固然爲離間的策略，但武后在吐蕃請
求和親之際，命郭元振「往察其宜」，〔註 155〕恐怕亦即是日後唐蕃二度
和親的先聲。〔註 156〕由於和親時機漸漸成熟，於是吐蕃於武后長安三
年（703），又遣使獻馬千匹、金二千兩以求婚，則天許之。然而當時吐
蕃南境屬國泥婆羅門等判亂，贊普自往討伐，卒於軍中，和親因而未果。
〔註157〕中宗復位以後，吐蕃再請婚，《舊唐書》卷一九六上〈吐蕃傳〉
云：

> 中宗神龍元年，吐蕃使來告喪，中宗爲之舉哀，廢朝一日。
> 俄而贊普之祖母遣其大臣悉薰熱來獻方物，爲其孫請婚，
> 中宗以所養雍王守禮女爲金城公主許嫁之。自是頻歲貢獻。

中宗由於復位不久，正患北方突厥默啜可汗勢力的日趨強盛，雖欲招
募勇士前去抗禦，又恐吐蕃乘機侵擾，適巧吐蕃前來請婚，便允諾之。

（2）公主出降的概況

中宗許婚贊普爲景龍元年（707）事，但公主出降時爲景龍四年
（710），其遲延的原因是由於公主與贊普的年紀幼小。公主爲中宗侄
孫女，中宗曾於制書云：

> 金城公主，朕之小女，長自宮闈，言適遠方，豈不鍾念。
> 〔註 158〕

於是當公主啓行之時，特命吐蕃使前進，諭以公主孩幼，割慈遠嫁

〔註 152〕 《資治通鑑》卷二〇二高宗調露元年條。
〔註 153〕 《資治通鑑》卷二〇五則天后萬歲通天元年條。
〔註 154〕 《舊唐書》卷九七〈郭元振傳〉。
〔註 155〕 《資治通鑑》卷二〇五則天后萬歲通天元年條。
〔註 156〕 參考馮藝超《唐朝與吐蕃和親之研究》第四章第一節。
〔註 157〕 《舊唐書》卷一九六上〈吐蕃傳〉。
〔註 158〕 《冊府元龜》卷九七九〈外臣部・和親二〉。

之旨，〔註159〕並予極豐厚的嫁奩。《新唐書》卷二一六上〈吐蕃傳〉云：

> 帝念主幼，賜錦繒別數萬，雜伎諸工悉從，給龜茲樂。

藏方《政教史鑑》也載公主妝奩有萬匹綾，及各種工藝，凡至王前所需之具，盡都攜備。〔註160〕此外，並下制書謂當親自送行。《冊府元龜》記載送別時的盛況頗詳：

> 丁丑，命驍衛大將軍楊矩充送金城公主使；己卯，幸始平縣，以送金城公主。辛巳，設帳殿於百頃泊，則引王公宰臣及吐蕃使人入宴，中坐。酒闌，命吐蕃使前進，諭以公主騃幼。割慈遠嫁之日，帝悲泣歔欷久之。因命從臣賦詩餞別，改始平爲金城，又改其地爲鳳池鄉愴別里。〔註161〕

《舊唐書》卷一九六上〈吐蕃傳〉亦載此事，又云中宗感傷之餘，「曲赦始平縣大辟罪已下，百姓給復一年。」當日賦詩送別的群臣，多爲知名之士，各人感受自有不同，茲予以悉數收錄，以見其情：

其一　　　　崔日用（一作趙彥昭詩）

> 聖后經綸遠，謀臣計畫多。受降追漢策，築館計戎和。
> 俗化烏孫壘，春生積石河。六龍今出餞，雙鶴願爲歌。

〔註162〕

其二　　　　崔湜

> 懷戎前策備，降女舊因修。蕭鼓辭家怨，旌旃出塞愁。
> 尚孩中念切，方遠御慈留。顧乏謀臣用，仍勞聖主憂。

〔註163〕

其三　　　　李嶠

> 漢帝撫戎臣，絲言命錦輪。還將弄機女，遠嫁織皮人。
> 曲怨關山月，妝消道路塵。所嗟穠李樹，空對小榆春。

〔註159〕《舊唐書》卷一九六上〈吐蕃傳〉。
〔註160〕參考沈朗絳村《西藏政教史鑑》。
〔註161〕《冊府元龜》卷九七九〈外臣部·和親二〉。
〔註162〕《全唐詩》卷四六、卷一〇三。
〔註163〕《全唐詩》卷五四。

〔註164〕

其四　　　閻朝隱

　甥舅重親地，君臣厚義鄉。還將貴公主，嫁與犛檀王。
　鹵簿山河暗，琵琶道路長。迴瞻父母國，日出在東方。

〔註165〕

其五　　　韋元旦

　柔遠安夷俗，和親重漢年。軍客旄節送，國命錦車傳。
　琴曲悲千里，簫聲戀九天。唯應西海月，來就掌珠圓。

〔註166〕

其六　　　唐遠悊

　皇恩眷下人，割愛遠和親。少女風遊兌，姮娥月去秦。
　龍笛迎金榜，驪歌送錦輪。那堪桃李色，移向虜庭春。

〔註167〕

其七　　　李適

　絳河從遠聘，青海赴和親。月作臨邊曉，花爲度隴春。
　主歌悲顧鶴，帝策重安人。獨有瓊簫云，悠悠思錦輪。

〔註168〕

其八　　　劉憲

　外館踰河右，行營指路岐。和親悲遠嫁，忍愛泣將離。
　旌斾羌風引，軒車漢月隨。那堪馬上曲，時向管中吹。

〔註169〕

其九　　　蘇頲

　帝女出天津，和戎轉屬輪。川經斷腸望，地與析支鄰。
　奏曲風嘶馬，銜悲月伴人。旋知偃兵革，長是漢家親。

〔註164〕《全唐詩》卷五八。
〔註165〕《全唐詩》卷六九。
〔註166〕同上。
〔註167〕《全唐詩》卷七〇。
〔註168〕同上。
〔註169〕《全唐詩》卷七一。

〔註170〕

其十　　　徐彥伯

鳳宸憐簫曲，鸞閨念掌珍。羌庭遙築館，廟策重和親。
星轉銀河夕，花移玉樹春。聖心悽送遠，留蹕望征塵。

〔註171〕

其十一　　張說

青海和親日，潢星出降時。戎王子婿寵，漢國舅家慈。
春野開離讌，雲天起別詞。空彈馬上曲，詎減鳳樓思。

〔註172〕

其十二　　薛稷

天道寧殊俗，慈仁乃戢兵。懷荒寄赤子，忍愛鞠蒼生。
月下瓊娥去，星分寶婺行。關山馬上曲，相送不勝情。

〔註173〕

其十三　　馬懷素

帝子今何去，重姻適異方。離情愴宸掖，別路遠關梁。
望絕園中柳，悲纏陌上桑。空餘願黃鶴，東顧憶迴翔。

〔註174〕

其十四　　沈佺期

金榜扶丹掖，銀河屬紫閽。那堪將鳳女，還以嫁烏孫。
玉就歌中怨，珠辭掌上恩。西戎非我匹，明主至公存。

〔註175〕

其十五　　武平一

廣化三邊靜，通煙四海安。還將膝下愛，特副域中歡。
聖念飛玄藻，仙儀下白蘭。日斜征蓋沒，歸騎動鳴鸞。

〔註170〕《全唐詩》卷七三。
〔註171〕《全唐詩》卷七六。
〔註172〕《全唐詩》卷八七。
〔註173〕《全唐詩》卷九三。
〔註174〕同上。
〔註175〕《全唐詩》卷九六。

〔註 176〕

其十六　　　鄭　愔

下嫁戎庭遠，和親漢禮優。笳聲出虜塞，簫曲背秦樓。
貴主悲黃鶴，征人怨紫騮。皇情春億兆，割念俯懷柔。

〔註 177〕

其十七　　　徐　堅

星漢下天孫，車服降殊蕃。匣中詞易切，馬上曲虛繁。
關塞移朱帳，風塵暗錦軒。簫聲去日遠，萬里望河源。

〔註 178〕

以上各詩，或敘事，或抒懷，或諷喻，均有幾分無奈，顯示和親遠嫁的悲哀。

　　此次雙方和親使，吐蕃爲名悉臘，頗曉書記，通於才辯；唐室則爲驍衛大將軍楊矩。其時唐室朝野之士，多不願爲和親使，《冊府元龜》云：

> 帝（中宗）乃召侍中紀處訥謂曰：「昔文成公主出降，則江夏王送之；卿雅識蕃情，有安邊之略，可爲朕充此使也。」處訥拜謝；既而以不練邊事固辭。帝又令中書侍郎趙彥昭往；昭以爲既充外使，恐其失權，殊不悅。司農卿趙履溫私之曰：「公，國之宰輔，而爲一介之使，不亦鄙乎？」彥昭曰：「計將安出？」履溫因爲陰託安樂公主密奏留之。丁丑，命驍衛大將軍楊矩充送金城公主使。〔註 179〕

由此可見當時多以己身利益爲先，而不以家國爲念。

　　金城公主本爲雍王李守禮之女，因金城之祖章懷太子賢之事而得罪，與睿宗諸子閉處宮中十餘年。金城公主自小即被託養於宮中，中宗待之甚厚，神龍二年（706），當太平、長寧、安樂公主等敕置官屬，儀比親王之時，公主亦與宜城、新都、安定等公主同時進封，更因公

〔註 176〕　《全唐詩》卷一〇二。
〔註 177〕　《全唐詩》卷一〇六。
〔註 178〕　《全唐詩》卷一〇七。
〔註 179〕　《冊府元龜》卷九七九〈外臣部・和親二〉。

主行將出降吐蕃而特敕置司馬。〔註180〕睿宗時，公主雖已入藏，但仍被冊爲長女，如舊封號。公主每上書訴說胸臆愁苦，玄宗頗能竭盡心力予以照應。因此，金城公主雖非皇帝的生女，然其所受唐室的優遇，實多於其他和親公主也。

（3）公主出降後的情形

自金城公主入蕃後，無時無刻不生活於戰火之中，雖然公主極力維護唐室，免受吐蕃的侵擾，但效果卻不彰明。先是吐蕃藉詞求得九曲之地。《新唐書》卷二一六上〈吐蕃傳〉云：

> 公主至吐蕃，自築城以居。……吐蕃外雖和而陰銜怒……
> 請河西九曲爲公主湯沐，矩表與其地。九曲者，水甘草長，
> 宜畜牧，近與唐接。

繼而連年犯境，自開元二年（714）起，連兵十餘年，甘、涼、河、鄯等地，不堪其擾。〔註181〕吐蕃自恃兵強，每通表疏，求敵國禮，言詞悖慢。時來請和，旋而復叛，二國相攻伐事，不勝枚舉。

金城公主見唐蕃兵戎不斷，上書請立碑分界，以息邊事。玄宗允其所請。〔註182〕是後，唐蕃有短暫的友好關係。不數年，公主薨。《冊府元龜》云：

> 廿八年十一月，金城公主薨，吐蕃遣使來告喪，……使到
> 數月，始命有司爲公主於光順門外發哀，輟朝三日。〔註183〕

自此，唐蕃雙方不再有任何倚恃或顧忌，和親關係亦隨之而決裂。

（四）玄宗朝

1. 南和縣主出降突厥

突厥自頡利可汗被擒，部屬內徙後，國遂亡。中國北方無戎馬之害，約有三十年。至阿史德溫傅奉職二部反，立泥熟匐爲可汗，諸部

〔註180〕《唐會要》卷六。
〔註181〕《資治通鑑》卷二一三開元十五年條。
〔註182〕《舊唐書》卷一九六上〈吐蕃傳〉。
〔註183〕《冊府元龜》卷九七九〈外臣部・和親二〉。

多歸心，突厥於是復盛。默啜可汗時代，據地東西萬里，數次遣使請婚，均未許。睿宗即位，復請和親，許以金山公主下嫁。但默啜旋而助奚作亂，執殺唐人，玄宗因此絕婚，默啜遣子楊我支入宿衛，玄宗才允妻以南和縣主。《冊府元龜》云：

> 玄宗先天二年……八月，突厥遣子楊我支來求婚，以蜀王女
> 南和縣主下嫁于楊我支。降書謂可汗曰：「朕欲可汗恩義稠
> 疊，故與王子更重結親，恕可汗遠聞，當喜慰也。」〔註184〕

玄宗以縣主下嫁楊我支的用意，乃爲羈縻默啜。是時默啜年已衰老，部眾逐漸逃散，玄宗以縣主妻之，使不爲亂，亦是折衷之計。

南和縣主，爲宗室蜀王之女，嫁後事蹟不詳。

2. 固安公主出降奚

奚本爲東胡鮮卑的別種，隋以前號庫莫奚。貞觀廿二年（648），其首領可度率眾內附，太宗賜以國姓，就其地置饒樂都督府，是後，奚酋世襲其職，但仍臣叛不常。突厥強盛時，奚曾臣屬。開元三年（715），默啜政衰，酋長李大酺率眾來附，玄宗許妻以固安公主，以爲羈縻。

公主辛氏女，爲玄宗從外甥。開元五年（717）出降李大酺。《唐會要》云：

> 固安，從外甥女辛氏，開元五年二月，出降首領李大酺。
> 〔註185〕

開元八年（720），李大酺死，共立其弟魯蘇爲主，固安從其俗再配爲妻。《通典》云：

> 時魯蘇牙官塞默羯謀害魯蘇，翻歸突厥，公主密知之，遂
> 設宴誘執而殺之；上嘉其功，賞賜累萬。公主嫡母妒主榮
> 寵，乃上書主是庶女，此實欺罔稱嫡，請更以所生女嫁與
> 魯蘇。上怒，令與魯蘇離婚，又封成安公主女嫣氏爲東光

〔註184〕 同上。
〔註185〕 《唐會要》卷六。

公主以妻魯蘇。〔註186〕

此嫡母妒女，可謂世所罕聞。《舊唐書》卷一九九下〈奚傳〉也有「公
主與嫡母未和，遞相論告，詔令離婚」的記載，則公主或亦不遜其母，
於是玄宗令與魯蘇離婚，而以東光公主妻之。

3. 永樂公主出降契丹

契丹君長原姓大賀氏，受賜李姓，也與奚同年。其酋窟哥來降，
太宗就其地置松謨都督府，以窟哥為都督，是後契丹首領世襲其職。
但亦臣叛不常，屢助突厥寇邊。默啜可汗晚年政衰，其酋失活始離突
厥來附，玄宗詔勞之。契丹與奚，於開元、天寶年間，勢力相當，玄
宗對待二國，未有厚薄的差別。開元五年（717）二月，以固安公主
妻於奚國。同年十二月，也以永樂公主下嫁契丹。

永樂公主楊氏女，為玄宗的外甥。《冊府元龜》記載玄宗於開元
五年（717），下詔封其為公主，以出降契丹，其文云：

八月詔曰，故東平王外孫，正議大夫復州司馬楊元嗣第七
女，譽協才明，體光柔順，茷孳懿戚，敦睦有倫，舜華靡
顏，德容兼茂，屬賢王慕義，于以賜親。納女問名，茲焉
迺吉，宜昇外館之寵，俾耀邊城之地，可封永樂，出降契
丹松漠郡王李失活。婚之夜，遣諸親高品及兩蕃大守領觀
花燭。〔註187〕

由上所述，可見公主和親的概況。孫逖有〈同洛陽李少府觀永樂公主
入蕃詩〉一首，其詩云：

邊地鶯花少，年來未覺新。
美人天上落，龍塞始應春。〔註188〕

是時國內昇平，蕃酋詣闕降附，大抵朝士多贊成以和親羈縻外族。

失活尚主後，一年而卒，由其弟娑固繼立為王。《唐會要》云：

六年，失活卒，玄宗為之舉哀，贈特進；冊立其從父弟娑

〔註186〕《通典》卷二○○。
〔註187〕《冊府元龜》卷九七九〈外臣部·和親二〉。
〔註188〕《全唐詩》卷一一八。

固爲松漠郡王。七年十一月，娑固與公主來朝，宴於內殿。
〔註189〕

可見公主亦從其俗而再嫁娑固也。

4. 交河公主出降突騎施

突騎施，爲西突厥的別部，地當伊犁流域。至蘇祿時，屢次遣使來朝，陰有窺邊之志。玄宗欲加羈縻，賜名忠順可汗，並妻以阿史那懷道女交河公主。事載於《新唐書》卷二一五〈突厥傳〉：

> 突騎施別種車鼻施啜蘇祿者，哀拾餘眾，自爲可汗。蘇祿善撫循其下，部種稍合，眾至二十萬，於是復雄西域。開元五年，始來朝，授右武衛大將軍、突騎施都督，卻所獻不受。以武衛中郎將王惠持節拜蘇祿左羽林大將軍、順國公，賜錦袍、鈿帶、魚袋七事，爲金方道經略大使。然詭猾，不純臣于唐，天子羈係之，進號忠順可汗。其後閱一二歲，使者納贄，帝以阿史那懷道女爲交河公主妻之。

此處未載出降年月；《資治通鑑》記載交河公主出降爲開元十年（722）十二月。〔註190〕《冊府元龜》則以其爲開元五年（717）八月。不知何年爲眞。

交河公主爲突厥人，其父阿史那懷道，於西突厥阿史那氏亡後，仍統率其部落，官濛池都獲，累授右屯衛大將軍光祿卿，轉太僕卿。公主自幼即生長於漢土，雖充帝女，爲中國和親，但以出身蕃族，仍不被唐室官吏所見重。《舊唐書》卷一九四上〈突厥傳〉云：

> 時杜暹爲安西都護，公主遣牙官齎馬千疋詣安西互市，使者宣公主教與暹，暹怒曰：「阿史那氏女，豈合宣教與吾節度耶！」杖其使者，留而不遣，其馬經雪寒，死並盡。蘇祿大怒，發兵分寇四鎮。會杜暹入知政事，趙頤貞代爲安西都護，城守久之，由是四鎮貯積及人畜並爲蘇祿所掠，安西僅全。蘇祿既聞杜暹入相，稍引退，俄又遣使入朝獻

〔註189〕　《唐會要》卷九六。
〔註190〕　《資治通鑑》卷二一二開元十年條。

　　方物。

開元廿六年（738），突騎施內亂，玄宗遣兵討平，擒蘇祿子吐火仙，取公主而還。《資治通鑑》卷二一四開元廿七年條：

> 秋，八月，乙亥，磧西節度使蓋嘉運擒突騎施可汗吐火仙。嘉運攻碎葉城，吐火仙出戰，敗走，擒之於賀遏嶺。分遣疏勒鎮守使夫蒙靈察與拔汗那王阿悉爛達干潛引兵突入怛邏斯城，擒黑姓可汗爾微，遂入曳建城，取交河公主。悉收散髮之民數萬以與拔汗那王，威震西陲。

此戰拔汗那王最有功績，或為其後尚主的張本。

5. 燕郡公主出降契丹

　　開元八年（720），契丹衙將可突于叛，殺娑固而自專政。是後，立娑固從父弟鬱于為酋長，並遣使入朝請罪。玄宗仍冊立鬱于為松漠郡王。開元十年（722），並妻以燕郡公主。

　　公主慕容女，為玄宗的外甥。《冊府元龜》云：

> 十年，契丹松漠郡王鬱于入朝請婚，封從妹夫。帝更令慕容嘉賓女燕郡主以妻之。〔註191〕

《全唐文》亦載玄宗冊封燕郡公主之制，其文云：

> 漢圖既采，蕃國是親，公主嫁烏孫之王，良家聘氈裘之長。欽有前志，抑有舊章。餘姚縣主長女慕容氏：柔懿為德，幽閒在性，蘭儀載美，蕙問增芳，公宮之教夙戒，師氏之謀可則；今林胡請屬，析津，雖無外之仁，已私於上略，而由內之德，亦資於元女；宜光茲寵命，謹此蕃服，俾遵下嫁之禮，以協大邦之好，可封燕郡公主，出降與松漠郡王李鬱于。〔註192〕

公主嫁後二年，鬱于死。弟吐于襲位，公主復配吐于。次年，其將可突于逐吐于出境，吐于攜公主來奔，封為遼陽郡王，留宿衛。〔註193〕

〔註191〕《冊府元龜》卷九七九〈外臣部・和親二〉。
〔註192〕《全唐文》卷二二。
〔註193〕《新唐書》卷二一九〈契丹傳〉。

6. 東光公主出降奚

固安公主離婚後，玄宗復以東光公主妻魯蘇。公主韋氏女，父捷，爲韋后的從子，尚中宗女成安公主。《唐會要》云：

> 十年，詔魯蘇襲其兄官爵，又封咸〔成〕安公主女韋氏爲東光公主以妻之。〔註194〕

其冊封公主的制文云：

> 炎漢盛禮，蕃國是和，烏孫降公主之親，單于聘良家之子，永惟前史，率由舊章。故成安公主韋氏女六行克昭，四德聿備，漸公宮之訓，承内家之則；屬林胡拜命，扞塞無虞，柔遠之思，已歸於上略，悉楚之慶，載睦於和親；宜正湯沐之封，式崇下嫁之禮，可封東光公主，出降饒樂郡王魯蘇。〔註195〕

玄宗許婚公主之年爲開元十年（722），然其出降年則不詳，《冊府元龜》載玄宗於開元十二年（724）三月，遣使齎絹錦八萬段，分賜奚及契丹，其時公主已下嫁奚國。因此其出降年代，當在開元十年至十二年（722～724）之間。

開元十八年（730），契丹大將叛降突厥，奚眾亦多依附，魯蘇不能制，公主來奔平盧軍。是後公主事蹟無聞。〔註196〕

7. 東華公主出降契丹

吐于留漢未返，可突于奉李邵固爲酋長。玄宗復詔許襲王，拜左羽林衛大將軍，徙王廣化郡，妻以甥女東華公主。《舊唐書》卷八〈玄宗本紀上〉云：

> 開元十四年⋯⋯三月，⋯⋯以國甥東華公主降于契丹李召固。

李邵固封王時，玄宗下制文曰：

> 李邵固等輸忠保塞，乃誠奉國，驕外寰中，無遠不屆。而

〔註194〕《唐會要》卷九六。
〔註195〕《全唐文》卷一九。
〔註196〕《舊唐書》卷一九九下〈奚傳〉、《新唐書》卷二一九〈奚傳〉。

華裔靡隔，等數有加，直賜休名，俾承慶澤。〔註197〕

東華公主出降後三年，可突于復殺邵固，立屈烈爲王，脅奚眾降突厥。公主與奚東光公主同奔平盧軍。〔註198〕

8. 和義公主出降寧遠

寧遠國本名拔汗那，居漢時的大宛地。玄宗時，改爲寧遠國。《新唐書》卷二二一下〈寧遠傳〉云：

> 玄宗開元二十七年，王阿悉爛達干助平吐火仙，冊拜奉化王。天寶三載，改其國號寧遠，帝以外家姓賜其王曰竇，又封宗室女爲和義公主降之。十三載，王忠節遣子薛裕朝，請留宿衛，習華禮，聽之，授左武衛將軍。其事唐最謹。

阿悉爛達干以開元廿七年（740）助平突騎施有功，得以改國爲美名，又尚公主。玄宗有封主下降制云：

> 呼韓來享，位列侯王，烏孫入和，義通姻好。懷柔之道，今古攸同。寧遠國奉化王驃騎大將軍阿悉爛達干：志慕朝化，誓爲邊扞；漸聲教而有孚，勤職貢而無闕；誠深內附，禮異殊鄰；受錫嘉偶，特申殊渥。四從弟前河南府陽城縣令參第四女：質稟幽閒，性惟純懿，承姆師之訓導，寔宗人之光儀；固可以保合戎庭，克諧邦選，宜曆遠好，以寵名蕃；可封和義公主，降寧遠國奉化王。〔註199〕

寧遠國自開元末年至肅宗寶應元年（736～762），屢次遣使來朝，事唐最謹。〔註200〕其地沃腴，民居土室，較其他民族的文化，或更爲發達。公主嫁後的生活，應較爲優渥也。

9. 宜芳公主出降奚

宜芳公主楊氏女，天寶四年（745）出降奚酋李延寵。《唐會要》

〔註197〕　《全唐文》卷二二。
〔註198〕　《新唐書》卷二一九〈契丹傳〉。
〔註199〕　《全唐文》卷二四。
〔註200〕　《冊府元龜》卷九七〇至九七二。

云：

> 宜芳，外甥女楊氏，天寶四年三月十四日，出降饒樂都督
> 懷信王李延寵。〔註201〕

《全唐詩》卷七亦言「宜芬〔芳〕公主本豆盧氏女，有才色。天寶四載，奚霫無主，安祿山立其質子而以公主配之。上遣中使護送。至虛池驛，悲愁作詩一首」，〔註202〕公主所作詩題為〈虛池驛題屏風〉，其詩云：

> 出嫁辭鄉國，由來此別難。聖恩愁遠道，行路泣相看。沙
> 塞容顏盡，邊隅粉黛殘。妾心何所斷，他日望長安。〔註203〕

自古別離，尤其辭鄉去國，終老異域，更是令人難堪，足見其心中的愁苦。

公主出降後約六月，為奚酋所殺。《資治通鑑》卷二一五天寶四載條：

> 九月……安祿山欲以邊功市寵，數侵奚掠契丹，奚契丹各
> 殺公主以叛，祿山討破之。

和親公主之下場，極其悲慘。

10. 靜樂公主出降契丹

可突于降突厥以後，更加驕悖，連年犯邊。趙含章、薛楚玉相繼為范陽節度使，均不能制。開元廿二年（734），張守珪鎮范陽，誘其牙官李過折斬之，傳首東都；詔授過折為都督。是後契丹又叛。天寶四年（745），其酋李懷秀來降，玄宗封甥女獨孤氏為靜樂公主下嫁。《冊府元龜》云：

> 四載，三月，封外孫〔甥〕女獨孤氏為靜樂公主降松漠都
> 督崇順王李懷秀。……九月，奚及契丹酋長各殺公主，舉
> 部以叛。〔註204〕

〔註201〕　《唐會要》卷六。
〔註202〕　《全唐詩》卷七。
〔註203〕　同上。
〔註204〕　《冊府元龜》卷九七九〈外臣部・和親二〉。

由此可知公主出降後約六月，與宜芳公主同受難。

（三）肅宗朝

1、寧國公主出降回紇

（1）公主出降的時代背景

回紇，爲鐵勒部落之一。唐建國時，回紇尙臣屬於東突厥。貞觀三年（629）始遣使貢方物。開元末年，突厥內亂，回紇乘機興起，領地東極室韋，西抵金山，南至黃河河套，與唐、吐蕃，同爲東亞的強國。

唐天寶十四年（755）安史亂起，兩京陷落，玄宗奔蜀，肅宗即位靈武，力圖挽救危局。於是，遣敦煌王承寀赴回紇請兵，葛勒可汗喜，以可敦妹妻承寀，並遣渠領來請和親，帝欲固其心，即封回紇女爲毗伽公主。〔註205〕至德二年（757），回紇派太子葉護將兵四千助唐，大敗安祿山，收復東西兩京。事平，肅宗以親女寧國公主賜嫁回紇葛勒可汗，其封主下降制云：

> 頃自兇渠作亂，宗社阽危。迴紇特表忠誠，載懷奉國；所以兵踰絕漢，力徇中原，亟除青犢之妖，實賴烏孫之助。而先有情款，固求姻好。今兩京底定，百度惟貞；奉皇輿而載寧，纘鴻業而攸重。斯言可復，厥德難忘。爰申降主之禮，用答勤王之志。〔註206〕

由此可見肅宗爲厚勞回紇克定兩京，而妻以公主。

（2）公主出降的概況

肅宗乾元元年（758），公主出降。其降蕃日，肅宗以堂弟漢中郡王瑀爲特進、試太常卿、攝御史大夫，充冊命英武威遠毗伽可汗使；以堂姪左司郎中巽爲兵部郎中、攝御史中丞、鴻臚卿，副之，兼充寧國公主禮會使。又特差重臣開府儀同三司、行尙書右僕射、冀國公裴冕送至界首。上御宣政殿，冊立回紇英武威遠毗伽可汗，並送寧國公

〔註205〕《新唐書》卷二一七〈回紇傳〉。
〔註206〕《全唐文》卷四二。

主至咸陽磁門驛,公主泣而言曰「國家事重,死且無恨。」〔註207〕

公主初至虜庭,可汗胡帽赭袍坐帳中,驕傲不為禮,漢中王瑀解說公主為帝生女,有德容,萬里來降,當以禮見;可汗遂起奉詔,謝婚,出兵討賊。《舊唐書》卷一九五〈回紇傳〉記載此事,其文云:

> 瑀曰:「唐天子以可汗有功,故將女嫁與可汗結姻好。比者中國與外蕃親,皆宗室子女,名為公主。今寧國公主,天子真女,又有才貌,萬里嫁與可汗。可汗是唐家天子女婿,合有禮數,豈得坐於榻上受詔命耶!」可汗乃起奉詔,便受冊命。翼日,冊公主為可敦;蕃酋歡欣曰:「唐國天子貴重,將真女來。」瑀所送國信繒綵衣服金銀器皿,可汗盡分與衙官、酋長等。及瑀回,可汗獻馬五百匹、貂裘、白氈。八月,迴紇使王子骨啜特勤及宰相帝德等驍將三千人助國討逆。肅宗嘉其遠至,賜宴,命隨朔方行營使僕固懷恩押之。九月甲申,迴紇使大首領蓋將等謝公主下降,兼奏破堅昆五萬人,宴於紫宸殿,賜物有差。十二月甲午,迴紇使三婦人,謝寧國公主之聘也,賜宴紫宸殿。

寧國公主為肅宗親女,先嫁鄭巽,再嫁薛康衡。安祿山陷長安時,已嫠居在家。〔註208〕乾元元年(758)時,肅宗七女之中,唯有寧國寡居,遂於同年七月出降回紇可汗。

(3)公主出降後的情形

公主下降數月,可汗卒,回紇欲以公主為殉。《資治通鑑》卷二二一乾元二年(759)條:

> 回紇毗伽闕可汗卒,長子葉護先遇殺,國人立其少子,是為登里可汗。回紇欲以寧國公主為殉,公主曰:「回紇慕中國之俗,故娶中國女為婦。若欲從其本俗,何必結婚萬里之外邪!」然亦為之剺面而哭。

此條胡三省注云:

> 漠北之俗,死者停屍於帳,子孫及親屬男女各殺牛馬,陳

〔註207〕《舊唐書》卷一九五〈回紇傳〉。
〔註208〕《新唐書》卷八三〈諸帝公主傳〉。

於帳前祭之，遶帳走馬七匝，詣帳門以刀剺面，且哭，血淚俱流，如此者七度，乃止。〔註209〕

其習俗如此，駭人聽聞；唐室公主，如何遵行適應？無怪乎有以和親爲恥也。

公主無子，於乾元二年（759）八月還國。杜甫有詩二首，前首寫寧國公主委曲出降，末首寫公主無子還歸一事，〈留花門〉詩二首之一云：

北門天驕子，飽肉氣勇決。高秋馬肥健。挾矢射漢月。
自古以爲患，詩人厭薄伐。修德使其來，羈縻固不絕。
胡爲傾國至，出入暗金闕。中原有驅除，隱忍用此物。
公主歌黃鵠，君王指白日。〔註210〕

〈即事〉詩云：

聞道花門破，和親事卻非。人憐漢公主，生得渡河歸。
秋思拋雲髻，腰支勝寶衣。群兇猶索戰，回首意多違。

〔註211〕

由以上二詩觀之，恐怕杜甫也不以和親爲消弭邊患的長策。

2、小寧國公主出降回紇

寧國公主出降，肅宗以宗女媵之。乾元二年（759），公主返國，榮王女仍留於回紇，稱爲小寧國公主。《舊唐書》卷一九五〈回紇傳〉云：

貞元七年五月庚申朔，以鴻臚少卿庾鋌兼御史大夫，冊迴紇可汗及弔祭使。是月，迴紇遣使律支達干等來朝，告小寧國公主薨，廢朝三日。故，肅宗以寧國公主降迴紇，又以榮王女媵之；及寧國來歸，榮王女爲可敦，迴紇號爲小寧國公主，歷配英武、英義二可汗。及天親可汗立，出居於外，生英武二子，爲天親可汗所殺。無幾薨。

〔註209〕　《資治通鑑》二二一乾元二年條注。
〔註210〕　《全唐詩》卷二一七。
〔註211〕　《全唐詩》卷二二五。

《新唐書》所載略同，二書均未言冊封小寧國公主一事，考《全唐文》
中有〈冊和回紇公主文〉云：

> 維大曆二年，歲次丁未，……皇帝若曰：「帝乙歸妹，表於
> 易象。魯侯築館，列在春秋。咨爾第某妹：雲漢之姿，聯
> 華宸極；河洲之德，著美公宮；整玉笄於錦車，題銀牓於
> 翟幨；善修嬪則，載協蕃情，實資輔佐之功，廣我懷柔之
> 道；烏孫下嫁，已申飾配之儀，紅綬增榮，爰寵疏封之命；
> 是用冊曰某公主，敬承徽禮，可不慎歟。」〔註212〕

以上冊文，鄺平樟以為冊封小寧國公主之文，其推論云：

> 蓋寧國公主於乾元二年（759）歸國，距代宗大曆時已六年
> 餘；少寧國在蕃中，蕃人敬戴之，無異正式和親之公主，
> 故代宗謂其有輔佐之功，能廣懷柔之道也。少寧國本肅宗
> 之從女，代宗當稱族妹，適與冊文符合。冊中云某公主，
> 是未另賜封號，順蕃人之呼為少寧國也。〔註213〕

其推斷頗為合理。

3、僕固懷恩女出降回紇

《舊唐書》卷一九五〈回紇傳〉云：

> 先是，毗伽闕可汗請以子婚，肅宗以僕固懷恩女嫁之。……
> 代宗御宣政殿，出冊文，加冊可汗為登里頡咄登密施含俱
> 錄英義建功毗伽可汗，可敦加冊為婆墨光親麗華毗伽可
> 敦。「頡咄」，華言「社稷法用」；「登密施」，華言「封竟」；
> 「含俱錄」，華言「婁羅」；「毗伽」，華言「足意智」；「婆
> 墨」，華言「得憐」。

《新唐書》卷二一七〈回紇傳〉云：

> 始葉護太子前得罪死，故次子移地健立，號牟羽可汗，其妻，
> 僕固懷恩女也。始可汗為少子請昏，帝以妻之，至是為可敦。
> 明年，使大臣俱錄莫賀達干等入朝，并問公主起居，使人通
> 謁於延英殿。……於是冊可汗曰頡咄登里骨啜密施合俱錄英

〔註212〕 《全唐文》卷四九。
〔註213〕 參考鄺平樟《唐代公主和親考》。

義建功毗伽可汗，可敦曰娑墨光親麗華毗伽可敦，以左散騎
常侍王翊使，即其牙冊之，自可汗至宰相共賜實封二萬戶。

《新唐書》卷二二四上〈僕固傳〉云：

初，肅宗以寧國公主下嫁毗伽闕可汗，又爲少子請婚，故
以懷恩女妻之。少子立，號登里可汗，而懷恩女爲可敦。

由以上三說，可知僕固懷恩之女下嫁回紇移地健，後封爲娑墨光親麗
華毗伽可敦。其和親時代後於寧國公主出降不久，殆爲肅宗乾元元年
或二年（758～759）。

（四）代宗朝

此期和親有一，即崇徽公主出降回紇。

僕固懷恩女下嫁回紇登里可汗，於大曆三年（769）卒。唐室復
妻以懷恩幼女崇徽公主爲繼室。《冊府元龜》云：

代宗大曆四年五月，冊僕固懷恩小女爲崇徽公主，視同第
十女，下嫁迴紇可汗爲可敦。遣兵部侍郎李極兼御史大夫
持節于迴紇冊可敦，以繒帛二萬疋遣之。六月丁酉，崇徽
公主辭赴迴紇，宰臣已下百察，送至中渭橋。〔註214〕

僕固懷恩於永泰元年（765）卒後，代宗念其平亂有功，置其女於宮
中，而撫養長大，遂云「視同第十女」。

公主下嫁回紇時，民間或甚非議。晚唐李山甫〈代崇徽公主意〉
詩云：

金銀墜地鬢堆雲，自別朝陽帝豈聞。遣妾一身安社稷，不
知何處用將軍。〔註215〕

又其〈陰地關崇徽公主手跡〉詩云：

一拓纖痕更不收，翠微蒼蘚幾經秋。誰陳帝子和番策，我
是男兒爲國羞。寒雨洗來香已盡，澹煙籠著恨長留。可憐
汾水知人意，旁與吞聲未忍休。〔註216〕

〔註214〕《冊府元龜》卷九七九〈外臣部・和親二〉。
〔註215〕《全唐詩》卷六四三。
〔註216〕同上。

詩人雍陶亦有〈陰地關見入蕃公主石上手跡〉詩云：

> 漢家公主昔和蕃，石上今餘手跡存。風雨幾年侵不滅，分
> 明纖指印苔痕。〔註217〕

李雍二氏作詩時，已後於公主和蕃八、九十年，此陰地關事，或爲晚唐民間的傳說。

（五）德宗朝

1、咸安公主出降回紇

（1）公主出降的時代背景

代宗崩，登里可汗欲舉兵入寇，其相莫賀達干諫，不從，遂殺可汗而自立，是爲合骨咄祿毗伽可汗。德宗詔京兆尹源休持節，冊爲武義成功可汗，數度遣使來婚，德宗以曾見辱於登里，懷恚未平，語於宰相李泌，曰「和親待子孫圖之，朕不能已」。當時吐蕃圍攻隴右，邊將告急。李泌固勸德宗許婚回紇，事載於《資治通鑑》卷二三三貞元三年（787）條：

> 回紇合骨咄祿可汗屢求和親，且請昏；上未之許。會將告乏馬，無以給之，李泌言於上曰：「陛下誠用臣策；數年之後，馬賤於今十倍矣！」上曰：「何故？」對曰：「願陛下推至公之心，屈己徇人，爲社稷大計，臣乃敢言。」上曰：「卿何自疑若是！」對曰：「臣願陛下北和回紇，南通雲南，西結大食、天竺，如此，則吐蕃自困，馬亦易致矣。」

唐室因邊界空虛，吐蕃入侵，爲採取聯回抗吐政策，而下嫁咸安公主。

（2）公主出降的概況

公主出降以前，德宗曾命齎公主畫形以示可汗。《唐會要》云：

> 貞元二年四月二十九日，太常卿董晉奏：公主出降蕃國，請加玉冊。制曰：可。三年九月，遣回紇使合闕將軍歸其國。初合闕將其君命請婚于我，許以咸安公主嫁之。命公

　　主見合闕于麟德殿，且命中謁者齎公主畫圖，就示可汗。

　　以馬價絹五萬疋還之，許其互市而去。〔註218〕

和親獻圖，或謂漢代實行，見於《西京雜記》。但以雜記著作時代尚有疑難，史家或未置信，不意唐代果有此事。然未聞其他和親公主亦如是，則不知此爲唐代和親的常例或特例？

　　德宗貞元四年（788），咸安公主出降，雙方和親的禮儀，詳載於《冊府元龜》，其文云：

　　四年十月戊子，迴紇寧國公主及使至，帝御延喜門觀之，禁婦人及車輿觀者。時迴紇可汗喜於和親，其禮甚恭。上言，昔爲兄弟，今爲子婿，子婿，半子也。此猶父，彼猶子，若患西戎，子當除之。又罵辱吐蕃使者，及使宰相等，率眾千餘，及其妹骨咄祿毗伽公主，姨妹迷外骨咄祿公主，及職使大首領等妻妾，凡五十六婦人來迎可敦，凡遣人千餘。納聘馬三千疋，帝令朔州及太原分留七百匹，其宰首領皆至分館鴻臚將作。癸巳，使見于宣政殿。乙未，帝召迴紇公主及使者，對於麟德殿，各有頒賜。庚子，詔以咸安公主出降，迴紇可汗仍特置官屬祝親王。壬寅，以殿中監嗣滕王湛然，爲咸安公主婚禮使。十一月乙巳，加嗣滕王湛然簡較禮部尚書兼御史大夫。丁未，加送咸安公主，及冊回紇可汗使關播簡較右僕射。公主，帝第八女也，初王師平史朝義北虜微有功，特此不脩蕃臣禮。至是，迴紇武義成功可汗始遣使獻方物，仍求結親，并請改紇字爲鶻，帝與宰相議，許之，以公主降焉。今使冊可汗爲勇猛分相智惠長受天親可汗，冊公主爲孝順端正智慧長壽可敦，御製詩送之。〔註219〕

其時孫叔向有〈送咸安公主〉詩云：

　　鹵簿遲遲出國門，漢家公主嫁烏孫。

　　玉顏便向穹廬去，衛霍空承明主恩。〔註220〕

〔註218〕《唐會要》卷六。

〔註219〕《冊府元龜》卷九七九〈外臣部・和親二〉。

〔註220〕《全唐詩》卷四七二。

此詩暗喻唐室不喜用將軍，以致於公主遠嫁和親也。

咸安公主，即燕國襄穆公主，為德宗第八女。〔註221〕

（3）公主出降後的情形

公主出降後一年，天親可汗卒，數年之間，回紇屢易可汗，《唐會要》云：

> 天親可汗卒，子忠貞可汗立。貞忠可汗卒，子奉誠可汗立。
> 奉誠可汗卒，國人立其相，是為懷〔信〕可汗。皆從〔胡〕
> 法尚公主。〔註222〕

則公主歷配四可汗，居回紇有廿一年。元和三年（808），公主薨。回紇遣使來告喪，輟朝三日。當時白居易為翰林學士，憲宗命撰祭文，云：

> ……故鄉不返，烏孫之曲空傳；歸路雖遙，青塚之魂可
> 復……〔註223〕

辭意頗為哀憫。公主在蕃多年，回紇國內多亂，北方邊患較少。唐室此次和親所獲，即回紇數度出兵助禦吐蕃。

2、葉公主出降回紇

葉公主出降回紇的經過，史未細載，僅《新唐書》卷二一七〈回紇傳〉云：

> 是歲，可汗為少可敦葉公主所毒死，可敦亦僕固懷恩之孫，
> 懷恩子為回鶻葉護，故女號葉公主云。

此處所言之「是歲」，不知是貞元二年（786）或五年（789），則葉公主出降年代，應在德宗貞元五年或貞元五年之前。

（六）穆宗朝

此期和親有一，即太和公主出降回紇。

（1）公主出降的時代背景

〔註221〕《新唐書》卷八三〈諸帝公主傳〉。
〔註222〕《唐會要》卷六。
〔註223〕《全唐文》卷六八一。

回紇自咸安公主歿後，屢次遣使來請婚，未得允諾。元和末年，請婚彌切，憲宗以其有勳勞於王室，西戎又數爲邊患，於是許婚。〔註224〕《資治通鑑》卷二四六會昌三年（843）條：

> 十一月，上遣使賜太和公主冬衣。命李德裕爲書賜公主，略曰：先朝割愛降婚，義寧家國，謂回鶻必能禦侮，安靜塞垣。

由此可見唐室重申和親盟約的動機。

（2）公主出降的概況

太和公主，爲憲宗生女，穆宗第十妹，於長慶元年（821）五月出降。《冊府元龜》云：

> 長慶元年五月丙申，回鶻都督、宰相、公主、摩尼等五百七十三人入朝迎公主。詔於鴻臚寺安置，癸亥，敕太和公主出降回鶻爲可敦，宜令中書舍人王起赴鴻臚寺宣示之。……甲子，以左金吾衛大將軍胡証檢校户部尚書持節充送公主入回鶻及加冊可汗使。光祿寺卿李憲加兼御史中丞充副使。太常博士殷侑改殿中侍御史充判官。以前曹州刺史李銳爲太府卿兼御史大夫持節赴回鶻充婚禮使。宗正少卿嗣寧王子鴻兼御史中丞充副使。以虞部員外郎陳鴻爲判官。〔註225〕

其時吐蕃聞唐室與回鶻和親，進犯青塞堡；回鶻奏以一萬騎出北庭，一萬騎出安西拒吐蕃，以護衛公主入回鶻。是年六月，特於太和公主府設官屬，儀比親王。七月，公主駕發長安，儀衛頗盛；回鶻迎婚公主，軍容亦壯。《冊府元龜》云：

> 七月乙卯，正衙冊太和長公主爲回鶻可敦。辛酉，長公主發赴回鶻國，帝以半伏御通化門。臨送，百僚章敬寺前立班，儀衛頗盛，士女傾城觀焉。十月，豐州奏回鶻五百騎至界首，以迎公主。十一月甲寅，振武節度使張惟清奏准詔發兵三千人赴蔚州，數內已發一千人，訖餘二千人，待

〔註224〕《舊唐書》卷一九五〈回紇傳〉。

〔註225〕《冊府元龜》卷九七九〈外臣部・和親二〉。

太和公主出界即發遣。又奏得天德軍轉牒云：迴鶻七百六十人，將馳馬及車相次，至黃盧泉迎公主，豐州刺史李佑奏迎公主回鶻三千騎於柳泉下營。〔註226〕

李肇《國史補》言「太和公主出降回鶻，上御通化門送之。百僚立班章敬寺門外，公主駐車慕次；百僚再拜，中使將命，出幕答拜而退」，〔註227〕足見其出降禮儀的隆重。詩人李賀〈貴主征行樂〉，即寫太和公主出降的情形，其詩云：

奚騎黃銅連鎧甲，羅旗香幹金畫葉。中軍留醉河陽城，嬌嘶紫燕踏花行。春營騎將如紅玉，走馬揹鞭上空綠。女垣素月角呷呷，牙帳未開分錦衣。〔註228〕

此外，如王建〈太和公主和蕃〉詩云：

塞黑雲黃欲渡河，風沙眯眼雪相和。
琵琶淚溼行聲小，斷得人腸不在多。〔註229〕

又如楊巨源〈送太和公主和蕃〉詩云：

北路古來難，年光獨認寒。朔雲侵鬢起，邊月向眉殘。蘆井尋沙到，花門度磧看。薰風一萬里，來處是長安。〔註230〕

以上三首，前首寫公主出降時的盛況；末二首則寫公主內心的悲涼哀怨。

（3）公主出降後的情形

公主至回鶻牙帳，依照胡法拜可汗。《舊唐書》卷一九五〈回紇傳〉云：

既至虜廷，乃擇吉日，冊公主爲回鶻可敦。可汗先升樓東向坐，設毯幄於樓下以居公主，使群胡主教公主以胡法。公主始解唐服而衣胡服，以一嫗侍，出樓前西向拜。可汗坐而視，公主再俯拜訖，復入毯幄中，解前所服而披可敦服，通裾大襦，皆茜色，金飾冠如角前指，後出樓俯拜可

〔註226〕 同上。
〔註227〕 《國史補》卷中。
〔註228〕 《全唐詩》卷三九一。
〔註229〕 《全唐詩》卷三〇一。
〔註230〕 《全唐詩》卷三三三。

汗如初禮。虜先設大輿曲扆，前設小座，相者引公主升輿，
回紇九姓相分負其輿，隨日右轉於庭者九，公主乃降輿升
樓，與可汗俱東向坐。自此臣下朝謁，并拜可敦。可敦自
有牙帳，命二相出入帳中，証等將歸，可敦宴之帳中，留
連號啼者竟日，可汗因贈漢使以厚賕。

此即公主初至回紇的情形，昔日寧國、咸安等公主出降至回紇，恐亦
相似。

　　崇德可汗尙主後，三年而卒，而後可汗數易，又值國內饑荒頻仍，
更加不安。其別將句錄莫賀，引點戛斯眾攻回鶻，於是點戛斯得太和
公主，欲送還朝。遂上表云：

破滅回鶻之時，收得皇帝女公主，緣與大唐同姓之國，因
不敢留公主；差都呂施合將軍送至南朝，至今不知信息。
不知得達大唐，爲復被奸人中路隔絕？緣此使不回，今出
四十萬兵尋覓，上天入地，終須覓得。送公主使若入吐蕃
國去，即至吐蕃。〔註231〕

既而烏介侵逼振武，潰敗，不及將公主同行，石雄兵遇公主，因迎歸
國。白居易有〈河陽石尙書破迴鶻迎貴主過上黨射鷺鷥繪畫爲圖猥蒙
見示稱歎不足以詩美〉，云：

塞北虜郊隨手破，山東賊壘掉鞭收。烏孫公主歸秦地，白
馬將軍入潞州。劍拔青鱗蛇尾活，弦抨赤羽火星流。須知
鳥目猶難漏，縱有天狼豈足憂。畫角三聲刁斗曉，清商一
部管弦秋。他時麟閣圖勳業，更合何人居上頭。〔註232〕

公主途經數十日，始抵長安。《資治通鑑》卷二四七會昌三年（843）
條：

庚寅，太和公主至京師，改封安定大長公主；詔宰相帥百
官迎謁於章敬寺前。公主詣光順門，去盛服，脫簪珥，謝
回鶻負恩、和蕃無狀之罪。上遣中使慰諭，然後入宮。陽
安等六〔七〕公主不來慰問安定公主，各罰俸物及封絹。

〔註231〕《全唐文》卷七〇七。
〔註232〕《全唐詩》卷四六〇。

公主在蕃廿一年，輾轉流離而歸，人多憐其命運。李敬方有〈太和公
主還宮〉詩云：

> 二紀煙塵外，淒涼轉戰歸。胡笳悲蔡琰，漢使泣明妃。金
> 殿更戎幄，青祛換氀衣。登車隨伴仗，謁廟入中闈。湯沐
> 疏封在，關山故夢非。笑看鴻北向，休詠鵲南飛。宮髻憐
> 新樣，庭柯想舊圍。生還侍兒少，熟識內家稀。鳳去樓扁
> 夜，鸞孤匣掩輝。應憐禁園柳，相見倍依依。〔註233〕

又李頻有〈太和公主還宮〉詩云：

> 天驕發使犯邊塵，漢將推功遂奪親。離亂應無初去貌，死
> 生難有卻回身。禁花半老曾攀樹，宮女多非舊識人。重上
> 鳳樓追故事，幾多愁思向青春。〔註234〕

讀此二詩，如同目睹公主還宮的情景，令人不勝歔欷。

（七）僖宗朝

此期和親有一，即安化長公主出降南詔。

南詔以先有六，自號六詔。有蒙巂、越析、浪穹、邆睒、施浪、
蒙舍，蒙舍在最南，謂之南詔。高宗永徽四年（653），始遣使入貢。
開元十八年（730），得唐室的幫助，滅併六詔，合而爲一。自後臣
叛不常，成爲唐代中葉以後，西南諸民族中以地小而爲患最大者。
僖宗乾符四年（877），其酋世龍卒，子法繼立，遣使入朝求婚；其
時唐室派遣宋威討高仙芝，繼而黃巢亂起，僖宗恐南詔乘機入侵，
於是藉許婚以爲羈縻，下嫁安化長公主。《新唐書》卷二二二上〈南
蠻南詔傳〉云：

> ……以宗室女爲安化長公主許婚。拜嗣曹王龜年宗正少
> 卿，爲雲南使，大理司直徐雲虔副之；內常侍劉光裕爲雲
> 南內使，霍承錫副之。及還，具言驃信誠款，以爲敬瑄功，
> 故進檢校司空，賜一子官。法遣宰相趙隆眉、楊奇混、段
> 義宗朝行在，迎公主，高駢自揚州上言：「三人者，南詔心

〔註233〕 《全唐詩》卷五○八。
〔註234〕 《全唐詩》卷五八七。

腹也，宜止而鳩之，蠻可圖也。」帝從之。隆眉等皆死，
自是謀臣盡矣，蠻益衰。中和元年，復遣使者來迎主，獻
珍怪毯罽百床，帝以方議公主車服爲解。後二年，又遣布
燮楊奇肱來迎，詔檢校國子祭酒張讜爲禮會五禮使，徐雲
虔副之，宗正少卿嗣虢王約爲婚使。未行，而黃巢平，帝
東還，乃歸其使。

《資治通鑑》卷二五五中和三年（883）條亦云：

　　十月，……以安化公主妻南詔。

此即安化長公主出降的始末，至於公主出降後的事蹟，則不知其詳。

　　茲將各和蕃公主出降時代與所至蕃邦表列於後。

時　　　期	外　族	唐室公主名及出身
太宗貞觀十四（640）	吐谷渾	弘化公主，宗室女
太宗貞觀十五（641）	吐蕃	文成公主，宗室女
高宗永徽三（652）	吐谷渾	金城縣主，宗室女
高宗永徽四——龍朔三（653～662）	吐谷渾	金城縣主，宗室女
中宗景龍四（710）	吐蕃	金城公主，雍王守禮女
玄宗開元一（713）	突厥	南和縣主，宗室蜀王女
玄宗開元五（717）	奚	固安公主，宗室女所出
玄宗開元五（717）	契丹	永樂公主，東平王外孫楊元嗣之女
玄宗開元五（717）或十（722）	突騎施	交河公主，十姓可汗阿史那懷道之女
玄宗開元十（722）	契丹	燕郡公主，玄宗從妹所生
玄宗開元十～十二（722～724）	奚	東光公主，中宗外孫，成安公主之女
玄宗開元十四（726）	契丹	東華公主，宗室女所出
玄宗天寶三（744）	寧遠國	和義公主，玄宗從弟李參第四女
玄宗天寶四（745）	奚	宜芳公主，宗室女所出

玄宗天寶四（745）	契丹	靜樂公主，宗室女所出
肅宗乾元一（758）	回紇	寧國公主，肅宗之生女
肅宗乾元一（758）	回紇	小寧國公主，榮王之女
肅宗乾元一～二（758～759）	回紇	僕固懷恩之女
代宗大曆四（769）	回紇	崇徽公主，僕固懷恩之幼女
德宗貞元四（788）	回紇	咸安公主，德宗第八女
德宗貞元五（789）或五之前	回紇	葉公主，僕固懷恩之孫女
穆宗長慶一（821）	回紇	太和公主，憲宗之女，穆宗之皇妹
僖宗中和三（883）	南詔	安化長公主，宗室女

　　以上所述，即唐室公主出降的梗概，這些「公主」雖然名義上均稱爲公主，但是實際則有不同等級之分：第一等，爲「皇帝生女」或「皇帝之妹」，如寧國公主、咸安公主、太和公主；第二等，爲「親王之女」，如金城公主、少寧國公主；第三等，爲「宗室之女」，如文成公主、弘化公主、和義公主、金城縣主、金明縣主；第四等，爲「宗室所出之女」，如永樂公主、燕郡公主、東華公主、靜樂公主、固安公主、東光公主、宜芳公主；第五等，爲「功臣之後」，如崇徽公主、葉公主；第六等，爲「歸附番王之女」，如交河公主。以上公主下嫁的對象，蓋以此國對唐的關係而定，強大而有特別關係者，以皇女或皇妹出降；大國而無特殊關係者，以親王女或宗室女出降；至於小國，則以宗室所出之女出降。其他以功臣女，替代皇室之女而出降者，亦是上承漢代的舊法。〔註235〕

　　再以和親的外族觀之，其中與吐谷渾的和親，乃因吐谷渾駐牧於青海地區，介於唐和吐蕃兩大國之間，進而相與結納，且和親時間多集中於貞觀至永徽，即西元 640 至 660 年間；吐蕃的盛衰，幾乎與唐室相始終，唐室雖每受其威脅，然必在戰勝之後方允和親。此二次和親時期，均在唐玄宗以前；唐與突厥、突騎施的和親，在玄宗開元年

〔註235〕　參考張修蓉《唐代文學所表現之婚俗研究》第二章第三節。

間，爲羈縻而許婚；另奚與契丹均爲東胡族系，處於唐與突厥兩大勢
力之間的小部落，其於突厥帝國的內部組織中，常居外圍屬部地位，
因此唐室爲求孤立及削弱突厥的勢力，每採用討伐和下嫁公主和親的
辦法以爲羈縻，和親時期，大致在玄宗開元至天寶年間；唐與寧遠國
的和親，類似酬賞性質，於玄宗天寶年間，其國事唐最謹；中唐以後，
北方的回紇、西方的吐蕃，以及南方的南詔，並爲唐室的主要外患。
吐蕃貪得無厭，屢次侵犯唐室，和戰無常，因此唐室與回紇、南詔的
和親，乃欲藉彼此建立的姻親關係，以求共同對付吐蕃。其中唐與回
紇的和親，是爲唐室對邊疆民族和親政策的重點所在，唐曾三度以正
式公主下嫁回紇，意義非比尋常，其和親時間在肅宗乾元至穆宗長慶
年間。〔註236〕

　　唐代實行和親政策的情形，大抵與國內外局勢強弱的演變、唐人
種族觀念的淡薄有極大的關連；一般而言，建國初期或發生內亂之
際，本「攘外必先安內」的原則，對外不得不採取和緩、忍耐的政策，
以培養國力。又如正逢強敵壓境，爲減少戰爭犧牲，於是藉以夷制夷、
離間分化、遠交近攻的政治外交手段，以達到聯弱制強，瓦解敵國的
目的。〔註237〕

　　至於唐人種族觀念的淡薄，《資治通鑑》卷一九八貞觀廿一年
（647）條記唐太宗之言云：

　　　　自古皆貴中華，賤夷狄，朕獨愛之如一，故其種落皆依朕
　　　　如父母。

此言太宗愛外族若中夏，爲前人所無。李唐皇室秉承異族累葉的政
權，對於所謂夷夏觀念，本就十分薄弱。因此建國之後，雖四征不服，
既服之後，則又視如一國，不加猜防。〔註238〕其對夷狄，可謂寬

〔註236〕　參考林恩顯〈中國歷朝與邊疆民族的和親政策研討〉，收入《中央
　　　　　研究院國際漢學會議論文集・民俗與文化組》。
〔註237〕　同上。
〔註238〕　參考傅樂成〈唐代夷夏觀念之演變〉，收入《漢唐史論集》。

猛相濟，恩威並施，極其優遇；蕃胡習文者可以爲相，習武者可以爲將。如《新唐書‧宰相世系表》，九十八族三百六十九人中，外族佔十七姓三十二人。〔註239〕唐代蕃將的眾多，亦不可勝紀，高宗武后時期，黑齒常之、李多祚、泉獻誠、論弓仁等，極爲傑出，至玄宗即位，銳意開邊，於是更加重用蕃將，以至諸道節度使，盡爲胡人。〔註240〕又如天子禁衛，也尚蕃兵，太宗貞觀中，「擇官戶蕃口中少年驍勇者百人，每出遊獵，令持弓矢於御馬前射生，令騎豹文韉著畫獸文衫，謂之百騎」，〔註241〕由此可見蕃漢政治地位並無多大差異。

再者，當時社會，外族人數甚多，其來源約有三種：即唐代以前已歸化者、外族來降者，與經商傳教者。唐代以前已歸化的胡人，由於歲月久積，華化已深，幾同於漢人。外族來降者，人數甚多，自太宗貞觀四年（630）至玄宗天寶四年（745）百餘年間，外族爲唐所俘或降附唐室而入居中國的，達一百七十萬人以上，包括突厥、鐵勒、高麗、吐蕃、党項、吐谷渾及西域諸國。來華經商傳教的，亦極眾多，波斯、大食及西域賈胡，遍及廣州、洪州、揚州等地，而新羅及崑崙等族，則多用以爲奴隸。由於異族的大量來華，其文化也隨之輸入，舉凡音樂、歌舞、衣食、技藝，皆爲唐人所愛好，風靡之盛，以致貴族士女，莫不以胡化爲尚。〔註242〕《舊唐書》卷四五〈輿服志〉云：

> 開元末，太常樂尚胡曲，貴人御饌，盡供胡食；士女皆竟衣胡服。

由此可見唐人的胡化，已蔚爲風氣，瀰漫社會，因此唐人種族觀念甚爲淡薄。其實我國中古「種族之分，多繫於其人所受之文化，而不在

〔註239〕 參考藍文徵《隋唐五代史》第一章「三、隋唐五代之民族」。
〔註240〕 參考傅樂成〈唐代夷夏觀念之演變〉，收入《漢唐史論集》。
〔註241〕 《舊唐書》卷一〇六〈毛仲傳〉。
〔註242〕 參考傅樂成〈唐代夷夏觀念之演變〉，收入《漢唐史論集》。

其所承之血統」，〔註243〕如馮承鈞先生云：

> 夷夏之殊……乃在種性。種性者何？謂思想、感情、利害
> 相同諸點也。漢族之種性，可以「忠孝」二字概之。前者
> 爲封建社會之始基，後者爲家族社會之濫觴。由此二義，
> 衍爲無數禮義科條，吾國古人視人之是否華夷，即以其有
> 無禮義科條爲斷。〔註244〕

以「文化」爲判別蕃胡的準則，因此唐代多將歸降的外族，「分其種
落，散居州縣，教之耕織，可以化胡虜爲農民」，〔註245〕「二十年外，
漸染淳風，持以銳兵，皆爲勁卒。」〔註246〕如此，則可以感染中國
文化，進而達到華夷一家的情形。

二、唐代和親史實與昭君詩的關係

　　唐代各朝與外族和親的情況已如上述，本文擬就其和親史實，與
唐人所寫以王昭君爲主題詩歌的作者，〔註247〕作一年代圖表，期能
探索出二者之間的關係。茲列圖表如下：〔註248〕

〔註243〕　陳寅恪《隋唐制度淵源略論稿》。
〔註244〕　馮承鈞《唐代華化蕃胡考》。
〔註245〕　《資治通鑑》卷一九三貞觀四年條。
〔註246〕　《全唐文》卷二九八。
〔註247〕　唐人以王昭君爲主題詩歌的作者，凡四四人，其中八人確知生卒
　　　　　年，廿八人略知其所處的朝代，二者均列於表中，另外八人，不知
　　　　　其生卒年者，則不列出。
〔註248〕　唐代以王昭君爲主題詩歌作者生卒年，以線條表示之。確知其生卒
　　　　　年者，以線段──表示；只知生年或卒年者，以射線→或←表示；
　　　　　生卒年均不甚清楚，而約略知其所處時代者，以直線←表示；至於
　　　　　完全不知其所處時代者，則未列入圖中。以下第四章有關唐代以陳
　　　　　皇后、班婕妤、李夫人、趙飛燕、戚夫人之個別或綜合對照表，均
　　　　　引用此圖例，不再重覆說明。

唐代以王昭君爲主題詩歌之作者年代與唐代各朝對外族和親對照表

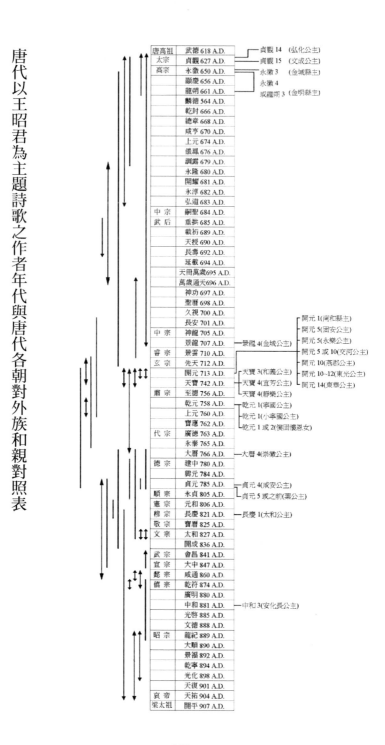

唐高祖	武德 618 A.D.	貞觀 14 (弘化公主)
太宗	貞觀 627 A.D.	貞觀 15 (文成公主)
高宗	永徽 650 A.D.	永徽 3 (金城縣主)
	顯慶 656 A.D.	永徽 4
	龍朔 661 A.D.	咸龍朔 3 (金明縣主)
	麟德 564 A.D.	
	乾封 666 A.D.	
	總章 668 A.D.	
	咸亨 670 A.D.	
	上元 674 A.D.	
	儀鳳 676 A.D.	
	調露 679 A.D.	
	永隆 680 A.D.	
	開耀 681 A.D.	
	永淳 682 A.D.	
	弘道 683 A.D.	
中宗	嗣聖 684 A.D.	
武后	垂拱 685 A.D.	
	載初 689 A.D.	
	天授 690 A.D.	
	長壽 692 A.D.	
	延載 694 A.D.	
	天冊萬歲 695 A.D.	
	萬歲通天 696 A.D.	
	神功 697 A.D.	
	聖曆 698 A.D.	
	久視 700 A.D.	
	長安 701 A.D.	開元 1(南和縣主)
中宗	神龍 705 A.D.	開元 5(固安公主)
	景龍 707 A.D.	景龍 4(金城公主) — 開元 5(永樂公主)
睿宗	景雲 710 A.D.	開元 5 或 10(交河公主)
玄宗	先天 712 A.D.	開元 10(燕郡公主)
	開元 713 A.D.	天寶 3(和義公主) — 開元 10~12(東光公主)
	天寶 742 A.D.	天寶 3(宜芳公主) — 開元 14(東華公主)
肅宗	至德 756 A.D.	天寶 4(靜樂公主)
	乾元 758 A.D.	乾元 1(寧國公主)
	上元 760 A.D.	乾元 1(小寧國公主)
	寶應 762 A.D.	乾元 1 或 2(僕固懷恩女)
代宗	廣德 763 A.D.	
	永泰 765 A.D.	
	大曆 766 A.D.	大曆 4(崇徽公主)
德宗	建中 780 A.D.	
	興元 784 A.D.	
	貞元 785 A.D.	貞元 4(咸安公主)
順宗	永貞 805 A.D.	貞元 5 或之前(藥公主)
憲宗	元和 806 A.D.	
穆宗	長慶 821 A.D.	長慶 1(太和公主)
敬宗	寶曆 825 A.D.	
文宗	太和 827 A.D.	
	開成 836 A.D.	
武宗	會昌 841 A.D.	
宣宗	大中 847 A.D.	
懿宗	咸通 860 A.D.	
僖宗	乾符 874 A.D.	
	廣明 880 A.D.	
	中和 881 A.D.	中和 3(安化長公主)
	光啓 885 A.D.	
	文德 888 A.D.	
昭宗	龍紀 889 A.D.	
	大順 890 A.D.	
	景福 892 A.D.	
	乾寧 894 A.D.	
	光化 898 A.D.	
	天復 901 A.D.	
哀帝	天祐 904 A.D.	
梁太祖	開平 907 A.D.	

　　以上圖表所顯示，可就時代與特色二方面，試作比較分析，以見唐代各朝和親史實與昭君詩的關係。

（一）時代分析

　　唐代各朝與外族的和親，自太宗朝起，歷經高、中、玄、肅、代、德、穆，以迄於僖宗朝，凡廿三次。其和親史實並非均勻分佈於各朝，而大抵集中於三期：即太宗貞觀十四年至高宗龍朔三年（640～663）、中宗景龍四年至穆宗長慶元年（710～821），以及僖宗中和三年（883）。此三期對外和親各有其時代意義；大體而言，前期為大唐帝國建立聲威，與擴展版圖的時期，其對外和親，共有四次，要皆恩威之施，以堅強的武力作為後盾。〔註249〕中期為大唐帝國由盛轉衰的時期，安史之亂以前，唐室仍盛，其對外和親，共有十一次，不外藉此羈縻強國，使不為亂，或羈縻弱國，使不附強敵為亂。安史亂後，唐室轉衰，「奸臣弄權於內，逆臣跋扈於外，內外結釁而車駕遽遷，華夷生心，而神器將墜」，〔註250〕值此內憂外患之際，為藉和親以發揮軍事同盟的功效，遂有七次的對外和親。總計此期唐室與外族的和親，共有十八次之多。至於後期，大唐帝國已由衰微，逐漸趨向滅亡之路，其對外和親，僅有一次，亦藉此以羈縻強國，使不入侵，為害中國。

　　唐代以王昭君為主題詩歌的作者，自張文琮起，至梁瓊、無名氏為止，共有四四人。圖表顯示，唐代各朝幾乎都有作者的分布，足見王昭君和親的故實，並未在歷史的長廊中，為人所淡忘，反而成為膾炙人口的詩歌題材。尤其是唐玄宗先天以後，作者分布較為頻繁，可見當時以昭君為主題的詩作較以前為多；此或因高祖建國之後，唐詩到此已有近百年的醞釀，無論在體製的完備、境界的擴大、題材的選擇，與觀照的多角等方面，均呈現出百花齊放的景象。〔註251〕高棅

〔註249〕　參考馮藝超《唐朝與吐蕃和親之研究》第一章第三節。
〔註250〕　《舊唐書》卷一九五〈回紇傳〉。
〔註251〕　參考嚴紀華《全唐詩婦女詩歌之內容分析》第一章第一節。

《唐詩品彙》序中有云：

> 開元、天寶間，則有李翰林之飄逸、杜工部之沉鬱、孟襄
> 陽之清雅、王右丞之精緻、儲光羲之眞率、王昌齡之聳俊、
> 高適、岑參之悲壯、李頎、常建之超凡。此盛唐之盛者也。
> 大曆、貞元中，則有韋蘇州之雅澹、劉隨州之閒曠、錢啓
> 之清贍、皇甫之沖秀、秦公緒之山林、李從一之臺閣。此
> 中唐之再盛也。下暨元和之際，則有柳愚溪之超然復古、
> 韓昌黎之博大其詞，張、王樂府，得其故實。……是皆名
> 家擅場，馳騁當世，或稱才子，或推詩豪，或謂五言長城，
> 或爲律詩龜鑑，或號詩人冠冕，或尊海內文宗，靡不有精
> 粗邪正長短高下之不同。觀者苟非窮精闡微，超神入化，
> 玲瓏透澈之悟，則莫能得其門而臻其奧也。

是以昭君出塞的故實，亦理所當然的成爲詩人墨客吟誦抒唱的題
材。然而再對照唐代各朝與外族和親年代表，亦可明顯得知，唐玄
宗先天之後，即開元元年（713）以南和縣主出降突厥，至長慶元
年（821）以太和公主出降回紇，此一百餘年當中，唐室和親最爲
頻繁。則唐人經歷此一時代一連串的和親事蹟，或因此而觸發昭君
出塞的同類故實的感懷，以致吟誦昭君的詩作也明顯地增加。但何
以太宗貞觀至高宗龍朔年、中宗景龍四年（710）、以及僖宗中和三
年（883）等的和親時代，昭君詩的作者並未明顯增多？原因之一，
是由於六十四首昭君詩的寫作年代幾無可考，而其作者的生卒年，
除八人確知以外，其他有廿八人不知其詳，另八人則根本無可考，
遂無法從作者年代中，作一精密準確的推論。原因之二，是貞觀至
龍朔年間的和親，爲唐室對外的恩威之施，不似漢代多屬被逼迫而
許婚，其性質自有所不同；而和親的公主，又僅是列爲第三等的宗
室女，其地位亦遠不如皇女、親王女，或因此而未被詩人大作文章。
原因之三，景龍年間與中和年間的和親，前者爲親王女金城公主出
降吐蕃，其時禮儀隆盛，不遜於帝女，且有爲此次應制而作的餞別
詩，凡一十七首之多。詩人已經直述其事，又何須寄託於昭君詩中？

後者爲安化長公主出降南詔，其地位爲第三等的宗室女，當時的和親又僅此一次，面臨國家衰弱的命運，晚唐詩壇已朝向鬼怪、隱僻的風格，《唐詩品彙・序》云：

> 李賀、盧仝之鬼怪，孟郊、賈島之饑寒，此晚唐之變也。
> 降而開成以後，則有杜牧之豪縱、溫飛卿之綺靡、李義山
> 之隱僻、許用晦之偶對。他若劉滄、馬戴、李群玉、李頻
> 輩，尚能黽勉氣格、埒邁時流。此晚唐變態之極而遺風餘
> 韻，猶有存者焉。

或因國祚衰敗，或因詩風改變，是以詩人多未特別注意此次的和親，甚至史實記載也不甚清楚；公主出降概況及其出降後的情形均未刊入，以致酈平樟作出公主未曾出降的推論。〔註252〕由此臆測，其時和親並未引起朝野極大的矚目，所以吟詠昭君的詩作亦不多見。

（二）特色分析

　　前文已述唐代對外和親的時代與昭君詩作品的時代關係，此處再進而探討唐室和親史實與昭君詩內容的特色。

　　唐人以王昭君爲主題的詩歌，共有六十四首，其內容的描寫，大抵可分爲九類：即辭宮、跨鞍、行役、和親、畫師、望鄉、思漢王、客死，以及詠懷。其中有些詩歌僅以單一主題作爲敘述的內容，如崔國輔〈王昭君〉云：

> 漢使南還盡，胡中妾獨存。紫台綿望絕，秋草不堪論。

〔註252〕酈平樟《唐代公主和親考》云：「南詔請婚時，唐廷適遣宋威討高
　　　　仙芝；繼而黃巢亂起，僖宗恐南詔乘釁入寇，乃權且許婚以羈係之。
　　　　及僖宗出奔成都，南詔數遣人來迎公主，或執殺其使人，或以公主
　　　　車服未備爲解而卻之，此僖宗不願降主之証也。然絕婚之意，待黃
　　　　巢平而始著。蓋流寇雖平，中國已困敝；且藩鎮跋扈，宦官專橫，
　　　　內亂更迭未息，于時南詔亦衰。故竟不許婚，惟歸其使曉諭蒙酋而
　　　　已。此即唐書所謂『歸還其使』，不云降主也。」案：此處所云『乃
　　　　歸其使』，雖交待不甚清楚，然而酈平樟的推論又僅爲個人臆測；
　　　　並非中國困敝，就不降主，安史亂後的和親，中國何曾強盛？而且
　　　　南詔的衰微，亦不意味不得尚主，吐谷渾、奚、契丹、寧遠等國，
　　　　亦非強國，而猶能尚主也。

此即以望鄉爲主題內容者。另外有些詩歌，則呈現多樣化的描寫，如宋之問（一作沈佺期）〈王昭君〉云：

> 非君惜鸞殿，非妾妒蛾眉。薄命由驕虜，無情是畫師。
>
> 嫁來胡地日，不並漢宮時。辛苦無聊賴，何堪馬上辭。

此處所述，則包括辭宮、和親、畫師、望鄉、跨鞍等五項內容，則又較爲繁複。因此欲歸納出昭君詩內容的特色，不得不以時代爲分界；大致以第一期爲建國至武后期（約 618 至 704），第二期爲中宗至僖宗前期（約 705 至 880），第三期爲僖宗後期至唐亡（約 881 至 906），將以上三期詩歌的內容作一統計，藉以探尋昭君詩與唐代和親史實的關連。茲列統計表如下：

内容＼分期	建國至武后期（618～704）	中宗至僖宗前期（705～882）	僖宗後期至唐亡（883～906）
辭　宮	4	4	1
跨　鞍	2	5	1
行　役	6	6	3
和　親	2	8	4
畫　師	3	12	3
望　鄉	9	16	7
思漢王	1	2	0
客　死	0	12	1
詠　懷	0	12	4

由以上統計數字，可以得知，昭君詩的內容以敘述其望鄉的心情爲多，此三期莫不皆然。而且，昭君詩作品的數量，與唐和親史實的頻繁與否成正比，唐室和親多，則昭君詩亦多，反之亦然。茲再分別敘述各期詩歌的特色，與唐代和親史實的關係。

1. 第一期：建國至武后期（618～704）

此期詩歌，除望鄉敘述最多之外，描寫昭君辭宮離鄉、跨鞍行役的情形亦復不少。最特殊者，是爲客死、詠懷等主題，竟無一涉及於

詩歌當中，與第二、三期昭君詩的內容大異其趣。檢閱本期唐室對外和親的史實，下嫁四人均為宗室女，有關公主的事蹟，除了文成公主出降棄宗弄讚，影響吐蕃文化甚鉅，是以在蕃的事蹟較為詳盡之外；其他和親公主，如弘化公主因吐蕃入侵，而移居中國邊境以內，記述已十分簡略。至於金城縣主、金明縣主，則更不知其事。本期和親公主出降後的事蹟，既多屬不詳，此或使昭君詩的描寫方向偏於辭宮行役等事，而未能詳知公主入蕃後，以至葬身胡域的情形。

2. 第二期：中宗至僖宗前期（705～882）

此期詩歌，亦屬望鄉者為多。其次是為畫師、客死，與詠懷，三者並同。今先觀察本期和親特色，即可得知緣由；安史之亂以前下嫁的公主十一人，其身分自親王至功臣女均有。公主出降後的遭遇，其中二人不詳（南和縣主、和義公主），二人終老異域（金城公主、永樂公主），一人離婚（固安公主），四人因亂事來奔或被唐室取還（交河公主、燕郡公主、東光公主、東華公主），另二人則慘遭殺害（宜芳公主、靜樂公主）。安史之亂以後下嫁的公主七人，其中有帝女二人、皇妹一人、親王女一人、功臣女三人。公主出降後遭遇，二人不詳（崇徽公主、葉公主），三人終於異域（小寧國公主、僕固懷恩女婆墨光親麗華毘伽可敦、咸安公主），二人還國（寧國公主、太和公主）。可見此期下嫁的公主，十八人中，僅有五人不詳，其他公主出降後的事蹟均有記述；無論是否平淡地老死異鄉，或者歷經顛沛流離而終得返國，甚至無辜遭受殺戮，總之，和親公主際遇坎坷，紅顏薄命，可謂史跡斑斑。是以詩人所作昭君詩，除述其望鄉思漢的心情外，亦描寫昭君銜悲含怨、客死他鄉的遭際，藉此以哀憐紅顏也。因此本期以客死、詠懷的昭君詩為多。至於以描述畫師為內容的，仰或其來有自；因為咸安公主出降回紇之前，德宗曾命使者齎公主的圖形，以示可汗。唐室和親公主記述圖畫一事，唯此處耳，由是而激發詩人以昭君圖形之誤，亦頗為可能，因之本期以畫師為內容的昭君詩亦多。

3. 第三期：僖宗後期至唐亡（883～906）

此期詩歌，仍以望鄉內容爲多。其次是爲和親、詠懷。唐室和親史實至此，即將結束，本期僅以安化長公主下嫁南詔，且事蹟不詳。詩人追憶唐代和親公主的下嫁，心中自是百感交集，是以有藉詠懷爲描述內容者，有回顧和親政策的得失者。其實在中宗至僖宗前期中，昭君詩以描寫和親政策者已有數首，當時對於此所謂綏靖邊塵的策略，有持贊同者，有持反對者。而此期描述的和親，多以其爲穢政，故有「貽災到妾身」、「千秋污簡編」等的語句；安史亂後，唐室爲聯回抗吐而數度下嫁公主於回紇，當時回紇享有中國廣大的優厚市場，及豐厚的賜與、互市。因此唐室公主的下降，肅宗朝歲賜絹二萬匹，並賜國信、繒綵、衣服、金銀、器皿等物；至於代宗朝，則賜繒綵二萬疋。且據元和九年（814）五月間政府估計和親費用共需廿萬緡，至元和十二年（817）春估計，則高達五百萬緡，可見和親所用嫁妝賜與等數目的龐大。至於互市之利，唐回多用馬絹互易，《資治通鑑》卷二二四大曆八年（773）云：

> 回紇自乾元以來，歲求和市，每一馬易四十縑，動則數萬匹，馬皆駑瘠無用，朝廷苦之，所市多不能盡其數。回紇待遺繼至者常不絕於鴻臚，至是上欲悅其意，命盡市之。秋七月，辛丑，回紇辭歸，載賜遺及馬價，共用車千餘乘……。

《新唐書》卷五一〈食貨志〉也云：

> 回紇有助收西京功，代宗厚遇之，與中國婚姻，歲送馬十萬匹，酬以縑帛百餘萬匹，而中國財力屈竭，歲負馬價。

和親政策，帶來國家財力的嚴重負擔，以及回紇貪圖互市的馬價，恐怕均予時人莫大的衝擊，所以此期詩人所詠的昭君詩，也極度諷刺和親政策。

以上所述，即唐代和親史實與唐人以王昭君爲主題詩歌二者關係的推論。他如昭君詩的作者，四十四人中，有二十餘人仕途坎坷，或

遭貶謫，或因故伏誅。其詠昭君詩的目的，或純寫史實，或別有所託，
如效屈原香草美人之說，以昭君的出塞，來比喻自我懷才不遇、左遷
謫戍的不幸遭際也。

第四章 唐人借漢代婦女爲主題以凸顯后妃得寵怨棄的詩歌

　　自古以來，專制政體下的帝王們，莫不享受了許多特權，尤其在後宮裡，妍紅黛粉，佳麗三千，然而，誰能集三千寵愛於一身，長得君王帶笑看？於是，宮闈的后妃嬪嬙，便有所謂幸與不幸的分別；得幸者，姐妹弟兄皆封侯，光采生門戶的父母更是不重生男重生女。失寵者，則宮門長閉舞衣閒，落得年華虛度，憑添愁怨而已。〔註1〕是以唐人有借漢代婦女爲主題的詩歌，以凸顯唐代后妃的得寵怨棄。

第一節　陳皇后

一、唐代以陳皇后爲主題詩歌的內容及時代分析

　　唐人所寫有關陳皇后〈長門怨〉或〈阿嬌怨〉的詩歌，有一百餘首；其中作爲主題詩歌的作品，也有四十三首之多，足見其膾炙人口。茲將唐人以陳皇后爲主題的詩歌抄錄於後，略述其詩意、作者，〔註2〕並分析詩歌的時代。

〔註1〕參考嚴紀華《全唐詩婦女詩歌之內容分析》第二章第五節。
〔註2〕本節作者生卒年部分，主要參考譚正璧《中國文學家大辭典》。

（一）〈長門怨〉

作者爲喬備。詩云：

秋入長門殿，木落洞房虛。妾思宵徒靜，君恩日更疏。

墜露清金閣，流螢點玉除。還將閨裡恨，遙問馬相如。

〔註3〕

此詩寫陳皇后失寵怨棄的情景。前段敘長門殿的秋夜，寂靜空虛，阿嬌悲思君恩的日疏。後段寫夜深淒涼的情況，唯有墜露、流螢爲伴，此種空閨寂寞之恨，實難爲懷。末以「遙問馬相如」作結，蓋因相如爲作〈長門賦〉，本冀望從此再得君王的歡愛，而今卻仍被棄，似有暗責相如之意。

作者喬備，生年不詳，卒於武后長安中。與兄知之、侃，並以文詞知名。則天時，預修《三教珠英》，官終於襄陽令。有文集六卷傳於世，今存詩二首。〔註4〕

（二）〈長門怨〉

作者爲吳少微。詩云：

月出映曾城，孤圓上太清。君王春愛歇，枕席涼風生。

怨咽不能寢，踟躕步前楹。空階白露色，百草寒蟲鳴。

念昔金房裡，猶嫌玉座輕。如何嬌所誤，長夜泣恩情。

〔註5〕

此詩首聯點明時間。二三四聯接言因失君王寵愛，致悲怨孤寂、暗夜不寐。末二聯由追憶往昔得幸的情景，至其今日的怨棄，形成強烈的對比，亦見其哀怨之甚。

作者吳少微，新安人。生卒年不詳。約唐中宗神龍元年（705）前後在世。舉進士，累官至晉陽尉，與富嘉謨同官。中興初，調爲吏部侍郎，以韋嗣立荐，拜爲右台監察御史。臥病，聞嘉謨死，哭而賦詩，不久亦卒。少微與嘉謨屬詞，都以經典爲本，時人稱爲「富吳體」，曾爲

〔註3〕《全唐詩》卷八一。

〔註4〕《舊唐書》卷一九〇〈文苑中・喬備傳〉、《全唐詩》卷八一。

〔註5〕《全唐詩》卷二〇、卷九四。

并州長史張仁亶撰〈進九鼎銘表〉，有文集十卷，存詩六首。〔註6〕

（三）〈長門怨〉

作者爲齊澣（一說劉皋）。詩云：

　榮榮孤思逼，寂寂長門夕。妾妒亦非深，君恩那不惜。

　攜琴就玉階，調悲聲未諧。將心託明月，流影入君懷。

〔註7〕

此詩首言獨居長門的孤寂。次言妾身妒嫉之心，亦是人之常情，並非特別好妒，但君王不因而更加憐惜，反而冷落紅顏。再以琴聲解心中的憂悶，惟音聲如人，憑添悲怨而已。末聯將此心託於明月，願能長入君懷，相隨左右。情深詞切，溢於言表。

　　此詩作者有二說，一爲齊澣，一爲劉皋。齊澣，字洗心，定州義豐人。約生於唐高宗上元二年（675）後不久，卒於玄宗天寶五年（746）左右，年七十二。聖曆中，制科登第。景雲初，姚崇引爲御史。開元中，遷中書舍人，論駁書詔，皆準古誼，時號「解事舍人」。後貶爲高州良德丞、常州刺史、潤州刺史，復徙汴州。澣中失勢，益悵恨，素操浸衰。納劉戒女爲妾，凌其正室，專制家政。其幕府坐贓，事連澣，放歸田里。天寶五年（746），用爲平陽太守，卒於郡。〔註8〕劉皋，宣宗時爲鹽州刺史。後被監軍楊玄價所殺。存詩一首。〔註9〕

（四）〈長門怨〉

作者爲沈佺期。詩云：

　月皎風泠泠，長門次掖庭。玉階聞墜葉，羅幌見飛螢。

　清露凝珠綴，流塵下翠屏。妾心君未察，愁歎劇繁星。

〔註10〕

〔註6〕《舊唐書》卷一九〇〈文苑中・吳少微傳〉、《唐詩紀事》卷六。

〔註7〕《全唐詩》卷二〇、卷九四、卷五六三。

〔註8〕《新唐書》卷一二八〈齊澣傳〉。

〔註9〕《全唐詩》卷五六三。

〔註10〕《全唐詩》卷二〇、卷九六。

此詩以長門殿爲背景，首聯點明時間，是爲淒風泠泠，明月皎潔的夜晚。次二聯，借墜葉、飛螢、清露、流塵的活動與變化，襯托出長門的悲涼與妾身的孤寂。末聯表明其心跡，然而君王薄倖，未察其情，只落得自己獨守空閨，其心中的愁歡怨思，實比天上的繁星爲多。

作者沈佺期，已略述於前，〔註11〕此不贅言。

（五）〈長門怨〉

作者爲張循之（一作張修之）。詩云：

　　長門落景盡，洞房秋月明。玉階草露積，金屋網塵生。
　　妾妒今應改，君恩惜未平。寄語臨邛客，何時作賦成。

〔註12〕

前段借草木搖落、清露凝積、金屋生塵，以見長門的悲涼。後段由景轉情，寫陳皇后自悔妒心太重，以致見棄於君王。末聯「寄語臨邛客，何時作賦成」，即盼借相如的文才，以喚回君王的寵愛，遂有此問語，以見其情意深切。

此詩作者，一說張修之，一說張循之。前者生平無可考，存詩一首。〔註13〕後者張循之，洛陽人，與弟仲之並以學業著名。則天時，上書忤旨，被誅。存詩六首。〔註14〕

（六）〈長門怨〉

作者爲袁暉。詩云：

　　早知君愛歇，本自無縈妒。誰使恩情深，今來反相誤。
　　愁眠羅帳曉，立坐金閨暮。獨有夢中魂，猶言意如故。

〔註15〕

前段先寫君王寵愛的衰弛，並非眞因妾身好妒，實乃「欲加之罪，何患無辭」，往昔的深情，轉爲今日的薄倖。後段述陳皇后日夜愁嘆長

〔註11〕見三章一節第四首〈王昭君〉詩的作者沈佺期。
〔註12〕《全唐詩》卷二〇、卷九九、卷七六九。
〔註13〕《全唐詩》卷七六九。
〔註14〕《全唐詩》卷九九。
〔註15〕《全唐詩》卷二〇、卷一一一。

門殿，唯有魂入夢中，才能重溫兩情繾綣的歡愛，足見其情的無奈。

作者袁暉，為玄宗時人。以魏知古薦，為左補闕。開元中，馬懷素請校正群籍，暉自邢州司戶參軍預焉。有詩八首傳世。〔註16〕

（七）〈長門怨〉

作者為崔顥。詩云：

> 君王寵初歇，棄妾長門宮。紫殿青苔滿，高樓明月空。
> 夜愁生枕席，春意罷簾櫳。泣盡無人問，容華落鏡中。

〔註17〕

此詩以情景交融法，寫陳皇后被棄長門宮的悲怨。首聯先寫失寵君王，以致打入冷宮。次二聯則述宮中的淒涼寂寥。末聯寫自己的際遇，竟無人關懷，只得攬鏡自憐，愁嘆容華的逍逝。

作者崔顥，汴州人。生年不詳，卒於唐玄宗天寶十三年（754）。開元十一年（723）舉進士第。有俊才，無士行，好蒱博飲酒。及遊京師，娶妻擇貌美者，稍不愜意，則又棄之，凡四五娶。累官司勳員外郎，有詩集一卷，傳於世。〔註18〕

（八）〈長門怨〉

作者為劉長卿。詩云：

> 何事長門閉，珠簾只自垂。月移深殿早，春向後宮遲。
> 蕙草生閒地，梨花發舊枝。芳菲自恩幸，看卻被風吹。

〔註19〕

此詩先寫珠簾自垂，長門深鎖的景況。次以月移早、春來遲，形容宮中的長夜淒涼。然後再述其地花草的生長，似乎頗受大地的眷顧滋潤，誰知經過風吹之後，卻凋零衰殘，不復其妍。此是以花喻人，以表達陳皇后失寵的悲怨。

作者劉長卿，已略述於前，〔註20〕此亦不贅言。

〔註16〕《唐詩紀事》卷一三。
〔註17〕《全唐詩》卷一三○。
〔註18〕《舊唐書》卷一九○〈文苑下‧崔顥傳〉。
〔註19〕《全唐詩》卷二○、卷一四八。

（九）〈長門怨〉

作者爲李華。詩云：

弱體鴛鴦薦，啼妝翡翠衾。鴉鳴秋殿曉，人靜禁門深。每憶椒房寵，那堪永巷陰。日驚羅帶緩，非復舊來心。〔註21〕

此詩前段寫陳皇后禁閉長門殿的情景，悲怨而淒涼。後段寫追憶往昔專寵椒房，與如今身居永巷，眞不可同日而喻；悲怨之餘，自然食不知味，衣帶漸緩。因之末聯以「日驚羅帶緩，非復舊來心」作結，以見其命運的乖舛。

作者李華，字遐叔，趙州贊皇人。生年不詳，約卒於唐代宗大曆元年（766）。爲人曠達，外蕩內謹。登開元廿三年（735）進士。天寶十一年（752），除監察御史。爲權幸所嫉，徙右補闕。安祿山反，欲輦母逃，爲賊所得，迫署鳳閣舍人。賊平，貶杭州司戶參軍。自是自傷踐危亂，不能完節，又不能安親，欲終養而母亡，於是屛居江南。上元中，召爲左補闕司封員外郎，稱疾不拜。李峴領選江南，置幕府爲從事，以風痺去官。客隱山陽，勒子弟力農安貧。晚年奉佛，不甚著書，惟時時勉強應人作家傳、墓版及州縣碑頌。有集卅卷傳世。〔註22〕

（十）〈妾薄命〉

作者爲李白。詩云：

漢帝重阿嬌，貯之黃金屋。咳唾落九天，隨風生珠玉。
寵極愛還歇，妒深情卻疏。長門一步地，不肯暫回車。
雨落不上天，水覆難再收。君情與妾意，各自東西流。
昔日芙蓉花，今成斷根草。以色事他人，能得幾時好。

〔註23〕

此詩首四句寫陳皇后的得寵。「寵極愛還歇」四句，述其好妒而失寵

〔註20〕見三章一節第廿三首〈王昭君〉詩的作者劉長卿。
〔註21〕《全唐詩》卷二〇、卷一五三。
〔註22〕《新唐書》卷二〇三〈文藝下·李華傳〉。
〔註23〕《全唐詩》卷二四、卷一六三。

於長門殿。借覆水難收的比喻，言陳皇后既已被棄，則不復驕貴擅寵矣，遂令往昔嬌艷動人的芙蓉花，轉爲今日斷根衰殘的蓬草。末二句「以色事他人，能得幾時好」，是全詩主意所在，謂女子以色事人的可悲，言外之意，似勸後世佳人，勿徒恃容貌之美，以免重蹈棄后覆轍。此詩敘述生動，文意兼美。

　　作者李白，前文已略述其生平，〔註24〕此不贅言。白所作陳皇后詩，另有二首，均爲七言絕句詩，茲抄錄於後。

　　（一一）〈長門怨二首之一〉

　　作者爲李白。詩云：

　　　天迴北斗挂西樓，金屋無人螢火流。

　　　月光欲到長門殿，別作深宮一段愁。〔註25〕

此詩寫長門深夜的悲愁，以金屋的華貴，對照失寵的佳人；月光的明亮，對照深宮的幽淒，倍覺哀婉。

　　（一二）〈長門怨二首之二〉

　　作者亦爲李白。詩云：

　　　桂殿長愁不記春，黃金四屋起秋塵。

　　　夜懸明鏡青天上，獨照長門宮裡人。〔註26〕

前段先寫深宮淒涼的秋意，似與春色永遠隔絕。下以明月高懸青天，獨照長門宮裡的陳皇后，襯托出其失寵被棄的情景。

　　（一三）〈長門怨〉

　　作者爲岑參。詩云：

　　　君王嫌妾妒，閉妾在長門。舞袖垂新寵，愁眉結舊恩。

　　　綠錢生履跡，紅粉溼啼痕。羞被桃花笑，看春獨不言。

　　　　〔註27〕

此詩首聯寫君王嫌棄妾身好妒，因而禁閉在長門深宮。次聯寫新寵輕

　　〔註24〕見三章一節第廿四首〈王昭君〉詩的作者李白。
　　〔註25〕《全唐詩》卷二〇、卷一八四。
　　〔註26〕同上。
　　〔註27〕《全唐詩》卷二〇、卷二〇〇。

垂舞袖，伴君同樂，舊愛則深結愁眉，失寵獨居。末二聯述長門的悲泣，春意雖來，心中卻了無生趣。

　　作者岑參，南陽人。生卒年不詳，約唐玄宗至代宗時人。少孤貧，篤學。登天寶三年（744）進士第。累爲安西關西節度判官，入爲祠功二外郎、虞庫二正郎。出爲嘉州刺史。副元帥杜鴻漸，表公兼侍御史，列於幕府，使罷寓于蜀。中原多故，卒死於蜀。其詩辭意清切，迴拔孤秀，多出佳境，人競傳寫，有詩集八卷傳世。〔註28〕

　　（一四）〈長門怨〉

　　作者爲梁鍠。詩云：

　　　　妾命何偏薄，君王去不歸。欲令遙見悔，樓上試春衣。
　　　　空殿看人入，深宮羨鳥飛。翻悲因買賦，索鏡照空輝。

　　　　〔註29〕

此詩先寫陳皇后爲君王所棄，以致紅顏薄命。次言欲令君王遙見悔恨，因試春衣，刻意妝扮自己。然而深閉長門殿，不如任意遨翔的飛鳥，則其妝飾，又只能孤芳自賞，不得再見君王。末聯寫悲泣之餘，惟有以黃金買賦，期能挽回君心，再獲寵幸。

　　作者梁鍠，生卒年不詳。約爲唐玄宗天寶年間人。官執戟。有詩十五首傳世。〔註30〕

　　（一五）〈長門怨〉

　　作者爲賈至。詩云：

　　　　獨坐思千里，春庭曉景長。鶯喧翡翠幕，柳覆鬱金堂。
　　　　舞蝶縈愁緒，繁花對靚妝。深情托瑤瑟，絃斷不成章。

　　　　〔註31〕

此詩敘長門春日的愁思。借花、柳盛開，鶯、蝶飛舞的情景，反襯陳皇后的孤寂悲怨，末聯「深情托瑤瑟，絃斷不成章」，是全詩重點所

〔註28〕《唐詩紀事》卷二三、《全唐詩》卷一九八。
〔註29〕《全唐詩》卷二○二。
〔註30〕同上。
〔註31〕《全唐詩》卷二三五。

在，用語淺顯，情意深長。

作者賈至，字幼鄰，洛陽人。生於唐玄宗開元六年（718），卒於代宗大曆七年（772），年五十五。擢明經第，爲單父尉，拜起居舍人、知制誥、中書舍人。肅宗時，坐小法，貶岳州司馬。寶應初，召復故官，除尚書左丞，封信都縣伯，遷京兆尹，右散騎常侍。卒諡文，贈禮部尚書，存集十卷。〔註32〕

（一六）〈長門怨〉

作者爲皎然。詩云：

　　春風日日閉長門，搖蕩春心自夢魂。

　　若遣花開只笑妾，不如桃李正無言。〔註33〕

此詩前段先寫禁閉長門宮殿的孤獨寂寥。後段寫桃李花開的情景，託言意外，亦以見其哀愁。詞婉情切。

作者，皎然，前文已略述其生平，〔註34〕此不贅言。

（一七）〈長門怨〉

作者爲耿湋。詩云：

　　聞道昭陽宴，嚬蛾落葉中。

　　清歌逐寒月，遙夜入深宮。〔註35〕

此詩借昭陽殿清歌妙舞的遊宴，來對照長門宮遙夜孤寂的悲愁。是以「但見新人笑，那聞舊人哭」，失寵怨棄的無奈與悵惘，溢於言外。

作者耿湋，字洪源，河東人。生卒年不詳，約唐代宗大曆中前後在世。詩才俊爽，意思不群。寶應元年（762）登進士第。官右拾遺。與古之奇爲莫逆交，初爲大理司法。充括圖書使來江、淮，窮山水勝景。仕終左拾遺。與錢起、盧綸、司空曙諸人齊名，號大曆十才子。存集三卷。〔註36〕

〔註32〕《新唐書》卷一一九〈賈至傳〉。

〔註33〕《全唐詩》卷二〇、卷八二〇。

〔註34〕見三章一節第廿八首〈王昭君〉詩的作者皎然。

〔註35〕《全唐詩》卷二六九。

〔註36〕《唐才子傳》卷四、《全唐詩》卷二六八。

（一八）〈長門怨〉

作者爲戴叔倫。詩云：

　　自憶專房寵，曾居第一流。移恩向何處，暫妒不容收。

　　夜久絲管絕，月明宮殿秋。空將舊時意，長望鳳皇樓。

　〔註37〕

此詩先寫陳皇后獨寵專房的情景。次言曾幾何時，君王因其好妒而移恩他處。良夜苦久，絲管已絕，此際只有一輪明月，獨照長門宮殿，倍覺秋色的淒情。末二句以追憶往昔與君王的歡愛，見其纏綿深情。

作者戴叔倫，前文已略述其生平，〔註38〕此不贅述。

（一九）〈長門怨〉

作者爲盧綸。詩云：

　　空宮古廊殿，寒月照斜暉。

　　臥聽未央曲，滿箱歌舞衣。〔註39〕

此詩前段先寫空宮、寒月的景色，令人有荒涼寂寞的感覺。末段藉未央曲與歌舞衣，以反襯其退居長門宮殿，失去寵愛的無奈、淒清。

作者盧綸，字允言，河中蒲人。生卒年不詳，約唐玄宗至德宗時代人。大曆初，數舉進士不第。元載取其文以進，補閿鄉尉。累遷監察御史。稱疾去，坐與王縉善，久不調。建中初，爲昭應令。渾瑊鎮河中，辟爲元帥判官。累遷檢校戶部郎中。貞元中，舅韋渠牟表其才，驛召之，會卒。工於詩，爲大曆十才子之一。有詩集十卷傳世。〔註40〕

（二〇）〈阿嬌怨〉

作者爲劉禹錫。詩云：

　　望見葳蕤舉翠華，試開金屋掃庭花。

〔註37〕《全唐詩》卷二〇、卷二七三。

〔註38〕見三章一節第廿九首〈昭君詞〉的作者戴叔倫。

〔註39〕《全唐詩》卷二〇、卷二七七。

〔註40〕《新唐書》卷二〇三〈文藝下・盧綸傳〉。

　　須臾宮女傳來信，云幸平陽公主家。〔註41〕

此詩前段寫阿嬌久閉長門，望見春日繁花茂盛，因開金屋，以掃庭前落盡的殘花。後段以宮女傳信，君王已臨幸平陽公主家的衛子夫作結，以見舊愛新寵的對照。

　　作者劉禹錫，字夢得，彭城人。生於唐代宗大曆七年（772），卒於武宗會昌二年（842），年七十一。登貞元進士，然仕途坎坷，落魄坐廢，遂多借詞以諷託其志。《新唐書》卷一六八〈劉禹錫傳〉云：

　　始，坐叔文貶者八人，憲宗欲終斥不復，乃詔雖後更赦令不得原。然宰相哀其才且困，將澡濯用之，會程异復起領運務，乃詔禹錫等悉補遠州刺史。而元衡方執政，諫官頗言不可用，遂罷。禹錫久落魄，鬱鬱不自聊，其吐辭多諷託幽遠，作〈問大鈞〉、〈謫九年〉等賦數篇。又敍「張九齡爲宰相，建言放臣不宜與善地，悉徙五谿不毛處。然九齡自內職出始安，有瘴癘之歎；罷政事守荊州，有拘囚之思。身出遐陬，一失意不能堪，矧華人士族必致醜地，然後快意哉！議者以爲開元良臣，而卒無嗣，豈忮心失恕，陰責最大，雖它美莫贖邪！」欲感諷權近，而憾不釋。久之，召還，宰相欲任南省郎，而禹錫作〈玄都觀看花君子〉詩，語譏忿，當路者不喜，出爲播州刺史。詔下，御大中丞裴度爲言：「播極遠，猿狖所宅，禹錫母八十餘，不能往，當與其子死訣，恐傷陛下孝治，請稍內遷。」帝曰：「爲人子者宜愼事，不貽親憂。若禹錫望它人，尤不可赦。」度不敢對，帝改容曰：「朕所言責人子事，終不欲傷其親。」乃易連州，又徙夔州刺史。

其名位雖然不達，但公卿大寮多與相交，推重稱許其詩。會昌時，加檢校禮部尙書。卒贈戶部尙書。有詩集十八卷傳世。〔註42〕

　　（二一）〈長門怨〉

　　作者爲楊衡。詩云：

　　絲聲繁兮管聲急，珠簾不捲風吹入。

〔註41〕《全唐詩》卷二〇、卷三六五。
〔註42〕《舊唐書》卷一六〇〈劉禹錫傳〉。

萬遍凝愁枕上聽，千迴候命花間立。

望望昭陽信不來，迴眸獨掩紅巾泣。〔註43〕

此詩寫盡陳皇后的心情。首借絲管聲急，珠簾不捲，言其心亂，引出以下四句悵望悲泣的痛苦。言其或旦或夕，無不以君王爲念。然而引領企盼，仍不見君王臨幸，遂掩巾而泣，見其俯仰身世的悲哀。

作者楊衡，約玄宗時人。天寶間，與符載、崔群、宋濟隱廬山，號山中四友。日以琴酒寓意，雪月遣懷。後登第，官至大理評事。存詩一卷。〔註44〕

（二二）〈長門怨〉

作者爲劉言史。詩云：

獨坐爐邊結夜愁，暫時恩去亦難留。

手持金箸垂紅淚，亂擬寒灰不舉頭。〔註45〕

此詩以陳皇后獨對爐邊的愁思，見其心情。首句以寒夜取暖，領起全詩。次句以君恩難留，見其失寵怨棄。末二句借手持金箸，亂撥寒灰的情景，言其心如槁木死灰般，悲愁至極。

作者劉言史，邯鄲人。生卒年不詳。約自唐玄宗天寶元年（742），至憲宗元和八年（813）間在世。少尚氣節，不舉進士。與李賀同時，歌詩美麗恢贍。自賀外，世莫能比。亦與孟郊友善。初客鎮冀。王武俊奏爲棗強令，辭疾不受。後客漢南，李夷簡署司空掾。尋卒。有歌詩六卷傳於世。〔註46〕

（二三）〈長門怨三首之一〉

作者爲劉皀（一作劉媛）。詩云：

雨滴長門秋夜長，愁心和雨到昭陽。

淚痕不學君恩斷，拭卻千行更萬行。〔註47〕

〔註43〕《全唐詩》卷四六五。

〔註44〕《唐才子傳》卷五。

〔註45〕《全唐詩》卷二〇、卷四六八。

〔註46〕《全唐詩》卷四六八。

〔註47〕《全唐詩》卷二〇、卷四七二、卷八〇一。

此詩借雨滴與淚痕的描寫，以言陳皇后的悲泣。前段言長門秋夜，愁心如雨之多。末言其嘆君王的薄倖寡恩，致失寵怨棄。此以「拭卻千行更萬行」的淚痕作結，餘味悠然。

此詩作者，一說劉皂，一說劉媛。二者生卒年不詳。劉皂爲貞元間人，存詩五首，〔註48〕其中三首均寫長門怨的故事，以下再分別略述之。至於劉媛，一作瑗，存詩三首，〔註49〕其中二首題爲長門怨。

（二四）〈長門怨三首之二〉

作者爲劉皂（又作齊澣、李紳）。詩云：

> 宮殿沈沈月欲分，昭陽更漏不堪聞。
>
> 珊瑚枕上千行淚，不是思君是恨君。〔註50〕

此詩以怨恨爲主旨所在。首言長門殿的月色沈沈。次言長夜漫漫，滴漏之聲不堪耳聞。以下再述其悲泣難眠的景象。末句則以君王的薄倖寡恩爲恨，情感表達直接而強烈。

此詩作者有三說：即劉皂、齊澣、與李紳。前二者生平已略述於前，〔註51〕此不贅言。至於李紳，字公垂，潤州無錫人。生年不詳，卒於唐武宗會昌六年（846）。六歲而孤，爲人短小精悍。長於詩，時號短李。元和元年（806）登進士第，補國子助教。然其性率直，不樂爲官，輒去。穆宗召爲右拾遺、翰林學士，與李德裕、元稹同時號三俊。敬宗時，因李逢吉搆之，而貶端州司馬、徙江州長史、遷滁、壽二州刺史等。武宗即位，召拜中書侍郎同平章事，進尚書右僕射，封趙郡公。居位四年，以檢校右僕射平章事節度淮南。卒，贈太尉，諡文肅。曾賦詩紀其生平所遊歷，如起梁漢，歸諫署，升翰苑，及播越荊楚，踰嶺嶠，上高安，移九江，過鍾陵，守滁陽，較壽春，留洛陽，廉會稽，分務東周，守蜀，鎮梁，爲《追昔遊詩》三卷。又有《批

〔註48〕《全唐詩》卷四七二。

〔註49〕《全唐詩》卷八〇一。

〔註50〕《全唐詩》卷二八、卷九四、卷四七二、卷四八三。

〔註51〕見本節第三首〈長門怨〉的作者齊澣、第廿三首〈長門怨三首之一〉的作者劉皂。

答》一卷，並行於世。〔註52〕

（二五）〈長門怨三首之三〉

作者亦爲劉皀。詩云：

　　蟬鬢慵梳倚帳門，蛾眉不掃慣承恩。

　　旁人未必知心事，一面殘妝空淚痕。〔註53〕

此詩借蛾眉不掃，殘妝淚痕的景象，以見阿嬌失寵長門深宮，無心妝束的情形。

（二六）〈長門怨〉

作者爲裴交泰。詩云：

　　自閉長門經幾秋，羅衣溼盡淚還流。

　　一種蛾眉明月夜，南宮歌管北宮愁。〔註54〕

此詩首二句言其獨守長門的無奈，雖經歲月流轉，其悲泣痛苦仍未稍減。以下寫失寵佳人與得幸新歡的際遇，更添一層愁怨之情。

作者裴交泰，爲貞元間詩人。有詩一首傳世。〔註55〕

（二七）〈長門怨〉

作者爲張祜。詩云：

　　日映宮牆柳色寒，笙歌遙指碧雲端。

　　珠鉛滴盡無心語，彊把花枝冷笑看。〔註56〕

此詩首言長門深宮無春色。次言歡宴笙歌亦隔絕不聞。其下接寫淚痕滴盡，以見其怨棄之心。末寫哀怨所使，以致冷眼看花。詞短意深。

作者張祜，已言於前文，〔註57〕此不贅述。

（二八）〈月〉

作者爲杜牧。詩云：

　　三十六宮秋夜深，昭陽歌斷信沈沈。

〔註52〕《新唐書》卷一八一〈李紳傳〉。

〔註53〕《全唐詩》卷四七二。

〔註54〕《全唐詩》卷二〇、卷四七二。

〔註55〕同上。

〔註56〕《全唐詩》卷二〇、卷五一一。

〔註57〕見三章一節第四十二首〈賦昭君塚〉詩的作者張祜。

唯應獨伴陳皇后，照見長門望幸心。〔註58〕

此詩題目為「月」，即點明所指時間。前段先言深秋之夜的沈寂。後段陳皇后孤獨難眠，唯有明月相伴。末以「照見長門望幸心」作結，可想見其企盼君王恩幸的殷切。意境淒涼，餘味無窮。

作者杜牧，已略述生平於前，〔註59〕此不贅言。

（二九）〈長門怨〉

作者為劉得仁。詩云：

爭得一人聞此怨，長門深夜有妍姝。

早知雨露翻相誤，只插荊釵嫁匹夫。〔註60〕

此詩前段言長門深夜，佳人的悲怨。後段寫其失寵之苦，受盡折磨，不如嫁與匹夫，平淡度過一生。此詩感嘆紅顏多薄命，以見其悲恨之情。

作者劉得仁，生卒年不詳。為貴主之子。長慶中即以詩名。自開成至大中三朝，昆弟皆歷貴仕，而得仁苦於詩，出入舉場，三十年卒無成。常自述其外家雖是帝，當路且無親。又云：

帝族外王是，中朝親故稀。翻令浮議者，不許九霄飛。

既終，詩人競為詩以弔。其著有詩集一卷，傳於世。〔註61〕

（三〇）〈長門怨〉

作者為劉駕（一說張喬）。詩云：

御泉長繞鳳皇樓，只是恩波別處流。

閒撲舞衣歸未得，夜來砧杵六宮秋。〔註62〕

此詩前段先寫君王喜新厭舊、恩波別流的感嘆。末段寫棄后失去寵愛，長夜不寢的哀婉。

此詩作者，一說劉駕，一說張喬，二人生卒年均不詳。劉駕，字

〔註58〕《全唐詩》卷五二四。

〔註59〕見三章一節第四十六首〈青塚〉詩的作者杜牧。

〔註60〕《全唐詩》卷五四五。

〔註61〕《唐詩紀事》卷五三。

〔註62〕《全唐詩》卷二〇、卷五八五、卷六三九。

司南，江東人。約唐懿宗咸通前後在世。與曹鄴友善，俱工古風。登
大中進士第。累歷達官，終國子博士。存詩一卷。〔註63〕張喬，池州
人。約唐僖宗廣明前後在世。苦力為詩，十年不窺園。時與許棠、喻
坦之、劇燕等人，號稱十哲。咸通十二年（871），李頻主文試。喬詩
本最擅場。頻以許棠久困場屋，以為首薦，喬與喻坦之在其下。尚書
薛能欲表於朝，以事未果。竟齟齬名途，徒得一進，有詩集二卷傳世。
〔註64〕

（三一）〈妾薄命〉

作者為胡曾。詩云：

> 阿嬌初失漢皇恩，舊賜羅衣亦罷熏。
> 欹枕夜悲金屋雨，卷簾朝泣玉樓雲。
> 宮前葉落鴛鴦瓦，架上塵生翡翠裙。
> 龍騎不巡時漸久，長門長掩綠苔文。〔註65〕

此詩首言阿嬌失卻專房之寵，始有命薄的際遇。以下接言其禁長門宮
的情景。全詩著眼於景物的描寫，由於阿嬌哀怨鬱悶，已達痛苦情境
的顛峰，因此也無心妝束自己，遂令荒涼淒清的景象，環繞長門宮殿，
而漢宮春色，長同隔世，已不可復見。

作者胡曾，生平已略述於前，〔註66〕此不贅言。

（三二）〈長門怨二首之一〉

作者為高蟾。詩云：

> 天上何勞萬古春，君前誰是百年人。
> 魂銷尚愧金爐燼。思起猶慚玉輦塵。
> 煙翠薄情攀不得，星芒浮豔采無因。
> 可憐明鏡來相向，何似恩光朝夕新。〔註67〕

〔註63〕《唐才子傳》卷七。
〔註64〕《唐才子傳》一〇。
〔註65〕《全唐詩》卷二四、卷六四七。
〔註66〕見三章一節第五十首〈青塚〉詩的作者胡曾。
〔註67〕《全唐詩》卷二〇、卷六六八。

此詩前段寫世事變化無恆常，言外之意，似暗喻女子承恩歡愛的不長久。後段則以煙翠薄情，與星芒的浮現，形容君王的寡恩。末以「可憐明鏡來相向，何似恩光朝夕新」作結，亦見其失寵的哀怨無奈。

作者高蟾，河朔人。生卒年均不詳，約唐僖宗中和前後在世。家貧，但尚氣節，性倜儻。工於詩，氣勢雄偉。與郎中鄭谷爲友，酬贈稱高爲先輩。乾符三年（876），以馬侍郎的力荐，始登進士。乾寧中，官至御史中丞。存詩一卷。〔註68〕

（三三）〈長門怨二首之二〉（一作長信宮）

作者亦爲高蟾（一說韓偓）。詩云：

天上鳳皇休寄夢，人間鸚鵡舊堪悲。

平生心緒無人識，一隻金梭萬丈絲。〔註69〕

此詩寫失寵怨棄的心情，前段以鳳凰、鸚鵡，對照成章，以言其哀愁。後段感嘆際遇的不幸，令自我嗟傷而已。末以「一隻金梭萬丈絲」作結，以其心靈的桎梏痛苦。

此詩作者有二說，一爲高蟾，一爲韓偓。高蟾生平梗概已見於前文，〔註70〕此不贅言。至於韓偓，字致光，京兆萬年人。約唐昭宗天復初前後在世。十歲能詩。龍紀元年（889）登進士第。佐河中幕府，召拜左拾遺，累遷諫議大夫。歷翰林學士、中書舍人、兵部侍郎。以不附朱全忠，貶濮州司馬，再貶榮懿尉、徙鄧州司馬。天祐二年（905）復原官，偓不赴召。南依王審知而卒。有《翰林集》一卷，《香奩集》三卷。〔註71〕

（三四）〈長門怨二首之一〉

作者爲鄭谷。詩云：

閒把羅衣泣鳳皇，先朝曾教舞霓裳。

〔註68〕《全唐詩》卷六六八。

〔註69〕《全唐詩》卷二○、卷六六八、卷六八三。

〔註70〕見本節第三十二首〈長門怨二首之一〉的作者高蟾。

〔註71〕《新唐書》卷一八三〈韓偓傳〉。

春來卻羨庭花落，得逐晴風出禁牆。〔註72〕

此詩前段寫世事無常；往昔追逐笙歌樂舞，今日卻失寵怨棄，禁閉長門。後段言其春來反羨庭前落花，得以隨風飄出禁牆，而己仍處此境地，則人實不如落花，以見其命運的悲慘。

作者鄭谷，字守愚，袁州人。光啓三年（887）擢第。官右拾遺，歷都官郎中。幼即能詩，名盛唐末。有《雲台編》三卷、《宜陽集》三卷、《外集》三卷。〔註73〕

（三五）〈長門怨二首之二〉

作者亦爲鄭谷。詩云：

流水君恩共不回，杏花爭忍掃成堆。

殘春未必多煙雨，淚滴閒階長綠苔。〔註74〕

此詩前段寫君王的薄倖寡恩，後段言其失寵被棄的哀愁。情調之悲，溢於言外。

（三六）〈長門怨二首之一〉

作者爲王貞白。詩云：

寂寞故宮春，殘燈曉尚存。從來非妾過，偶爾失君恩。

花落傷容鬢，鶯啼驚夢魂。翠華如可待，應免老長門。

〔註75〕

此詩首二句寫獨守長門，寂寞難寐。次二句寫見棄於帝，並非己身好妒之過。以下由此轉寫出花落、鶯啼所觸發的哀傷。末二句言容華猶存，則或可復得寵幸，免老死於長門深宮也。

作者王貞白，字有道，信州永豐人。生卒年不詳，約唐昭宗大順前後在世。乾寧二年（895），登進士第。後七年，始授校書郎。曾與羅隱、方干、貫休同倡和。學力精贍，篤志於詩。深知存亡取捨之義，進而就祿，退而保身。有《靈溪集》七卷傳於世，卒葬家

〔註72〕《全唐詩》卷二〇、卷六七七。

〔註73〕《全唐詩》卷六七四。

〔註74〕《全唐詩》卷二〇、卷六七七。

〔註75〕《全唐詩》卷七〇一。

山。〔註76〕其所作〈長門怨〉有二首，茲再略述另一首作品。

（三七）〈長門怨二首之二〉

作者亦爲王貞白。詩云：

> 葉落長門靜，苔生永巷幽。相思對明月，獨坐向空樓。
> 鑾駕迷終轉，蛾眉老自愁。昭陽歌舞伴，此夕未知秋。

〔註77〕

此詩前段寫長門景致的淒清，與棄后的相思孤寂。後段寫君王另結新歡，陶醉於歌舞宴遊之中，不知季節的更迭。然而獨守冷宮的棄后，則憂傷自憐，悲愁終老。

（三八）〈司馬長卿〉

作者爲黃滔。詩云：

> 一自梁園失意回，無人知有挽天才。
> 漢宮不鎖陳皇后，誰肯量金買賦來。〔註78〕

此詩前段寫司馬相如的文才，如光輝燦爛，卻無人知曉。後段寫陳皇后奉以黃金，爲作〈長門賦〉，期望借此重得親幸，遂使相如文名天下。〈長門賦〉，亦成爲宮怨的象徵，千載讀之，猶能爲其際遇而感傷也。

作者黃滔，字文江，莆田人。昭宗乾寧二年（895）登進士第。光化中，除四門博士。尋遷監察御史裡行、充威武軍節度推官。存集十五卷。〔註79〕

（三九）〈長門怨〉

作者爲崔道融。詩云：

> 長門春欲盡，明月照花枝。
> 買得相如賦，君恩不可移。〔註80〕

〔註76〕《唐才子傳》卷一○。
〔註77〕《全唐詩》卷七○一。
〔註78〕《全唐詩》卷七○六。
〔註79〕《全唐詩》卷七○四。
〔註80〕《全唐詩》卷七一四。

此詩首寫春色欲盡，明月獨照，以喻長門的寂寥。下言黃金買相如賦，欲因而重獲親幸。末句以「君恩不可移」作結，以明漢王的寡恩薄倖，則陳皇后亦將終老於長門，永無再見君王之日。

作者，崔道融，荊州人。生卒年不詳。約唐僖宗乾符前後在世。工於絕句，與司空圖為詩友，以徵辟為永嘉令。累官右補闕，後避地入閩。有〈申唐詩〉三卷，《東浮集》九卷。〔註81〕其所作〈長門怨〉尚有另一首，茲略述於下。

（四○）〈長門怨〉

作者亦為崔道融。詩云：

> 長門花泣一枝春，爭奈君恩別處新。
>
> 錯把黃金買詞賦，相如自是薄情人。〔註82〕

此詩先寫獨守長門的哀泣。次言君王恩寵別移的無奈。以下轉寫陳皇后錯把黃金買詞賦，以言相如將聘茂陵女，是亦薄倖之人；言外之意，似指棄后欲借其賦，以重得親幸，亦將無望也。此詩以買賦為著眼處，語工意新，格亦奇巧。

（四一）〈宮怨二首之二〉

作者為柯崇。詩云：

> 長門槐柳半蕭疏，玉輦沈思恨有餘。
>
> 紅淚旋銷傾國態，黃金誰為達相如。〔註83〕

此詩前段寫退居長門的恨思情懷，與蕭疏索漠的景象。以下接言其為失寵事悲愁，致容顏銷殘，垂淚不斷。末以黃金欲達相如作結，見其企盼重獲恩幸之殷切，餘味悠然。

作者柯崇，為閩人。天復元年（901）登進士第。授太子校書。有詩二首傳世。〔註84〕

（四二）〈長門失寵〉

〔註81〕同上。
〔註82〕同上。
〔註83〕《全唐詩》卷二○、卷七一五。
〔註84〕《全唐詩》卷七一五。

作者爲蕭意。詩云：

　　自從別鑾殿，長門幾度春。

　　不知金屋裡，更貯若爲人。〔註85〕

此詩首言離別君王，退居長門，歷經數載孤獨落寞的歲月。其下以「不知金屋裡，更貯若爲人」作結，以言君王移幸新寵，拋棄舊愛的愁情。言外之意，似又妒又怨，是以全詩雖不言怨，而其怨意已生，餘味不盡。

作者蕭意，生卒年不詳。存詩一首，傳於世。〔註86〕

（四三）〈長門〉

作者爲無名氏。詩云：

　　悵望黃金屋，恩衰似越逃。花生針眼刺，月送剪腸刀。

　　地近歡娛遠，天低雨露高。時看迴輦處，淚臉溼夭桃。

　　〔註87〕

此詩首二句寫陳皇后失寵的惆悵無奈。以下借花、月的景象，以見其心的悲愁哀怨。五六句述君王另結新歡的薄倖寡恩。末二句以「迴輦處，淚臉溼夭桃」作結，見其俯仰身世的悲嘆。亦以言多情薄情的對照。

　　以上陳皇后詩的內容，多敘其失寵之後，鬱悶悲愁、憂傷自憐、怨艾惆悵的情懷。自古帝王后妃的地位，極其懸殊，帝王是絕對的「施恩」者，而后妃則只有謹敬地接受寂寞或賞識的命運，如同奇禽珍玩一般。因此失寵傷廢，得寵憂移，搖擺之際，終究不能淡漠灑脫。〔註88〕陳皇后在擅寵嬌貴十餘年之後，乍然墜入寂冷深宮，其情何以堪？於是她埋怨君王的薄倖寡恩，如：

　　君王寵初歇，棄妾長門宮。（崔顥〈長門怨〉）

〔註85〕《全唐詩》卷七七三。

〔註86〕同上。

〔註87〕《全唐詩》卷七八五。

〔註88〕參考曹淑娟《夢斷秦樓月——中國古典詩歌中的閨情》「恩情之挫斬篇——怨歌行」。

妾命何偏薄，君王去不歸。（梁鍠〈長門怨〉）

悵望黃金屋，恩衰似越逃。（無名氏〈長門〉）

阿嬌初失漢皇恩，舊賜羅衣亦罷熏。（胡曾〈妾薄命〉）

流水君恩共不回，杏花爭忍掃成堆。（鄭谷〈長門怨二首之二〉）

宮廷之中佳麗三千，后妃嬪嬙的得幸廢棄，本無一定理路可尋，有因無子而無寵，有因色衰而愛弛。專榮固寵多年的阿嬌，已非含苞待放的妙齡少女，不但未生育一兒半女，而且素性好妒忌，使得君王恩幸日疏，袁暉〈長門怨〉即云：「早知君愛歇，本自無縈妒。誰使恩情深，今來反相誤。愁眠羅帳曉，泣坐金閨暮。獨有夢中魂，猶言意如故。」此外，如：

寵極愛還歇，妒深情卻疏。（李白〈妾薄命〉）

移恩向何處，暫妒不容收。（戴叔倫〈長門怨〉）

君王嫌妾妒，閉妾在長門。（岑參〈長門怨〉）

妾妒亦非深，君恩那不惜。（齊澣〔一作劉臬〕〈長門怨〉）

妾妒今應改，君恩惜未平。（張循之〔一作張修之〕〈長門怨〉）

以上詩句，均言其妒忌深而恩幸疏，以致被棄退居長門。其實妒忌本是人類的通性，遇到心有不平，便會激發出來；然而禮教卻視其爲婦人的惡德，柔順以悅夫，才是婦人的本分，因此《孔子家語》將妒忌列爲七出之一，男子可借此自由的棄妻。所謂欲加之罪，何患無辭？是以王貞白〈長門怨二首之一〉有云：「從來非妾過，偶爾失君恩」，即爲其代訴不平之鳴也。

婚姻原是生命旅途中，同行互持的一項應許，陳皇后既已託付終身與武帝，自是希望君王能無二心，得以共效于飛，白首不相離；誰知君王薄倖寡恩，喜新厭舊，往昔的專房之寵，如今卻已成爲永巷之陰，蕭意〈長門失寵〉詩，即以設問之辭，道出被棄的哀愁，曰：「自從別鑾殿，長門幾度春。不知金屋裡，更貯若爲人？」此外，如：

舞袖垂新寵，愁眉結舊恩。（岑參〈長門怨〉）

清歌逐寒月，遙夜入深宮。（耿湋〈長門怨〉）

笙歌何處承恩寵，一一隨風入上陽。（柯崇〈宮怨二首之一〉）

一種蛾眉明月夜，南宮歌管北宮愁。（裴交泰〈長門怨〉）

上述詩句，借君王與新寵笙歌樂舞的歡娛，以對照陳皇后被棄的孤寂淒涼。李白〈怨情〉一詩，即言新人換舊人的悲哀，曰：

新人如花雖可寵，故人似玉由來重。

花性飄揚不自持，玉心皎潔終不移。

故人昔新今尚故，還見新人有故時。

請看陳后黃金屋，寂寂珠簾生網絲。〔註89〕

此棄捐的憾恨，無由反抗，只能化爲寸寸血淚哀愁。

除了上述的寵移愛奪之外，唐人以陳皇后爲主題詩歌中，亦多恩疏怨深的描寫。如：

愁眠羅帳曉，泣坐金閨暮。（袁暉〈長門怨〉）

時看迴輦處，淚臉溼夭桃。（無名氏〈長門〉）

望望昭陽信不來，迴眸獨掩紅巾泣。（楊衡〈長門怨〉）

欹枕夜悲金屋雨，卷簾朝泣玉樓雲。（胡曾〈妾薄命〉）

淚痕不學君恩斷，拭卻千行更萬行。（劉皂〔一作劉媛〕〈長門怨三首之一〉）

手持金箸垂紅淚，亂撥寒灰不舉頭。（劉言史〈長門怨〉）

珊瑚枕上千行淚，不是思君是恨君。（劉皂〔又作齊澣、李紳〕〈長門怨三首之二〉）

以上詩句，爲其悲泣垂淚之情。劉得仁〈長門怨〉詩云：「爭得一人聞此怨，長門深夜有姸姝。早知雨露翻相誤，只插荊釵嫁匹夫。」陳皇后當初若知有如此的淒涼情境，倒不如嫁與凡夫俗子，或得以白首偕老。

此外，有借景物的描寫，以襯托其惆悵之情者，如述天象中的月、露、雨，曰：

月皎風泠泠，長門次掖庭。（沈佺期〈長門怨〉）

〔註89〕《全唐詩》卷一八四。

清露凝珠綴，流塵下翠屏。（同上）

空宮古廊殿，寒月照斜暉。（盧綸〈長門怨〉）

相思對明月，獨坐向空樓。（王貞白〈長門怨二首之二〉）

月光欲到長門殿，別作深宮一段愁。（李白〈長門怨二首之一〉）

夜懸明鏡青天上，獨照長門宮裡人。（李白〈長門怨二首之二〉）

雨滴長門秋夜長，愁心和雨到昭陽。（劉皂〔一作劉媛〕〈長門怨三首之一〉）

三十六宮秋夜深，昭陽歌斷信沈沈。唯應獨伴陳皇后，照見長門望幸心。（杜牧〈月詩〉）

如述動物中的鶯、蝶、鴉、蟲、鳥、螢、鸚鵡，曰：

鶯喧翡翠幕。（賈至〈長門怨〉）

舞蝶縈愁緒。（同上）

鴉鳴秋殿曉。（李華〈長門怨〉）

百草寒蟲鳴。（吳少微〈長門怨〉）

深宮羨鳥飛。（梁鍠〈長門怨〉）

流螢點玉除。（喬備〈長門怨〉）

羅幌見飛螢。（沈佺期〈長門怨〉）

人間鸚鵡舊堪悲。（高蟾〈長門怨二首之二〉）

如述植物中的花、葉、苔、木，曰：

花生針眼刺。（無名氏〈長門〉）

花落傷容鬢。（王貞白〈長門怨二首之一〉）

繁花對靚妝。（賈至〈長門怨〉）

綠錢生履跡。（岑參〈長門怨〉）

紫殿青苔滿。（崔顥〈長門怨〉）

顆蛾落葉中。（耿湋〈長門怨〉）

玉階聞墜葉。（沈佺期〈長門怨〉）

木落洞房虛。（喬備〈長門怨〉）

蕙草生閒地，梨花發舊枝。（劉長卿〈長門怨〉）

葉落長門靜，苔生永巷幽。（王貞白〈長門怨二首之二〉）

望見葳蕤舉翠華，試開金屋掃庭花。（劉禹錫〈阿嬌怨〉）

春來卻羨庭花落，得逐晴風出禁牆。（鄭谷〈長門怨二首之一〉）

如述器物中的燈、珠簾、鏡、樂器、寢具，曰：

殘燈曉尚存。（王貞白〈長門怨二首之一〉）

珠簾只自垂。（劉長卿〈長門怨〉）

索鏡照空輝。（梁鍠〈長門怨〉）

夜久絲管絕。（戴叔倫〈長門怨〉）

枕席涼風生，怨咽不能寢。（吳少微〈長門怨〉）

弱體鴛鴦薦，啼妝翡翠衾。（李華〈長門怨〉）

攜琴就玉階，調悲聲未諧。（齊澣〔一作劉皐〕〈長門怨〉）

深情托瑤瑟，絃斷不成章。（賈至〈長門怨〉）

夜愁生枕席，春意罷簾櫳。（崔顥〈長門怨〉）

可憐明鏡來相向，何似恩光朝夕新。（高蟾〈長門怨二首之一〉）

絲聲繁兮管聲急，珠簾不捲風吹入。（楊衡〈長門怨〉）

借以上景物的觸發，表現出心靈深處所激湧而起的哀怨情懷，陸機〈文賦〉有云：

遵四時以歎逝，瞻萬物而思紛，悲落葉於勁秋，喜柔條於芳春。心懍懍以懷霜，志眇眇而臨雲……〔註90〕

可見自然萬物的變化，能喚起各種不同的情緒，得以訴說生命中的缺憾與怨懟。

人間自是有情痴，在恩情的挫斬中，陳皇后雖遭受刻骨銘心的痛楚，然而情感的縈繫卻是揮不去的記憶，於是她冀望能買得相如賦，以重獲恩幸。詩曰：

還將閨裡恨，遙問馬相如。（喬備〈長門怨〉）

〔註90〕《文選》卷一七〈賦部〉。

　　寄語臨邛客，何時作賦成。(張循之〔一作張修之〕〈長門怨〉)

　　紅淚漸消傾國態，黃金誰為達相如。(柯崇〈宮怨二首之二〉)

　　漢宮不鎖陳皇后，誰肯量金買賦來。(黃滔〈司馬長卿〉)

　　錯把黃金買詞賦，相如自是薄情人。(崔道融〈長門怨〉)

司馬相如為漢賦的大家，雖能出以淒美的文辭，然而與武帝同屬薄倖
之人，則陳皇后所託亦非人也，註定此生要罷黜於長門深宮之中，直
到老死。李白〈妾薄命〉後段云：「雨落不上天，水覆難再收。君情
與妾意，各自東西流。昔日芙蓉花，今成斷根草。以色事他人，能得
幾時好」，即道出女子以色事人的可悲也。

二、陳皇后的歷史故實

　　陳皇后，漢高祖功臣陳嬰的曾孫女。秦末，陳嬰與項羽並起，後
歸漢，封為堂邑侯。傳子至孫陳午時，尚武帝姑館陶長公主嫖。生女，
即為阿嬌。長公主嫖欲以女嫁太子，因而助立王夫人為后，使其子膠
東王徹為皇太子，事見於《漢書》卷九七上〈外戚傳〉：

　　　長公主嫖有女，欲與太子為妃，栗姬妒，而景帝諸美人皆
　　　因長公主見得貴幸，栗姬日怨怒，謝長主，不許。長主欲
　　　與王夫人，王夫人許之。會薄皇后廢，長公主日譖栗姬短。
　　　景帝嘗屬諸姬子，曰：「吾百歲後，善視之。」栗姬怨不肯
　　　應，言不遜，景帝心銜之而未發也。長公主日譽王夫人男
　　　之美，帝亦自賢之。又耳囊者所夢日符，計未有所定。王
　　　夫人又陰使人趣大臣立栗姬為皇后，大行奏事，文曰：「『子
　　　以母貴，母以子貴。』今太子母號宜為皇后。」帝怒曰：「是
　　　乃所當言邪！」遂案誅大行，而廢太子為臨江王。栗姬愈
　　　恚，不得見，以憂死。卒立王夫人為皇后，男為太子，封
　　　皇后兄信為蓋侯。

由上可知，武帝得立為太子，乃是館陶公主嫖從中助力所致，因此武
帝以其女阿嬌為妃，即帝位後，立為皇后。《漢武故事》亦載帝娶長
主女為妃的經過，其文云：

　　膠東王數歲，長主抱置膝上問曰：「兒欲得婦否？」長主指
　　左右長御百餘人，皆云：「不用。」指其女曰：「阿嬌好否？」
　　笑對曰：「好！若得阿嬌作婦，當作金屋貯之！」長主乃苦
　　要帝，遂成婚焉。

此即所謂「金屋藏嬌」一詞的由來，阿嬌亦因而由其母作主，許配與
武帝，貴爲妃后。然長主嫖恃功，求請無厭；后又驕妒，擅寵而無子，
與醫錢九千萬，仍未能得子，於是寵幸日衰，終因衛子夫事而被廢，
罷居長門。《史記》卷四九〈外戚世家〉云：

　　初，上爲太子時，娶長公主女爲妃。立爲帝，妃立爲皇后，
　　姓陳氏，無子。上之得爲嗣，大長公主有力焉，以故陳皇
　　后驕貴。聞衛子夫大幸，恚，幾死者數矣。上愈怒。陳皇
　　后挾婦人媚道，其事頗覺，於是廢陳皇后，而立衛子夫爲
　　皇后。陳皇后母大長公主，景帝姊也，數讓武帝姊平陽公
　　主曰：「帝非我不得立，已而棄捐吾女，壹何不自喜而倍本
　　乎！」平陽公主曰：「用無子故廢耳。」

《漢書》卷九七上〈外戚傳〉亦云：

　　初武帝得立爲太子，長主有力，取主女爲妃。及帝即位，
　　立爲皇后，擅寵驕貴，十餘年而無子，聞衛子夫得幸，幾
　　死者數焉。上愈怒。后又挾婦人媚道，頗覺。元光五年，
　　上遂窮治之，女子楚服等坐爲皇后巫蠱祠祭祝詛，大逆無
　　道，相連及誅者三百餘人。楚服梟首於市。使有司賜皇后
　　策曰：「皇后失序，惑於巫祝，不可以承天命。其上璽綬，
　　罷退居長門宮。」

《資治通鑑》所載略同於上文，〔註91〕並述長主嫖慚懼謝罪，武帝好
言以慰，其文曰：

　　竇太主慚懼，稽顙謝上。上曰：「皇后所爲不軌於大義，不
　　得不廢。主當信道以自慰，勿受妄言以生嫌懼。后雖廢，
　　供奉如法，長門無異上宮也。」〔註92〕

―――――――――――――

〔註91〕《資治通鑑》卷一七武帝建元二年、卷一八武帝元光五年條。
〔註92〕《資治通鑑》卷一八武帝元光五年條。

「長門」在長安城東南，初爲長公主嫖所獻，名爲「長門園」，武帝更名爲「長門宮」，自後，廢后阿嬌罷黜於此寂冷深宮，鬱悶悲愁。

關於陳皇后退居長門以後的情形，《漢書》有云：

後數年，廢后乃薨，葬霸陵郎官亭東。〔註93〕

然而《文選》司馬相如〈長門賦・序〉有云：

孝武皇帝陳皇后時得幸，頗妒。別在長門宮，愁悶悲思。聞蜀郡司馬相如天下工爲文，奉黃金百斤，爲相如、文君取酒，因于解酒悲愁之辭。而相如爲文以悟主上，陳皇后復得親幸。

《樂府解題》所載與此略同，均言相如作賦的動機是由於陳皇后所託，但史書上並沒有陳皇后復得親幸的記載，此說恐是後人憐憫其際遇所設。今觀相如所作〈長門賦〉，深刻描繪棄后的憂傷，自憐惜、自扼腕、自怨艾、自惆悵，無不生動表達一個桎梏悲愁的心靈。如〈長門賦〉的末段云：

眾雞鳴而愁予兮，起視月之精光。觀眾星之行列兮，畢昴出於東方。望中庭之藹藹兮，若季秋之降霜。夜曼曼其若歲兮，懷鬱鬱其不可再更。淚湲湲而待曙兮，荒亭亭而復明。妾人竊自悲兮，究年歲而不敢忘。

此更以長夜不寐、魂夢牽繫，寫盡棄后的哀愁、癡念，如同「春蠶到死絲方盡，蠟炬成灰淚始乾」，〔註94〕於是，「長門」被寄託以血淚哀愁，成爲宮怨的象徵。〔註95〕

茲將唐人所寫以陳皇后爲主題詩歌的作者年代圖表列於後。

〔註93〕《漢書》卷九七上〈外戚傳〉。
〔註94〕《全唐詩》卷五三九李商隱〈無題〉詩。
〔註95〕參考嚴紀華《全唐詩婦女詩歌之內容分析》第二章第三節。

唐代以陳皇后爲主題詩歌作者年代表

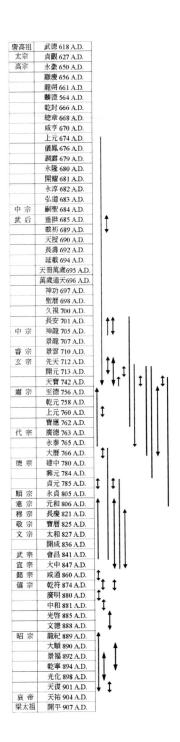

唐高祖	武德 618 A.D.
太宗	貞觀 627 A.D.
高宗	永徽 650 A.D.
	顯慶 656 A.D.
	龍朔 661 A.D.
	麟德 564 A.D.
	乾封 666 A.D.
	總章 668 A.D.
	咸亨 670 A.D.
	上元 674 A.D.
	儀鳳 676 A.D.
	調露 679 A.D.
	永隆 680 A.D.
	開耀 681 A.D.
	永淳 682 A.D.
	弘道 683 A.D.
中宗	嗣聖 684 A.D.
武后	垂拱 685 A.D.
	載初 689 A.D.
	天授 690 A.D.
	長壽 692 A.D.
	延載 694 A.D.
	天冊萬歲 695 A.D.
	萬歲通天 696 A.D.
	神功 697 A.D.
	聖曆 698 A.D.
	久視 700 A.D.
	長安 701 A.D.
中宗	神龍 705 A.D.
	景龍 707 A.D.
睿宗	景雲 710 A.D.
玄宗	先天 712 A.D.
	開元 713 A.D.
	天寶 742 A.D.
肅宗	至德 756 A.D.
	乾元 758 A.D.
	上元 760 A.D.
	寶應 762 A.D.
代宗	廣德 763 A.D.
	永泰 765 A.D.
	大曆 766 A.D.
德宗	建中 780 A.D.
	興元 784 A.D.
	貞元 785 A.D.
順宗	永貞 805 A.D.
憲宗	元和 806 A.D.
穆宗	長慶 821 A.D.
敬宗	寶曆 825 A.D.
文宗	太和 827 A.D.
	開成 836 A.D.
武宗	會昌 841 A.D.
宣宗	大中 847 A.D.
懿宗	咸通 860 A.D.
僖宗	乾符 874 A.D.
	廣明 880 A.D.
	中和 881 A.D.
	光啓 885 A.D.
	文德 888 A.D.
昭宗	龍紀 889 A.D.
	大順 890 A.D.
	景福 892 A.D.
	乾寧 894 A.D.
	光化 898 A.D.
	天復 901 A.D.
哀帝	天祐 904 A.D.
梁太祖	開平 907 A.D.

　　圖表顯示，唐人以陳皇后爲主題的詩歌作品，集中在中宗以後至唐亡。至於中宗以前，則作品極少，推測其因，大概是由於武則天的預政掌權，詩人墨客不敢借陳皇后失寵之事，以影射武氏的得寵專橫，免得遭受殺身之禍。

第二節　班婕妤

一、唐代以班婕妤爲主題詩歌的內容及時代分析

　　唐人所寫有關班婕妤「長信怨」或「團扇詩」的作品，約有一百四十餘首；其中作爲主題的詩歌，也有四十四首之多。茲將唐人以班婕妤爲主題的詩歌，抄錄於後，略述其詩意、作者，〔註96〕並分析詩歌的時代。

　　（一）〈長門怨〉

　　作者爲徐賢妃。詩云：

　　　　舊愛柏梁臺，新寵昭陽殿。守分辭芳輦，含情泣團扇。一
　　　　朝歌舞榮，夙昔詩書賤。頹恩誠已矣，覆水難重薦。〔註97〕

此詩雖題爲〈長門怨〉，然所詠人物與他詩迥異。首句「舊愛柏梁臺」即指成帝先寵班婕妤，其爲詩文俱佳、才德兼備的女子。次句「新寵昭陽殿」則指趙飛燕以歌舞得幸，帝使居於昭陽殿。三句「守分辭芳輦」，指班婕妤恪守婦德，不僭越禮教。以下「含情泣團扇」，象徵「恩情中道絕」的悲哀。五六句「一朝歌舞榮，夙昔詩書賤」，正是對成帝重色輕德、喜新厭舊的有力譴責。末二句「頹恩誠已矣，覆水難重薦」，則有無盡哀怨，溢於言表。〔註98〕

　　作者徐賢妃，名惠。生於太宗貞觀元年（627），卒於高宗永徽元年（650），年廿四。生五月即能言語，四歲通《論語》、《詩》，八

〔註96〕本節作者生卒年部分，主要參考譚正璧《中國文學家大辭典》。
〔註97〕《全唐詩》卷五、卷二〇。
〔註98〕參考張修蓉《漢唐貴族與才女詩歌研究》第四章「三、徐賢妃」。

歲已善於屬文。太宗時，召爲才人。俄拜婕妤，再遷充容。貞觀末，上書極諫征伐、土木等勞役，太宗頗善其言。太宗卒，因悲成疾，不肯服藥，作七言詩及連珠以見志。卒贈賢妃，陪葬於昭陵石室。〔註99〕

（二）〈婕妤怨〉

作者爲崔湜。詩云：

> 不分君恩斷，新妝視鏡中。容華尚春日，嬌愛已秋風。
> 枕席臨窗曉，幃屏向月空。年年後庭樹，榮落在深宮。

〔註100〕

此詩前段言容華未衰，而寵愛已歇。後段言其心情的悲涼，尤其末聯「年年後庭樹，榮落在深宮」，似爲後宮女子的得寵怨棄而悲嘆。語意委婉深切。

作者崔湜，字澄瀾，定州人。生於唐高宗咸亨二年（671），卒於玄宗先天二年（713），年四十三。少以文辭知名。舉進士第，擢左補闕，預修《三教珠英》。附武三思、上官昭容。由考功員外郎，驟遷中書舍人、兵部侍郎，俄拜中書侍郎、檢校吏部侍郎、同中書門下平章事。爲御史劾奏，貶江州司馬。安樂公主從中申護，改襄州刺史。韋氏稱制，復同中書門下三品。睿宗立，出爲華州刺史，除太子詹事。景雲中，太平公主引爲中書令。明皇立，流嶺外，以嘗預逆謀，追及荊州，賜死。有詩三十八首傳世。〔註101〕

（三）〈班婕妤〉（一作婕妤）

作者爲徐彥伯。詩云：

> 君恩忽斷絕，妾思終未央。巾櫛不可見，枕席空餘香。
> 窗暗網羅白，階秋苔蘚黃。應門寂已閉，流涕向昭陽。

〔註102〕

〔註99〕《舊唐書》卷五一〈后妃上・賢妃徐氏傳〉。
〔註100〕《全唐詩》卷二〇、卷五四。
〔註101〕《新唐書》卷九九〈崔湜傳〉。
〔註102〕《全唐詩》卷二〇、卷七六。

此詩前段言其失君主的寵愛。後段藉「窗暗網羅白，階秋苔蘚黃」的描繪，以喻冷宮的淒涼，末以「流涕向昭陽」作結，以見其哀怨之深。

作者徐彥伯，名洪，兗州瑕丘人。生年不詳，卒於玄宗開元二年（714）。七歲能為文。對策高第，調永壽尉、蒲州司兵參軍。時司戶韋暠善判，司士李互工書，而彥伯屬辭，時稱「河東三絕」。遷職方員外郎、給事中、宗正卿，出為齊州刺史。移蒲州，以近畿，會郊祭，上〈南郊賦〉一篇，辭致典縟。擢脩文館學士、工部侍郎。歷太子賓客。以疾乞骸骨，許之。彥伯晚年為文稍殭澀，頗為後進所效。存集二十卷。〔註103〕

（四）〈婕妤怨〉（又作長信宮、長信草）

作者為崔國輔。詩云：

長信宮中草，年年愁處生，故侵珠履跡，不使玉階行。〔註104〕

此詩短短四句，寫盡班婕妤的心情。首聯以長信宮中雜草叢生，比喻其悲愁之多。下接言侵履跡，使玉階難行，乃是託意深婉，所以見其失寵怨棄也。

作者崔國輔，其生平梗概已見於前文，〔註105〕此不贅述。

（五）〈班婕妤三首之一〉

作者為王維。詩云：

玉窗螢影度，金殿人聲絕。秋夜守羅幃，孤燈耿不滅。〔註106〕

此詩首以螢影點明時間。接言人聲隔絕，以見孤寂。末二句寫其秋夜不寐，獨守羅幃的情景，尤其只有孤燈為伴，境況更覺淒涼。

作者王維，字摩詰，河東人。生於唐武后聖曆二年（699），卒於唐肅宗乾元二年（759），年六十一。開元九年（721）登進士第。

〔註103〕 《新唐書》卷一一四〈徐彥伯傳〉。
〔註104〕 《全唐詩》卷二〇、卷一一九。
〔註105〕 見三章一節第十四首〈王昭君〉詩的作者崔國輔。
〔註106〕 《全唐詩》卷二〇、卷一二八。

歷右拾遺、監察御史、左補闕、庫部郎中。居母喪，柴毀骨立，殆不勝喪。服闋，拜吏部郎中。天寶末，爲給事中。安史之亂，玄宗出幸，維爲賊所得，服藥取痢，僞稱瘖病。拘於普施寺，迫以僞署。賊平，陷賊官三等定罪，特宥之，責授太子中允。乾元中，遷太子中庶子、中書舍人，復拜給事中，轉尚書右丞。維以詩名盛於開元、天寶間，寧王、薛王待之如師友。時謂爲詩中有畫，畫中有詩。其畫山水，爲畫家南宗之祖。有別墅在輞川，與道友裴迪浮舟往來，賦詩彈琴。退朝之後，焚香獨坐，以禪誦爲事。妻亡不再娶，三十年孤居一室，屏絕塵累。其詩，開元中有千餘篇，天寶事後，十不存一。後其弟縉編得四百餘篇，集爲十卷。又有《畫學秘訣》，並傳於世。〔註107〕

（六）〈班婕妤三首之二〉

作者亦爲王維。詩云：

　　宮殿生秋草，君王恩幸疏。那堪聞鳳吹，門外度金輿。〔註108〕

此詩首二句言其失寵於君王，獨居冷宮的淒涼。以下接言不堪耳聞鳳吹之聲，與門外君王坐車過而不入的情景。則其際遇的坎坷、哀愁，具見於言外也。

（七）〈班婕妤三首之三〉

作者亦爲王維。詩云：

　　怪來妝閣閉，朝下不相迎。總向春園裡，花間語笑聲。〔註109〕

此詩前段言其妝閣禁閉，失卻君王的寵愛。後段述春園之中，充滿花間語笑聲，似以反照其落寞孤寂的情懷。語意婉秀。

（八）〈七夕〉

作者爲崔顥。詩云：

　　長安城中月如練，家家此夜持針線。

〔註107〕《舊唐書》卷一九〇〈文苑下・王維傳〉。

〔註108〕《全唐詩》卷二〇、卷一二八。

〔註109〕同上。

仙裙玉佩空自知，天上人間不相見。

長信深陰夜轉幽，瑤階金閣數螢流。

班姬此夕愁無限，河漢三更看斗牛。〔註110〕

此詩借七夕時節，天上牛郎與織女的鵲橋會，以見班婕妤獨守長信深宮，不得與見君王的哀愁。前段寫七夕夜，長安城中萬戶人家的景象。後段則轉寫長信宮的幽淒寂寞，班婕妤深夜不寐，凝望河漢斗牛，似託深情於其中，殷切企盼重獲君王的恩寵。此詩詞工意秀，得詩三百篇的遺風。

作者崔顥，其生平已略述於前，〔註111〕此不贅言。

（九）〈長信秋詞五首之一〉（一作長信怨）

作者爲王昌齡。詩云：

金井梧桐秋葉黃，珠簾不捲夜來霜。

熏籠玉枕無顏色，臥聽南宮清漏長。〔註112〕

此詩寫班婕妤的失寵。上聯述深秋的景致。下聯紀寥落的情思。熏籠玉枕，所以設來侍寢，其恩幸既疏，則二物黯淡無顏色。夜不能寐，只覺漏聲清澈，憑添靜夜惆悵而已。此詩優柔婉麗，韻味無窮。

作者王昌齡，字少伯，太原人。生年不詳，約卒於唐玄宗天寶末年。開元十五年（727），李嶷榜進士，授汜水尉。又中宏辭，遷校書郎。後以不護細行，貶龍標尉。以兵火之際歸還鄉里，爲刺史閭丘曉所忌而殺。〔註113〕昌齡工詩，縝密而思清，時稱「詩家夫子王江寧」。與文士王之渙、辛漸交友至深。有詩集五卷。又述作詩格律、境思、體例共十四篇，爲《詩格》一卷。又有《詩中密旨》一卷，及《古樂府解題》一卷，傳於世。〔註114〕《唐才子傳》評其人曰：

〔註110〕《全唐詩》卷一三〇。

〔註111〕見四章一節第七首〈長門怨〉的作者崔顥。

〔註112〕《全唐詩》卷二〇、卷一四三。

〔註113〕《新唐書》卷二〇三〈文藝下‧王昌齡傳〉。

〔註114〕《唐才子傳》卷二。

　　　　自元嘉以還，四百年之內，曹、劉、陸、謝風骨頓盡，逮儲
　　　　光羲、王昌齡頗從厥跡，兩賢氣同而體別也。王稍聲峻，奇
　　　　句俊格，驚耳駭目。奈何晚途不矜小節，謗議騰沸，兩竄遐
　　　　荒，使知音者喟然長歎，失歸全之道，不亦痛哉！〔註115〕

其推重昌齡文才至此，因不免爲其不幸的遭際悲傷感嘆。

　　（一〇）〈長信秋詞五首之二〉

　　作者亦爲王昌齡。詩云：

　　　　高殿秋砧響夜闌，霜深猶憶御衣寒。

　　　　銀燈青瑣裁縫歇，還向金城明主看。〔註116〕

此詩首言秋夜將盡，高殿猶響擣衣之聲。次言失寵被棄，卻念君王
御衣未暖，爲其細心裁製。以下二句，接言裁縫稍停，仍未入眠，
頻向君王居處看望，以見其依依之情。

　　（一一）〈長信秋詞五首之三〉

　　作者亦爲王昌齡。詩云：

　　　　奉帚平明金殿開，且將團扇暫裴回。

　　　　玉顏不及寒鴉色，猶帶昭陽日影來。〔註117〕

此詩前段言晨起灑掃，而殿門始開。班婕妤因傷被棄，如扇的逢秋，
於是相與盤桓。後段言其適見寒鴉帶日影而來，則又睹物興感，謂
其惟不得一近昭陽爲恨。如今禽鳥得以被天子的恩輝，是其顏色不
如寒鴉。全詩不怨君而歸咎於自己的容顏，得風人渾厚之意。

　　（一二）〈長信秋詞五首之四〉

　　作者亦爲王昌齡。詩云：

　　　　眞成薄命久尋思，夢見君王覺後疑。

　　　　火照西宮知夜飲，分明複道奉恩時。〔註118〕

此詩首言班姬不信眞成薄命，久思其緣由而未通。次言思而得夢，

〔註115〕　同上。

〔註116〕　《全唐詩》卷一四三。

〔註117〕　《全唐詩》卷二〇、卷一四三。

〔註118〕　《全唐詩》卷一四三。

夢而得見君王，然疑其未必是夢也。以下二句，言其分明在複道迎駕，以奉主恩，奈何竟成虛幻。此詩立法新奇，以錯敘到底。寫夢境入微，宮人的心事，描寫殆盡。

（一三）〈長信秋詞五首之五〉

作者亦爲王昌齡。詩云：

　長信宮中秋月明，昭陽殿下擣衣聲。

　白露堂中細草跡，紅羅帳裡不勝情。〔註119〕

此詩以月光明亮的秋夜爲背景，述被棄於長信宮中，夜不能寐的班婕妤，與昭陽殿裡，得寵擅貴的新歡對照，以見班姬的哀怨。

（一四）〈長信怨〉

作者爲王諲。詩云：

　飛燕倚身輕，爭人巧笑名。生君棄妾意，增妾怨君情。

　日落昭陽殿，秋來長信城。寥寥金殿裡，歌吹夜無聲。

〔註120〕

此詩前段寫飛燕善媚得寵，致使君王遺棄妾身，退居冷宮。後段則述長信宮中，秋夜寂寥的景象，末句以「歌吹夜無聲」，增添淒清哀怨之情。

作者王諲，約爲唐玄宗年間在世，登開元進士第。官右補闕。有詩六首，傳於世。〔註121〕

（一五）〈長信怨〉（一作長信宮）

作者爲李白。詩云：

　月皎昭陽殿，霜清長信宮。天行乘玉輦，飛燕與君同。

　更有留情處，承恩樂未窮。誰憐團扇妾，獨坐怨秋風。

〔註122〕

此詩首聯以昭陽殿、長信宮對寫，歎人生際遇的不同。次二聯言天

〔註119〕 同上。

〔註120〕 《全唐詩》卷二〇、卷一四五。

〔註121〕 《全唐詩》卷一四五。

〔註122〕 《全唐詩》卷二〇、卷一八四。

子乘坐玉輦，新寵飛燕同行，承恩歡娛，其樂無窮。末聯則言自身
被棄，猶如團扇，被秋風所逐。哀怨之情，溢於言外。

作者李白生平已見於前文，〔註123〕此不贅言。

（一六）〈悲紈扇〉

作者爲韋應物。詩云：

> 非關秋節至，詎是恩情改。掩嚬人已無，委篋涼空在。
>
> 何言永不發，暗使銷光彩。〔註124〕

此詩將女人的命運比作一把紈扇，隨著季節的更迭，歡情也相繼轉
移，秋涼驅走夏暑，長伴君側的紈扇便被棄置一旁，脈脈君恩從此
似水東流也。全詩以紈扇寄託其全部的血淚哀愁，詞情俱工。

作者韋應物，京兆長安人。約自唐玄宗開元二十三年（735），
至文宗太和九年（835）間在世，年九十餘歲。尙俠，初以三衛郎
事玄宗。及崩，始悔，折節讀書。爲性高潔，鮮食寡欲，所居必焚
香掃地而坐。任洛陽丞、遷京兆府功曹。自鄠縣令制除櫟陽令，以
疾辭歸。又出爲滁州刺史、江州刺史、左司郎中、蘇州刺史。太和
中，以太僕少卿兼御史中丞，爲諸道鹽鐵轉運江淮留後。罷居永定，
齋心屛除人事。其詩清深雅麗，自成一家之體。有集十卷，傳於世。
〔註125〕

（一七）〈長信怨〉

作者爲錢起。詩云：

> 長信螢來一葉秋，蛾眉淚盡九重幽。
>
> 鳷鵲觀前明月度，芙蓉闕下絳河流。
>
> 鴛衾久別難爲夢，鳳管遙聞更起愁。
>
> 誰分昭陽夜歌舞，君王玉輦正淹留。〔註126〕

此詩首聯寫退居長信，已屆秋期，佳人暗夜不寐，悲泣不斷。次二

〔註123〕　見三章一節第廿四首〈王昭君〉詩的作者李白。

〔註124〕　《全唐詩》卷一九一。

〔註125〕　《唐才子傳》卷四。

〔註126〕　《全唐詩》卷二三九。

聯述其仰觀明月河漢，俯聽鳳管吹奏，思念久別的君王。末聯則言，此刻君王正陶醉於昭陽殿中的笙歌樂舞，早已忘卻長信宮中失寵的佳人。語極哀怨。

　　作者錢起，字仲文，吳興人。生卒年不詳，約唐玄宗至代宗前後在世。少聰敏，承鄉曲之譽。天寶十年（751）登進士第。官祕書省校書郎。嘗採箭竹，奉使入蜀，除考功郎中。大曆中，爲大清宮使、翰林學士。起詩體製新奇，理致清贍。王右丞許以高格，與郎士元齊名。士林語曰：「前有沈、宋，後有錢、郎」。大曆中，與韓翃、李端輩號十才子。有集十卷，傳於世。〔註127〕

　　（一八）〈婕妤怨〉

　　作者爲皇甫冉。詩云：

　　　由來詠團扇，今興值秋風。事逐時皆往，恩無日再中。
　　　早鴻聞上苑，寒露下深宮。顏色年年謝，相如賦豈工。

　　〔註128〕

此詩前段寫團扇由盛夏時的被憐惜，至秋涼時的廢置不用，比喻自己恩寵的轉移。後段寫秋雁飛來，深宮寒露淒冷，容顏亦隨歲月而衰殘消褪。末句「相如賦豈工」，借陳皇后以黃金買詞賦，比喻未能重得親幸，以見其際遇的悲哀。

　　作者皇甫冉，字茂政，潤州丹陽人。生於唐玄宗開元二年（714），卒於代宗大曆二年（767），年五十四。十歲能屬文，張九齡一見，歎以清才。天寶十五年（756），盧庚榜進士。調無錫尉，營別墅陽羨山中。大曆初，王縉爲河南節度，辟掌書記，後入爲左金吾衛兵曹參軍，仕終拾遺左補闕。〔註129〕冉詩天機獨得，遠出情外。有詩集三卷，獨孤及爲序，今傳。〔註130〕所作〈婕妤怨〉有二首，茲再略述另一首作品。

〔註127〕　《唐才子傳》卷四。
〔註128〕　《全唐詩》卷二〇、卷二四九。
〔註129〕　《新唐書》卷二〇二〈文藝中・皇甫冉傳〉。
〔註130〕　《唐才子傳》卷三。

（一九）〈婕妤春怨〉（一作婕妤怨）

作者爲皇甫冉。詩云：

　　花枝出建章，鳳管發昭陽。

　　借問承恩者，雙蛾幾許長。〔註131〕

此詩前段寫春來昭陽殿四周繁花盛開，枝葉茂密，又頻奏起鳳管樂聲，宴遊歡娛的景象。後段以假設的詞語，借問宮中得寵擅貴的佳人，雙蛾有幾許長，意謂其容貌顏色，是否勝於被棄之人，遂得以飛上枝頭作鳳凰？亦自悲容顏的不如，以致失卻君王的寵愛，悲愁若此。

（二○）〈婕妤怨〉（一作班婕妤）

作者爲劉方平。詩云：

　　夕殿別君王，宮深月似霜。人愁在長信，螢出向昭陽。

　　露裛紅蘭死。秋彫碧樹傷。惟當合歡扇，從此篋中藏。

　　〔註132〕

此詩首聯寫失寵別君王，夜居深宮的情形。以下借飛螢、紅蘭、碧樹，見其被棄的哀愁。末聯以「惟當合歡扇，從此篋中藏」作結，意謂君王恩幸的不再，徒留刻骨銘心的痛楚而已。此詩流露深寂無望的惆悵，意境頗爲淒涼。

作者劉方平，河南人。生卒年不詳，約唐肅宗乾元年間前後在世。白皙美容儀。二十工詞賦，與元魯山交善。隱居潁陽大谷，尚高不仕。神意淡泊，善畫山水，墨妙無前。汧國公李勉延致齋中，十分敬愛。欲薦於朝，不肯屈辭，還歸隱。工詩，多悠遠情思，陶寫性靈。有詩一卷，傳於世。〔註133〕

（二一）〈長信宮〉

作者亦爲劉方平。詩云：

　　夢裡君王近，宮中河漢高。

〔註131〕《全唐詩》卷二四九。

〔註132〕《全唐詩》卷二○、卷二五一。

〔註133〕《唐才子傳》卷三。

秋風能再熱，團扇不辭勞。〔註 134〕

此詩前段寫思念君王，夜夢其近在目前，然而其如河漢天高，實未能得見也。後段借團扇不辭秋風熱，以喻自己殷盼重獲恩幸的心情。

（二二）〈班婕妤〉

作者爲嚴武（一說嚴識玄）。詩云：

賤妾如桃李，君王若歲時。秋風一已勁，遙落不勝悲。
寂寂蒼苔滿，沈沈綠草滋。榮華非此日，指輦竟何辭。
〔註 135〕

此詩前段寫妾身艷若桃李之時，君王百般寵幸呵護，一旦顏色衰殘，則被秋風所逐，搖落銷盡。後段寫失寵之後，沈寂孤獨，榮華不再。此見俯仰身世的悲痛，寄託遙深。

此詩作者，一說嚴武，一說嚴識玄。嚴武，字季鷹，華州人。生於唐玄宗開元十四年（726），卒於代宗永泰元年（765），年四十。工部侍郎挺之之子。以蔭調太原府參軍，累遷殿中侍御史。從明皇入蜀，擢諫議大夫。至德初，房琯以其爲名臣子，薦爲給事中。歷劍南節度使，入爲太子賓客兼御史大夫。改吏部侍郎，尋轉黃門侍郎，再爲成都尹。以破吐蕃有功，進檢校吏部尚書，封鄭國公。與杜甫最友善。有詩六首傳世。〔註 136〕嚴識玄，生卒年不詳。魏州刺史，後爲兵部郎中，存詩一首。〔註 137〕

（二三）〈長信宮〉（一作長門怨）

作者爲李端。詩云：

金壺漏盡禁門開，飛燕昭陽侍寢回。
隨分獨眠秋殿裡，遙聞語笑自天來。〔註 138〕

〔註 134〕《全唐詩》卷二五一。
〔註 135〕《全唐詩》卷二〇、卷二六一、卷七六八。
〔註 136〕《新唐書》卷一二九〈嚴武傳〉。
〔註 137〕《全唐詩》卷七六八。
〔註 138〕《全唐詩》卷二八六。

此詩首言失寵未眠，直至清漏滴盡，天色破曉。次言飛燕得幸，於昭陽殿中伺候君王，歡娛無限。以下轉而對照自己獨眠冷宮、飄零淒涼的情景。末以「遙聞語笑自天來」作結，更反襯自我的失寵怨棄，餘味不盡也。

作者李端，其生平已略述於前，〔註139〕此不贅言。

（二四）〈感諷六首之五〉

作者爲李賀。詩云：

> 曉菊泫寒露，似悲團扇風。秋涼經漢殿，班子泣衰紅。
> 本無辭輦意，豈見入空宮。腰衩珮珠斷，灰蝶生陰松。

〔註140〕

此詩首聯寫團扇因秋涼而遭棄。次聯寫班婕妤因色衰而愛弛。以下接寫失卻君王寵愛，不得已而辭輦退居冷宮。末聯寫腰衩珮珠已斷，灰蝶生於陰松，以喻君恩的斷絕，與自身的被棄。意境淒涼，餘味無窮。

作者李賀，字長吉，系出鄭王後。生於唐德宗貞元七年（791），卒於憲宗元和十二年（817），年廿七。七歲能辭章。爲人纖瘦，通眉，長指爪，能疾書。每旦日出，騎弱馬，書僮隨侍，背錦囊，遇所得，書投囊中，及暮歸，則成詩。以父名晉肅，不肯舉進士。詩尚奇詭，所得皆警遇，當時無能效者。有樂府數十篇，由雲韶部樂官合爲絃管，爲協律郎，卒。存詩四卷，外集一卷。〔註141〕

（二五）〈辭輦行〉

作者爲鮑溶。詩云：

> 漢家代久淳風薄，帝重微行極荒樂。
> 青蛾三千奉一人，班女不以色事君。
> 朝停玉輦詔同載，三十六宮皆晛睆。
> 不驚六馬緩天儀，從容鳴環前致辭。

〔註139〕見三章一節第卅一首〈昭君〉詞的作者李端。
〔註140〕《全唐詩》卷三九四。
〔註141〕《新唐書》卷二〇三〈文藝下・李賀傳〉。

君恩如海深難竭，妾命如絲輕易絕。
願陪阿母同小星，敢使太陽齊萬物。
周末幽王不可宗，妾聞上聖遺休風。
五更三老侍白日，八十一女居深宮。
願將輦內有餘席，迴腸忠臣妾恩澤。
一時節義動賢君，千年名姓香氛氳。
漸臺水死何傷聞。〔註142〕

此詩首二句寫成帝好色荒樂，淳風已薄。三四句寫班姬有才德，不
以色事君。以下五句至十四句，寫成帝欲與班姬同輦，班姬從容以
辭，謂賢聖之君，皆有名臣在側。周末幽王，乃有嬖女寵姬，因此
願將餘席，以讓忠臣名將。末三句言其節義動君王，千載之後，猶
得以流芳，爲人所頌讚歌詠也。

作者鮑溶，字德源。約唐憲宗元和中前後在世。工於詩。初隱
江南山中，後避地遊四方，登臨懷昔，皆古今絕唱。古詩樂府，可
稱獨步。氣力宏贍，博識清度，雅正高古，眾才具備。與韓愈、李
正封、孟郊友善。元和四年（809）舉進士第。仕不得志，客死三川。
有文集五卷，傳於世。〔註143〕

（二六）〈婕妤怨〉

作者爲陳標。詩云：

掌上恩移玉帳空，香珠滿眼泣春風。
飄零怨柳凋眉翠，狼藉悉桃墜臉紅。
鳳輦祇應三殿北，鸞聲不向五湖中。
笙歌處處迴天睠，獨自無情長信宮。〔註144〕

此詩首聯言其恩幸轉移，悲泣不已。次聯自比怨柳、愁桃，顏色銷
殘凋零。末二聯言天子不再乘輿行幸，卻另結新歡，笙歌宴樂，獨
留長信宮中失寵怨棄的佳人。

〔註142〕《全唐詩》卷四八五。
〔註143〕《唐才子傳》卷六。
〔註144〕《全唐詩》卷五○八。

　作者陳標，字、里、生卒年均不詳，約唐文宗太和年間前後在世。
長慶二年（822）登進士第。終於侍御史。有詩十二首傳世。〔註145〕

（二七）〈長信宮〉

　作者爲劉得仁（一說于武陵）。詩云：

　　簟涼秋氣初，長信恨何如。拂黛月生指，解鬟雲滿梳。
　　一從悲畫扇，幾度泣前魚。坐聽南宮樂，清風搖翠裾。

〔註146〕

此詩寫獨守長信宮殿的悲愁。秋氣初至，團扇已棄置不用，徒令失
寵佳人憂傷哀泣，既無心妝束自己，則復坐聽南宮的樂音，增添自
身的孤寂。末以「清風搖翠裾」作結，意境十分淒涼。

　此詩作者有二說，一爲劉得仁，一爲于武陵。前者生平已略述
於前，〔註147〕此不贅言。至於後者，生卒年均不詳，約唐懿宗咸通
中前後在世。大中時，曾舉進士，不稱意，攜書與琴，往來商、洛、
巴、蜀間。歸老嵩陽別墅。詩多五言，興趣飄逸多感。每終篇一意，
策名當時。存集一卷。〔註148〕其所作長信宮有三首，茲再略述另二
首作品。

（二八）〈長信宮二首之二〉

　作者爲于武陵。詩云：

　　一失輦前恩，綺羅生暗塵。惟應深夜月，獨伴向隅人。
　　長信翠蛾老，昭陽紅粉新。君心似秋節，不使草長春。

〔註149〕

此詩前段寫失卻恩寵，憂傷哀愁。後段以「長信翠蛾老」、「昭陽紅
粉新」作爲對比，以見舊人不如新人的悲嘆，因而君心亦似秋之節
氣，不使綠草長青，意謂君王的薄倖寡恩。此詩以慨嘆作結，委曲

〔註145〕　同上。
〔註146〕　《全唐詩》卷五四四、卷五九五。
〔註147〕　見四章一節第廿九首〈長門怨〉的作者劉得仁。
〔註148〕　《唐才子傳》卷八。
〔註149〕　《全唐詩》卷五九五。

之情，見於辭外。

（二九）〈長信宮〉（一作長信春宮）

作者亦爲于武陵。詩云：

　　莫問古宮名，古宮空有城。

　　惟應東去水，不改舊時聲。〔註150〕

此詩短短四句，寫盡冷宮的空虛寂寥。末二句似言君恩如水之東流，一去不返；班婕妤則猶念君恩，深情依依。

（三〇）〈長信宮〉

作者爲趙嘏（一說孟遲）。詩云：

　　君恩已盡欲何歸，猶有殘香在舞衣。

　　自恨身輕不如燕，春來長遶御簾飛。〔註151〕

此詩先言君王恩幸已疏，以見其失寵的際遇。次句以「殘香在舞衣」見班婕妤戀戀思君的情懷。三四句自恨其身不如飛燕之輕，得以長遶御簾飛翔，即自嘆不如，以致不能承恩雨露，擅寵後宮。

此詩作者有二說，一爲趙嘏，一爲孟遲。趙嘏字承祐，山陽人。約唐憲宗元和五年（810），至宣宗大中十年（856）間在世，年四十餘。會昌二年（842），登進士第。大中間，仕至渭南尉卒。爲詩贍美，多興味。杜牧嘗愛其「長笛一聲人倚樓」句，呼爲趙倚樓。有《渭南集》三卷。《編年詩》二卷，並傳於世。〔註152〕孟遲，字遲之，平昌人，生卒年不詳，約唐宣宗大中末前後在世。會昌五年（845）易重榜進士。有詩名，尤工絕句，風流嫵媚，皆宮商金石之聲。情與顧非熊甚相得，且同年。有詩一卷，傳於世。〔註153〕

（三一）〈代班姬〉

作者爲曹鄴。詩云：

　　寵極多妒容，乘車上金階。欻然趙飛燕，不語到日西。

〔註150〕　同上。
〔註151〕　《全唐詩》卷五五〇、卷五五七。
〔註152〕　《全唐詩》卷五四九。
〔註153〕　《唐才子傳》卷七。

> 手把菖蒲花，君王喚不來。常嫌鬢蟬重，乞人白玉釵。
> 君心無定波，咫尺流不回。後宮門不掩，每夜黃鳥啼。
> 買得千金賦，花顏已如灰。〔註154〕

此詩前段言班姬因趙飛燕的好妒進讒，以致君恩日疏、退居冷宮的情景。後段借買得千金詞賦，言其欲重獲親幸的企盼，然而「君心無定波，咫尺流不回」，徒令長信宮憑添悲愁。因此即便買得千金賦，恐怕佳人容色早已衰殘，不復舊時顏也。此詩語婉意深，耐人尋味。

作者曹鄴，字鄴之，桂林人。生卒年均不詳，約唐宣宗大中末前後在世。累舉不第，爲〈四怨〉、〈三愁〉、〈五情〉詩。雅道甚古。時爲舍人韋慤所知，力薦於禮部侍郎裴休，大中四年（850）張溫琪榜中第。由天平幕府遷太常博士。歷祠部郎中、洋州刺史。有集一卷，傳於世。〔註155〕

（三二）〈婕妤怨〉

作者爲翁綬。詩云：

> 讒謗潛來起百憂，朝承恩寵暮仇讎。
> 火燒白玉非因玷，霜翦紅蘭不待秋。
> 花落昭陽誰共輦，月明長信獨登樓。
> 繁華事逐東流水，團扇悲歌萬古愁。〔註156〕

此詩首聯言班婕妤由於遭讒謗，以致自承恩驟然轉爲失寵。次聯言其自身既無過失，亦非年老色衰，而竟有此不幸的際遇。以下末二聯，述其被棄的哀愁，一如落花飄零任東西，往昔繁華歡娛亦隨流水逍逝無蹤，只得獨自惘恨，悲詠團扇之歌，聊表其心志。

作者翁綬，約唐僖宗乾符中前後在世。咸通六年（865）登進士第。工詩，多近體，變古樂府，音韻雖響，風骨憔悴，爲晚唐的移習。名不甚顯，不知所終。有詩八首傳世。〔註157〕

〔註154〕《全唐詩》卷五九三。
〔註155〕《唐才子傳》卷七、《全唐詩》卷五九二。
〔註156〕《全唐詩》卷二〇、卷六〇〇。
〔註157〕《唐才子傳》卷八。

（三三）〈漢宮井〉

作者爲邵謁。詩云：

> 轆轤聲絕離宮靜，班姬幾度照金井。
>
> 梧桐老去殘花開，猶似當時美人影。〔註158〕

此詩題爲〈漢宮井〉，實則借此以言班婕妤失寵之悲。首言汲水聲歇，冷宮靜寂，班姬自傷被棄，頻照金井。以下感嘆其青春容華，即將如梧桐老去；然而此時井中之影，仍似當時佳美的顏色，意謂尚未年老色衰，卻已遭君王的遺棄。此悲班姬而諷君王，寄託遙深。

作者邵謁，韶州翁源縣人。少爲縣吏，觸縣令怒，逐去。遂截髻著於縣門，發憤讀書。工古調。釋褐赴官，不知所終。存詩一卷。〔註159〕

（三四）〈婕妤怨〉

作者爲李咸用。詩云：

> 莫恃芙蓉開滿面，更有身輕似飛燕。
>
> 不得團圓長近君，珪月鉳時泣秋扇。〔註160〕

此詩前段言勿恃自身容色之美，因「更有身輕似飛燕」，得以擅寵驕貴。後段寫班婕妤恩幸日疏，不得長侍君王側，徒令鬱悶哀愁，自傷被棄。

作者李咸用生平已見於前文，〔註161〕此不贅言。

（三五）〈長信宮二首之一〉

作者爲高蟾（一說韓偓）。詩云：

> 天上夢魂何杳杳，日宮消息太沈沈。
>
> 君恩不似黃金井，一處團圓萬丈深。〔註162〕

此詩寫失寵孤寂的情懷。前段言其被君王所棄，隔絕已遠，不復一

〔註158〕 《全唐詩》卷六○五。

〔註159〕 同上。

〔註160〕 《全唐詩》卷六四四。

〔註161〕 見三章一節第四十九首〈昭君〉詩的作者李咸用。

〔註162〕 《全唐詩》卷六六八、卷六八三。

近龍顏矣。後段則怨君王的薄倖寡恩，喜新厭舊，遂不長相廝守，徒令悲愁怨棄。

此詩作者有二說，一為高蟾，一為韓偓。二人生平均已見於前文，〔註163〕此不贅言。

（三六）〈代秋扇詞〉

作者為鄭谷。詩云：

> 露入庭蕪恨已深，熱時天下是知音。
> 汗流決背曾施力，氣爽中宵便負心。
> 一片山溪從蠹損，數行文字任塵侵。
> 綠槐陰合清和後，不會何顏又見尋。〔註164〕

此詩前段借團扇熱時為知音，氣候較涼便被棄，以喻佳人的得幸與失寵。後段言其悲愁怨棄的情懷；既無心妝束自己，亦無心聆賞景物，任其封於秋塵。徒令紅顏衰殘，終老一生。

作者鄭谷生平已見於前文，〔註165〕此不贅言。

（三七）〈班婕妤〉

作者為崔道融。詩云：

> 寵極辭同輦，恩深棄後宮。
> 自題秋扇後，不敢怨春風。〔註166〕

此詩前段寫班婕妤由寵極恩幸，至於冷落後宮。後段寫其自題「秋扇詩」，以比喻恩情中道絕的惆悵。末句「不敢怨春風」，似言其不怨君王的寵移薄倖，溫柔蘊藉。

作者崔道融，其生平已略述於前，〔註167〕此不贅言。

（三八）〈婕妤怨〉

作者為張烜。詩云：

〔註163〕 見四章一節第卅二首〈長門怨〉的作者高蟾，第卅三首〈長門怨〉的作者韓偓。

〔註164〕 《全唐詩》卷六七六。

〔註165〕 見四章一節第卅四首〈長門怨二首之一〉的作者鄭谷。

〔註166〕 《全唐詩》卷七一四。

〔註167〕 見四章一節第卅九首〈長門怨〉的作者崔道融。

> 賤妾裁紈扇，初搖明月姿。君王看舞席，坐起秋風起。
> 玉樹清御路，金陳翳垂絲。昭陽無分理，愁寂任前期。
>
> 〔註168〕

此詩首聯借紈扇「初搖明月姿」，以喻班婕妤得寵擅貴的情形。次聯言秋風已起，紈扇即將廢置不用。一如班婕妤的紅顏薄命。末二聯則言君王恩幸已疏，班姬自傷被棄，悲愁孤寂的情景。

作者張烜，生卒年均不詳。存詩一首。〔註169〕

（三九）〈婕妤怨〉

作者為鄭鏦。詩云：

> 南國承歡日，東方候曉時。那能妒褒姒，祇愛笑唐兒。
> 寶葉隨雲髻，珠絲鍛履綦。不知飛燕意，何事苦相疑。
>
> 〔註170〕

此詩言趙飛燕承歡君王，擅寵後宮，卻仍苦苦相疑，讒謗班婕妤，使其因而失寵被棄，退居長信宮中，悲愁鬱悶。

作者鄭鏦，生卒年均不詳。存詩四首。〔註171〕

（四○）〈婕妤怨〉

作者為王沈。詩云：

> 長信梨花暗欲棲，應門上籥草萋萋。
> 春風吹花亂撲戶，班婕車聲不至啼。〔註172〕

此詩前段借梨花幽暗，芳草萋萋，以言長信宮中佳人的失寵怨棄。後段寫君王好色寡恩，另結新歡，徒留班姬冷宮獨守，孤寂惆悵。

作者王沈，生平不詳。存詩一首。〔註173〕

（四一）〈夜夜曲〉

作者為王偓。詩云：

〔註168〕 《全唐詩》卷二○、卷七六九。
〔註169〕 《全唐詩》卷七六九。
〔註170〕 同上。
〔註171〕 同上。
〔註172〕 《全唐詩》卷二○、卷七七三。
〔註173〕 《全唐詩》卷七七三。

　　　　北斗星移銀漢低，班姬愁思鳳城西。

　　　　青槐陌上人行絕，明月樓前鳥夜啼。〔註174〕

此詩前段寫北斗星移、銀漢已低的深夜，班婕妤獨自愁思君王之情。後段借「青槐陌上人行絕，明月樓前鳥夜啼」的情景，以襯托其失寵的孤寂哀愁，餘味不盡。

　　作者王偃，其生平已略述於前，〔註175〕此不贅言。

　　（四二）〈婕妤怨〉

　　作者爲劉雲。詩云：

　　　　君恩不可見，妾豈如秋扇。秋扇尚有時，妾身永微賤。

　　　　莫言朝花不復落，嬌容幾奪昭陽殿。〔註176〕

此詩首言君王恩幸已疏。以下二三四句，接言妾身不如秋扇，因夏暑之時，秋扇尚能常爲人用，然而妾身卻永居微賤。末二句言其年少未衰，卻如落花飄零，吹散庭前，以見其命運的坎坷。

　　作者劉雲，生平不詳。有詩三首傳世。〔註177〕

　　（四三）〈長信宮〉

　　作者爲田娥。詩云：

　　　　團圓手中扇，昔爲君所持。今日君棄捐，復値秋風時。

　　　　悲將入篋笥，自歎知何爲。〔註178〕

此詩借團扇的持用與棄捐，以喻班婕妤的失寵怨棄。

　　作者田娥，生平不詳，存詩三首。〔註179〕

　　（四四）〈長信宮〉

　　作者爲無名氏。詩云：

　　　　細草侵階亂碧鮮，宮門深鎖綠楊天。

　　　　珠簾欲捲擡秋水，羅幌微開動冷煙。

〔註174〕《全唐詩》卷二六、卷七七三。
〔註175〕見三章一節第六十一首〈明妃曲〉的作者王偃。
〔註176〕《全唐詩》卷二〇、卷八〇一。
〔註177〕《全唐詩》卷八〇一。
〔註178〕同上。
〔註179〕同上。

風引漏聲過枕上，月移花影到窗前。

獨挑殘燭魂堪斷，卻恨青蛾誤少年。〔註180〕

全詩以長信宮為背景，借物色的描述，以襯托失寵的悲怨。前段寫宮外細草侵階、綠楊深鎖，以至室內珠簾不捲、羅幌微動，一片沈鬱、憂悶的景象。後段寫漏聲清澈、月光明亮，以至殘燈獨照，形容佳人深夜不寐，悲恨紅顏的薄命，詞情俱工。

以上班婕妤詩的內容，多敘述其「恩情中道絕」的悵望與憂傷，與陳皇后失寵所不同者，在班婕妤因被妒妾所讒而恩幸日疏，如：

飛燕倚身輕，爭人巧笑名。

生君棄妾意，增妾怨君情。（王諲〈長信怨〉）

寵極多妒容，乘車上金階。欻然趙飛燕，不語到日西。

手把菖蒲花，君王喚不來。（曹鄴〈代班姬〉）

南國承歡日，東方候曉時。那能妒褒姒，祇愛笑唐兒。

……不知飛燕意，何事苦相疑。（鄭鏦〈婕妤怨〉）

讒謗潛來起百憂，朝承恩寵暮仇讎。

火燒白玉非因玷，霜翦紅蘭不待秋。（翁綬〈婕妤怨〉）

以上詩句，言趙飛燕得寵後，善妒忌，好譖讒，使得班婕妤不再受眷顧憐惜，只有委順地接受被棄的命運，眼看君王寵移，新歡奪愛；於是「笙歌處處迴天晚，獨自無情長信宮」（陳標〈婕妤怨〉）、「白露堂中細草跡，紅羅帳裡不勝情」（王昌齡〈長信秋詞五首之五〉）、「長信翠蛾老，昭陽紅粉新」（于武陵〈長信宮二首之二〉）、「一朝歌舞榮，夙昔詩書賤」（徐賢妃〈長門怨〉），一方是承恩樂未窮，一方則是失寵愁怨生，形成極強烈的對比。趙嘏（一作孟遲）〈長信宮〉詩有云：

君恩已盡欲何歸，猶有殘香在舞衣。

自恨身輕不如燕，春來長遶御簾飛。

此種景象，呈現出班婕妤寵廢之間，被動無奈的地位，益發牽引人

〔註180〕《全唐詩》卷七八五。

心的感懷。

　　班婕妤詩歌，除了經由不同情境的比照，以直述胸臆之外，也有委婉含蓄的情感轉折，如「秋扇見捐」的比喻，詩曰：

　　由來詠團扇，今輿值秋風。

　　事逐時皆往，恩無日再中。（皇甫冉〈婕妤怨〉）

　　賤妾裁紈扇，初搖明月姿。

　　君王看舞席，坐起秋風時。（張烜〈婕妤怨〉）

　　寵極辭同輦，恩深棄後宮。

　　自題秋扇後，不敢怨春風。（崔道融〈班婕妤〉）

　　團圓手中扇，昔爲君所持。今日君棄捐，復值秋風時。

　　悲將入篋笥，自歎知何爲。（田娥〈長信宮〉）

　　非關秋節至，詎是恩情改。掩噸人已無，委篋涼空在。

　　何言永不發，暗使銷光彩。（韋應物〈悲紈扇〉）

　　露入庭蕪恨已深，熱時天下是知音。

　　汗流浹背曾施力，氣爽中宵便負心。（鄭谷〈代秋扇詞〉）

此處，將女子的命運比作一把團扇，隨著季節的更迭，歡情也相繼轉移，秋涼驅走夏暑，長伴君側的團扇便被棄置一旁，脈脈君恩從此似水東流，一去不返。此際，團扇的作用不止於蒲扇納涼、戲蝶撲螢，而是被寄託以個人全部的血淚哀愁，便和「長門」一樣，以感性的憂怨，轉映亙古的深寂哀婉。〔註181〕劉方平〈長信宮〉一詩有云：

　　夢裡君王近，宮中河漢高。秋風能再熱，團扇不辭勞。

這種「愛到深處無怨尤」的苦痛，實令人不勝歔欷。

　　此外，有借外在的景物，以刻畫內心的細膩感受，如：

　　寂寂蒼苔滿，沈沈綠草滋。（嚴識玄〈班婕妤〉）

　　窗暗網羅白，階秋苔蘚黃。（徐彥伯〈班婕妤〉）

　　細草侵階亂碧鮮，宮門深鎖綠楊天。（無名氏〈長信宮〉）

〔註181〕參考嚴紀華《全唐詩婦女詩歌內容分析》第二章第三節。

長信宮中草，年年愁處生，故侵珠履跡，不使玉階行。(崔國輔〈婕妤怨〉)

這裡，以細草、蒼苔的滋長，襯托班婕妤失寵以後，退居長信宮的惆悵之情。又如：

一失輦前恩，綺羅生暗塵。惟應深夜月，獨伴向隅人。(于武陵〈長信宮二首之二〉)

夕殿別君王，宮深月似霜。人愁在長信，螢出向昭陽。(劉方平〈婕妤怨〉)

長信深陰夜轉幽，瑤階金閣數螢流。班姬此夕愁無限，河漢三更看斗牛。(崔顥〈七夕詩〉)

北斗星移銀漢低，班姬愁思鳳城西。青槐陌上人行絕，明月樓前烏夜啼。(王偃〈夜夜曲〉)

珠簾欲捲擡秋水，羅幌微開動冷煙。風引漏聲過枕上，月移花影到窗前。獨挑殘燭魂堪斷，卻恨青蛾誤少年。(無名氏〈長信宮〉)

此處，運用豐富的想像力，描繪出班婕妤深夜懷思的景況。形象生動具體，畫面躍然紙上；對著皎潔淒清的月光，癡癡地想望君王。尤其獨守枕席的滋味，當是悽楚而哀怨的。詩曰：

巾櫛不可見，枕席空餘香。(徐彥伯〈班婕妤〉)

枕席臨窗曉，幃屏向月空。(崔湜〈婕妤怨〉)

熏籠玉枕無顏色，臥聽南宮清漏長。(王昌齡〈長信秋詞五首之一〉)

玉窗螢影度，金殿人聲絕。秋夜守羅幃，孤燈耿不滅。(王維〈班婕妤三首之一〉)

這裡，表達了班婕妤生活的空虛，和對愛情的渴望；雖然居處精緻而華麗，卻又那麼地冷清淒涼，寂寞芳心，誰堪慰憐？有的只是煢獨的孤影，夜夜面對著碧海青天，憑添愁緒，一任玉顏凋落衰殘而已。皇甫冉〈婕妤怨〉云：「顏色年年謝，相如賦豈工」，曹鄴〈代班姬〉亦云：「買得千金賦，花顏已如灰」，即爲其血淚交織的呼號。

二、班婕妤的歷史故實

　　班婕妤，爲西漢孝成帝妃子，賢淑端雅，善於文學。《漢書》卷九七下〈外戚傳〉載其入宮至得幸始末曰：

> 孝成班婕妤，帝初即位選入後宮。始爲少使，俄而大幸，爲婕妤，居增成舍，再就館，有男，數月失之。成帝遊於後庭，嘗欲與婕妤同輦載，婕妤辭曰：「觀古圖畫，賢聖之君皆有名臣在側，三代末主乃有嬖女，今欲同輦，得無近似之乎？」上善其言而止。太后聞之，喜曰：「古有樊姬，今有班婕妤。」婕妤誦《詩》，及〈窈窕〉、〈德象〉、〈女師〉之篇。每進見上疏，依則古禮。

由此段史實所述，可知班婕妤係一德行、才學兼具的後宮淑女。然而漢成帝本性極好女色，自爲太子時，即以此聞名。即帝位後，皇太后又詔采良家女以備後宮，恣帝享樂；而趙飛燕更以倡女身份入幸，貴傾後宮。《資治通鑑》卷三一成帝鴻嘉三年（前 18），條云：

> 其後，上微行過陽阿主家，悅歌舞者趙飛燕，召入宮，大幸；有女弟，復召入，姿性尤醲粹，左右見之，皆嘖嘖嗟賞。有宣帝時披香博士淖方成在帝後，唾曰：「此禍水也，滅火必矣！」姊、弟俱爲婕妤，貴傾後宮。許皇后、班婕妤皆失寵。於是趙飛燕譖告許皇后、班婕妤挾媚道，祝詛後宮，詈及主上。冬，十一月，甲寅，許后廢處昭臺宮，后姊謁皆誅死，親屬歸故郡。考問班婕妤，婕妤對曰：「妾聞『死生有命，富貴在天。』脩正尚未蒙福，爲邪欲以何望！使鬼神有知，不受不臣之愬；如其無知，愬之何益！故不爲也。」上善其對，赦之，賜黃金百斤。趙氏姊、弟驕妒，婕妤恐久見危，乃求共養太后於長信宮。上許焉。

由於趙飛燕姐妹驕妒熾張，譖訴於上，班婕妤已有寵在先，恐終難以自全，於是請退居長信宮，奉養太后，以示避讓。「長信」爲一宮殿名，在長樂宮中，漢太后所居處。是處，班婕妤與成帝絕緣，作賦以自傷悼，其辭曰：

> 承祖考之遺德兮，何性命之淑靈，登薄軀於宮闕兮，充下

陳於後庭。蒙聖皇之渥惠兮,當日月之盛明,揚光烈之翕
赫兮,奉隆寵於增成。既過幸於非位兮,竊庶幾乎嘉時,
每寤寐而絫息兮,中佩離以自思,陳女圖以鏡監兮,顧女
史而問詩。悲晨婦之作戒兮,哀褒、閻之為郵;美皇、英
之女虞兮,榮任、姒之母周。雖愚陋其靡及兮,敢舍心而
忘茲?歷年歲而悼懼兮,閔蕃華之不滋。痛陽祿與柘館
兮,仍繼祿而離災,豈妾人之殃咎兮?將天命之不可求。
白日忽已移光兮,遂晻莫而昧幽,猶被覆載之厚德兮,不
廢捐於罪郵。奉共養于東宮兮,託長信之末流,共灑掃於
帷幄兮,永終死以為期。願歸骨於山足兮,依松柏之餘休。
〔註182〕

又更作賦,以申情志,其辭曰:

潛玄宮兮幽以清,應門閉兮禁闥扃。華殿塵兮玉階苔,中
庭萋兮綠草生。廣室陰兮帷幄暗,房櫳虛兮風泠泠。感帷
裳兮發紅羅,紛綷縩兮紈素聲。神眇眇兮密靚處,君不御
兮誰為榮?俯視兮丹墀,思君兮履綦,仰視兮雲屋,雙涕
兮橫流。顧左右兮和顏,酌羽觴兮銷憂。惟人生兮一世,
忽一過兮若浮。已獨享兮高明,處生民兮極休。勉虞精兮
極樂,與福祿兮無期。綠衣兮白華,自古兮有之。〔註183〕

此言其深宮獨守、長信幽怨,色未衰而愛已弛,形同秋扇見捐。於
是又作〈怨歌行〉一詩,以「團扇」喻自己的遭棄。其詩云:

新裂齊紈素,鮮潔如霜雪。裁為合歡扇,團團似明月。出
入君懷袖,動搖微風發。常恐秋節至,涼飆奪炎熱。棄捐
篋笥中,恩情中道絕。〔註184〕

徐陵《玉台新詠》收錄此詩,詩前短序云:「昔漢成帝班婕妤失寵,
供養於長信宮,乃作賦自傷,並為怨詩一首。」《昭明文選》亦收錄
此詩,則題為〈怨歌行〉。李善注引云:

〔註182〕 《漢書》卷九七下〈外戚傳〉。
〔註183〕 同上。
〔註184〕 徐陵《玉台新詠》。

> 五言歌錄曰：怨歌行，古辭：然言古者有此曲，而班婕妤
> 擬之。婕妤，帝初即位，選入後宮，始爲少使，俄而大幸，
> 爲婕妤，居增成舍。後趙飛燕寵盛，婕妤失寵，希復進見。
> 〔註185〕

則其謂班婕妤失寵後，模擬古辭而作此詩，欲以挽回成帝之心。今
觀此詩，以團扇隱喻自己的遭遇，將滿腔憤懣化作淡淡的幽怨，經
反覆咀嚼品味之後，方能體會其怨之深，其悲之切。〔註186〕鍾嶸《詩
品》評價此詩云：

> 漢婕妤班姬，其源出於李陵。團扇短章，詞旨清捷，怨深
> 文綺，得匹婦之致。

〈詩品〉列其詩爲上品，足見其深得溫柔敦厚的旨趣。

關於班婕妤退居長信宮以後的情形，《漢書》有云：

> 至成帝崩，婕妤充奉園陵，薨，因葬園中。〔註187〕

終成帝之世，趙氏姐妹，恩寵始終未衰，皇后被譖而廢，班婕妤尚能
自全，由其答辯審問，與詩賦的文情並茂中，可見其才智也。〔註188〕

茲將唐人所寫以班婕妤爲主題詩歌的作者年代圖表列於後。

〔註185〕　《文選》卷三樂府類〈怨歌行〉。
〔註186〕　參考張修容《漢唐貴族與才女詩歌研究》第二章「三、班婕妤」。
〔註187〕　《漢書》卷九七下〈外戚傳〉。
〔註188〕　參考王藩庭《中華歷代婦女・后妃篇》。

唐代以班婕妤為主題詩歌作者年代表

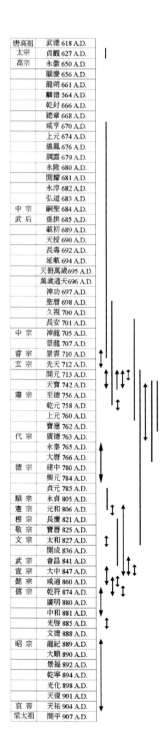

唐高祖	武德 618 A.D.
太宗	貞觀 627 A.D.
高宗	永徽 650 A.D.
	顯慶 656 A.D.
	龍朔 661 A.D.
	麟德 564 A.D.
	乾封 666 A.D.
	總章 668 A.D.
	咸亨 670 A.D.
	上元 674 A.D.
	儀鳳 676 A.D.
	調露 679 A.D.
	永隆 680 A.D.
	開耀 681 A.D.
	永淳 682 A.D.
	弘道 683 A.D.
中宗	嗣聖 684 A.D.
武后	垂拱 685 A.D.
	載初 689 A.D.
	天授 690 A.D.
	長壽 692 A.D.
	延載 694 A.D.
	天冊萬歲 695 A.D.
	萬歲通天 696 A.D.
	神功 697 A.D.
	聖曆 698 A.D.
	久視 700 A.D.
	長安 701 A.D.
中宗	神龍 705 A.D.
	景龍 707 A.D.
睿宗	景雲 710 A.D.
玄宗	先天 712 A.D.
	開元 713 A.D.
	天寶 742 A.D.
肅宗	至德 756 A.D.
	乾元 758 A.D.
	上元 760 A.D.
	寶應 762 A.D.
代宗	廣德 763 A.D.
	永泰 765 A.D.
	大曆 766 A.D.
德宗	建中 780 A.D.
	興元 784 A.D.
	貞元 785 A.D.
順宗	永貞 805 A.D.
憲宗	元和 806 A.D.
穆宗	長慶 821 A.D.
敬宗	寶曆 825 A.D.
文宗	太和 827 A.D.
	開成 836 A.D.
武宗	會昌 841 A.D.
宣宗	大中 847 A.D.
懿宗	咸通 860 A.D.
僖宗	乾符 874 A.D.
	廣明 880 A.D.
	中和 881 A.D.
	光啓 885 A.D.
	文德 888 A.D.
昭宗	龍紀 889 A.D.
	大順 890 A.D.
	景福 892 A.D.
	乾寧 894 A.D.
	光化 898 A.D.
	天復 901 A.D.
哀帝	天祐 904 A.D.
梁太祖	開平 907 A.D.

　　圖表顯示，唐人以班婕妤爲主題詩歌的作品，大約集中在玄宗開元至僖宗乾符年間，玄宗以前的作品則較少，原因可能也是與武則天的擅寵專橫有關，因此，武氏當權時，此類詩歌多沈寂未現。至其崩後，則又大量出現於詩壇之中，成爲一熱門的詩歌題材。

第三節　李夫人

一、唐代以李夫人爲主題詩歌的內容及時代分析

　　唐人所寫有關李夫人的詩歌，有廿餘首；其中作爲主題詩歌的作品有十三首。茲將唐人以李夫人爲主題的詩歌抄錄於後，略述其詩意、作者，〔註189〕並分析詩歌的時代。

　　（一）〈賦得北方有佳人〉

　　作者爲徐賢妃。詩云：

　　　　由來稱獨立，本自號傾城。柳葉眉間發，桃花臉上生。

　　　　腕搖金釧響，步轉玉環鳴。纖腰宜寶襪，紅衫豔織成。

　　　　懸知一顧重，別覺舞腰輕。〔註190〕

此詩首二句暗用李延年「北方有佳人，遺世而獨立。一顧傾人城，再顧傾人國」的詩意，形容李夫人之美。以下三至八句，接言夫人的妍美姿容，與豔麗的裝飾。末二句先言其一顧而得寵於武帝，再述其舞腰輕盈的儀態。

　　作者徐賢妃，生平已略述於前，〔註191〕此不贅言。

　　（二）〈李夫人歌〉（一作〈李夫人〉）

　　作者爲李賀。詩云：

　　　　紫皇宮殿重重開，夫人飛入瓊瑤臺。綠香繡帳何時歇，青

　　　　雲無光宮水咽。翩聯桂花墜秋月，孤鸞驚啼商絲發。紅壁

　　　　闌珊懸佩璫，歌臺小妓遙相望。玉蟾滴水雞人唱，露華蘭

────────────────────

〔註189〕　本節作者生卒年部分，主要參考譚正璧《中國文學家大辭典》。

〔註190〕　《全唐詩》卷五。

〔註191〕　見四章二節第一首〈長門怨〉的作者徐賢妃。

　　葉參差光。〔註192〕

此詩前四句言李夫人的得寵擅貴。五六句寫其如桂花墜秋月般的香消
玉殞，以致武帝孤寂而悲傷。七八句再述其死後，笙歌樂舞、歡娛宴
遊的不再。末二句寫月色暗淡，芳華疏落，以喻武帝因夫人的消逝，
爲之落寞寡歡。

　　作者李賀，生平已略述於前，〔註193〕此不贅言。

（三）〈李夫人〉

　　原註云：鑒嬖惑也。作者爲白居易。詩云：

> 漢武帝，初喪李夫人。夫人病時不肯別，死後留得生前恩。
> 君恩不盡念未已，甘泉殿裡令寫眞。丹青畫出竟何益，不
> 言不笑愁殺人。又令方士合靈藥，玉釜煎鍊金鑪焚。九華
> 帳深夜悄悄，反魂香降夫人魂。夫人之魂在何許，香煙引
> 到焚香處。既來何苦不須臾，縹緲悠揚還滅去。去何速兮
> 來何遲，是耶非耶兩不知。翠蛾彷彿平生貌，不似昭陽寢
> 疾時。魂之不來君心苦，魂之來兮君亦悲。背燈隔帳不得
> 語，安用暫來還見違。傷心不獨漢武帝，自古及今皆若斯。
> 君不見穆王三日哭，重璧臺前傷盛姬。又不見泰陵一掬淚，
> 馬嵬坡下念貴妃。縱令妍姿豔質化爲土，此恨長在無銷期。
> 生亦惑，死亦惑，尤物惑人忘不得。人非木石皆有情，不
> 如不遇傾城色。〔註194〕

此詩首四句寫李夫人臥病不見武帝，死後留得君王的懷念。下四句接
言君王令人圖其形於甘泉殿中，然猶未能解相思之情，因此點出以下
的通靈致神。夫人魂魄既來，卻縹緲悠揚，須臾而滅，徒令君王悲苦
不已。後藉武帝的思念夫人，以見尤物惑人忘不得，徒留餘恨無銷期。
末以「不如不遇傾城色」作結，即引以爲戒，寓意深重。

　　作者白居易的生平已見前文，〔註195〕此不贅言。

〔註192〕《全唐詩》卷二九、卷三九〇。
〔註193〕見四章二節第廿四首〈感諷六首之五〉詩的作者李賀。
〔註194〕《全唐詩》卷四二七。
〔註195〕見三章一節第卅五首〈青冢〉詩的作者白居易。

（四）〈李夫人歌〉

作者爲鮑溶。詩云：

> 璚閨羽帳華燭陳，方士夜降夫人神。葳蕤半露芙蓉色，窈
> 窕將期環珮身。麗如三五月，可望難親近。嚬黛含犀竟不
> 言，春思秋怨誰能問。欲求巧笑如生時，歌塵在空瑟銜絲。
> 神來未及夢相見，帝比初亡心更悲。愛之欲其生又死，東
> 流萬代無回水。宮漏丁丁夜向晨，煙銷霧散愁方士。〔註196〕

此詩首二句言方士夜致李夫人神。以下接言其芳魂的儀容仍美，卻難
於親近，徒令武帝傷心悲絕。末四句感概其事，言夫人已如逝水東流，
一去不回。雖然夜晚得以招致其魂，然而當黎明即將來臨，又將隨之
煙銷雲散矣。

作者，鮑溶，其生平已略述於前，〔註197〕此不贅言。

（五）〈李夫人歌〉（一作李夫人詞）

作者爲張祜。詩云：

> 延年不語望三星，莫說夫人上涕零。爭奈世間惆悵在，甘
> 泉宮夜看圖形。〔註198〕

此詩前段寫李延年思念死去的妹妹李夫人。後段接寫世間本有許多惆
悵無奈，因而人死亦不得復生，徒令武帝悲愁相思，而於甘泉宮中畫
上李夫人的圖形，以示懷念。

作者張祜，其生平梗概已略述於前，〔註199〕此不贅言。

（六）〈漢宮〉

作者爲李商隱。詩云：

> 通靈夜醮達清晨，承露盤晞甲帳春。王母不來方朔去，更
> 須重見李夫人。〔註200〕

此詩前段寫終夜禱醮，以求李夫人的芳魂重現。後段則以王母西歸，

〔註196〕 《全唐詩》卷二九、卷四八五。

〔註197〕 見四章二節第廿五首〈辭輦行〉的作者鮑溶。

〔註198〕 《全唐詩》卷二九、卷五一一。

〔註199〕 見三章一節第四十二首〈賦昭君塚〉的作者張祜。

〔註200〕 《全唐詩》卷五三九。

東方朔乘龍飛去，不知所適的情形，比喻不得致神就視李夫人的惆悵。

作者李商隱，生平已略述於前，〔註201〕此不贅言。

（七）〈李夫人歌〔一作李夫人〕三首之一〉

作者亦爲李商隱。詩云：

　　一帶不結心，兩股方安髻。

　　慚愧白茅人，月沒教星替。〔註202〕

此詩前段借一帶不能同心，兩股方能成髻，以喻單棲者固當求偶。後段寫漢武帝命白茅方士致李夫人之神。末句「月沒教星替」，即言夫人已死，因刻以石像代之。然而月光已沒，終非星星所能代替矣。描寫武帝思念李夫人的心情，表露無遺。

（八）〈李夫人歌〔一作李夫人〕三首之二〉

作者亦爲李商隱。詩云：

　　剩結茱萸枝，多擘秋蓮的。

　　獨自有波光，綵囊盛不得。〔註203〕

此詩短短四句，寫李夫人既死，不得復生的惆悵。武帝雖對其念念不忘，欲以通靈之術致其神，然而終究未能如願，以致徒留悲嘆。前段寫茱萸可以囊盛，蓮葯皆在房中。由此開啓三四句，獨歎此波光斷不能盛之使其長留在側，以申明星難替月的道理。

（九）〈李夫人歌〔一作李夫人〕三首之三〉

作者亦爲李商隱。詩云：

　　蠻絲繫條脫，妍眼和香屑。壽宮不惜鑄南人，柔腸早被秋波割。清澄有餘幽素香，鰥魚渴鳳眞珠房。不知瘦骨類冰井，更許夜簾通曉霜。土花漠碧雲茫茫，黃河欲盡天蒼黃。

　　〔註204〕

此詩前四句寫武帝命人狀李夫人形，而一睹其妍眼，但終非長駐的明

〔註201〕見三章一節第四十七首〈王昭君〉詩的作者李商隱。

〔註202〕《全唐詩》卷二九、卷五四○。

〔註203〕同上。

〔註204〕同上。

眸，令帝斷腸。以下二句，先言魂魄猶有昔日芳香，再言武帝對其情意難忘。七八句言瘦骨業已如冰，怎堪芳魂更加的霜寒？末二句言李夫人如碧落黃泉，不再復接矣。此詩情詞兼美，餘味不盡。

（一○）〈漢武帝思李夫人〉

作者爲曹唐。詩云：

> 惆悵冰顏不復歸，晚秋黃葉滿天飛。迎風細荇傳香粉，隔水殘霞見畫衣。白玉帳寒鴛夢絕，紫陽宮遠雁書稀。夜深池上蘭橈歇，斷續歌聲徹太微。〔註205〕

此詩首聯寫李夫人的早逝。以下二聯寫其生前的儀態，猶歷歷在目，如今卻已天人兩隔，獨留武帝孤寂難眠。末聯夜深景物的蕭索淒涼，以喻武帝思念悲傷的情懷。

作者曹唐，字堯賓，桂州人。生卒年不詳，約唐懿宗咸通中前後在世。初爲道士，工文賦詩。大中間，舉進士；咸通中，爲諸府從事。與羅隱同時，嘗會隱，各論近作。平生志氣激昂，但薄於仕宦，頗自鬱悒，爲〈病馬〉詩以自況。一日晝夢仙女，鸞服花冠，衣如煙霧，倚樹吟唐詠天台劉阮詩，欲相招而去，唐驚覺，明日暴病卒。有詩集二卷，今傳於世。〔註206〕

（一一）〈惆悵詩十二首之二〉

作者爲王渙。詩云：

> 李夫人病已經秋，漢武看來不舉頭。得所濃華銷歇盡，楚魂湘血一生休。〔註207〕

此詩前段寫李夫人臥病已重，猶不肯面別君王。後段寫其濃華銷歇殆盡，然而仍留得武帝的恩幸；至帝有生之年，依舊懷念不已，直如楚魂湘血一般，愛戀不休。

作者王渙，前文已略述其生平，〔註208〕此不贅言。

〔註205〕　《全唐詩》卷六四○。
〔註206〕　《唐才子傳》卷八。
〔註207〕　《全唐詩》卷六九○。
〔註208〕　見三章一節第五十三首〈惆悵詩十二首之十二〉的作者王渙。

（一二）〈李夫人二首之一〉

作者為徐夤。詩云：

　　不望金輿到錦帷，人間樂極即須悲。

　　若言要職愁中貌，也似君恩日日衰。〔註209〕

此詩前段寫武帝與李夫人兩情繾綣，然而終究還是樂極生悲，天人兩隔。後段則言武帝失去夫人的感傷哀愁。此詩風格新奇。

作者徐夤，已略述其生平於前，〔註210〕此不贅言。

（一三）〈李夫人二首之二〉

作者亦為徐夤。詩云：

　　招得香魂爵少翁，九華燈燭曉還空。

　　漢王不及吳王樂，且與西施死處同。〔註211〕

此詩首言方士少翁招得李夫人魂，而授與爵位。次言香魂須臾消失，仍舊落空。以下則借吳王得與西施死處同，以對照武帝、夫人生死兩隔的傷痛。意境頗為淒涼。

以上李夫人詩的內容，可大略分為兩類：即李夫人的專榮固寵，與其死後留得漢武帝的無限懷念。

李夫人為「傾國傾城」的佳人，徐賢妃〈賦得北方有佳人〉詩，描述其生前的容貌妝扮與體態，曰：

　　由來稱獨立，本自號傾城。柳葉眉間發，桃花臉上生。

　　腕搖金釧響，步轉玉環鳴。纖腰宜寶襪，紅衫豔織成。

　　懸知一顧重，別覺舞腰輕。

其至死後招魂，武帝命人狀其形，亦多述其容儀之美，詩曰：

　　獨自有波光，綵囊盛不得。（李商隱〈李夫人歌三首之二〉）

　　迎風細荇傳香粉，隔水殘霞見畫衣。（曹唐〈漢武帝思李夫人〉）

　　葳蕤半露芙蓉色，窈窕將期環珮身。麗如三五月，可望難親近。（鮑溶〈李夫人歌〉）

〔註209〕《全唐詩》卷七一一。

〔註210〕見三章一節第五十五首〈追和常建嘆王昭君〉詩的作者徐夤。

〔註211〕《全唐詩》卷七一一。

　　蠻絲繫條脫，妍眼和香屑。壽宮不惜鑄南人，柔腸早被秋

波割。清澄有餘幽素香，鯨魚渴鳳真珠房。（李商隱〈李夫人

歌三首之三〉）

如此國色天香的姿容，無怪乎能獲得君主的寵愛，李賀的〈李夫人

歌〉，即云：「紫皇宮殿重重開，夫人飛入瓊瑤台。綠香繡帳何時歇，

青雲無光宮水咽」，足見其承恩獨寵的情形。

　　然而「自古紅顏多薄命」，李夫人正如曇花一般，承恩未久，稍

縱即逝，王渙〈惆悵詩十二首之二〉，即言夫人濃華雖已銷歇殆盡，

然其與武帝之間的情愫，卻如「楚魂湘血」般，無止無休，如：

　　白玉帳寒鴛夢絕，紫陽宮遠雁書稀。夜深池上蘭橈歇，斷

續歌聲徹太微。（曹唐〈漢武帝思李夫人〉）

　　翩聯桂花墜秋月，孤鸞驚啼商絲發。紅壁闌珊懸佩璫，歌

台小妓遙相望。玉蟾滴水難人唱，露華蘭葉參差光。（李賀

〈李夫人歌〉）

夫人病時不肯別武帝，死後仍留得生前的恩寵。此處即寫武帝的悲

淒、憾恨之情。然而叱咤風雲，雄才一世的武帝，豈就此屈服於命運

的安排？於是他令方士招夫人之魂，曰：

　　璚閨羽帳華燭陳，方士夜降夫人神。（鮑溶〈李夫人歌〉）

　　通靈夜醮達清晨，承露盤晞甲帳春。（李商隱〈漢宮詩〉）

　　九華帳深夜悄悄，反魂香降夫人魂。（白居易〈李夫人詩〉）

當時雖已招得夫人香魂，然而「既來何苦不須臾，縹緲悠揚還滅去。

去何速兮來何遲，是耶非耶兩不知。翠蛾彷彿平生貌，不似昭陽寢

疾時。魂之不來君心苦，魂之來兮君亦悲。背燈隔帳不得語，安用

暫來還見違」（白居易〈李夫人詩〉）、「嚬黛含犀竟不言，春思秋怨

誰能問。欲求巧笑如生時，歌塵在空瑟銜絲。神來未及夢相見，帝

比初亡心更悲」（鮑溶〈李夫人歌〉），武帝深愛李夫人，雖欲其生，

然而夫人卻已如東流之水，萬代無回矣。無怪乎詩人白居易，也要

發出「縱令妍姿豔質化為土，此恨長在無銷期。生亦惑，死亦惑，

尤物感人忘不得。人非木石皆有情，不如不遇傾城色。」（〈李夫人詩〉）的感嘆了。

二、李夫人的歷史故實

李夫人，為漢武帝的寵妃，容顏絕麗，善妙歌舞。有關其生平的記載，詳見於《漢書》卷九七上〈外戚傳〉：

> 孝武李夫人，本以倡進。初，夫人兄延年性知音，善歌舞，武帝愛之。每為新聲變曲，聞者莫不感動。延年侍上起舞，歌曰：「北方有佳人，絕世而獨立，一顧傾人城，再顧傾人國。寧不知傾城與傾國，佳人難再得！」上嘆息曰：「善！世豈有此人乎？」平陽公主因言延年有女弟，上乃召見之，實妙麗善舞。由是得幸，生一男，是為昌邑哀王。

然李夫人身體素弱，生昌邑哀王後不久，即臥病在床。同卷〈外戚傳〉又云：

> 初，李夫人病篤，上自臨候之，夫人蒙被謝曰：「妾久寢病，形貌毀壞，不可以見帝。願以王及兄弟為託。」上曰：「夫人病甚，殆將不起，一見我屬託王及兄弟，豈不快哉？」夫人曰：「婦人貌不修飾，不見君父。妾不敢以燕媠見帝。」上曰：「夫人弟一見我，將加賜千金，而予兄弟尊官。」夫人曰：「尊官在帝，不在一見。」上復言欲必見之，夫人遂轉鄉歔欷而不復言。於是上不說而起。夫人姊妹讓之曰：「貴人獨不可一見上屬託兄弟邪？何為恨上如此？」夫人曰：「所以不欲見帝者，乃欲以深託兄弟也。我以容貌之好，得從微賤愛幸於上。夫以色事人者，色衰而愛弛，愛弛則恩絕。上所以攣攣顧念我者，乃以平生容貌也。今見我毀壞，顏色非故，必畏惡吐棄我，意尚肯復追思閔錄其兄弟哉！」

李夫人死後，上以后禮葬之，並封其兄李廣利為貳師將軍、海西侯，李延年為協律都尉。而帝居常頻思念不已，自為作賦，以傷悼夫人，其辭曰：

美連娟以脩嫮兮，命樔絕而不長，飾新宮以延貯兮，泯不歸乎故鄉。慘鬱鬱其蕪穢兮，隱處幽而懷傷，釋輿馬於山椒兮，奄脩夜之不陽，秋氣憯以淒淚兮，桂枝落而銷亡，神煢煢以遙思兮，精浮游而出疆。託沈陰以壙久兮，惜蕃華之未央，念窮極之不還兮，惟幼眇之相羊。函菱蒦以俟風兮，芳雜襲以彌章，的容與以猗靡兮，縹飄姚虖愈莊。燕淫衍而撫楹兮，連流視而娥揚，既激感而心逐兮，包紅顏而弗明。驩接狎以離別兮，宵寤夢之芒芒，忽遷化而不反兮，魄放逸以飛揚。何靈魂之紛紛兮，哀裴回以躊躇，勢路日以遠兮，遂荒忽而辭去。超兮西征，屑兮不見。寖淫敞怳，寂兮無音，思若流波，怛兮在心。〔註212〕

此賦先述李夫人容態的美麗纖弱。次言其年歲未半，而飄落銷亡。以下接言武帝中心追逐夫人，不能自已的情景。則雖夫人一往不返，而武帝猶情念酷痛，難以忘懷。是以有方士少翁見上，言能致其神。《漢書》卷九七上〈外戚傳〉云：

上思念李夫人不已，方士齊人少翁言能致其神。乃夜張燈燭，設帷帳，陳酒肉，而令上居他帳，遙望見好女如李夫人之貌，還幄坐而步。又不得就視，上愈益相思悲感，爲作詩曰：「是邪，非邪，立而望之，偏何姍姍其來遲！」令樂府諸音家絃歌之。

同書卷二五上〈郊祀志〉亦載此事，其文曰：

明年，齊人少翁以方見上。上有所幸李夫人，夫人卒，少翁以方蓋夜致夫人及灶鬼之貌云，天子自帷中望見焉。乃拜少翁爲文成將軍，賞賜甚多，以客禮禮之。文成言：「上即欲與神通，宮室被服非象神，神物不至。」乃作畫雲氣車，及各以勝日駕車辟惡鬼。又作甘泉宮，中爲臺室，畫天地泰一諸鬼神，而置祭具以致天神。居歲餘，其方益衰，神不至。乃爲帛書以飯牛，陽不知，言此牛腹中有奇。殺視得書，書言甚怪。天子識其手，問之，果爲書。於是誅

〔註212〕　《漢書》卷九七上〈外戚傳〉。

文成將軍，隱之。

關於此項記載，胡三省注《資治通鑑》，以爲《漢書》誤也，因《史記》卷二八〈封禪書〉有云：「少翁見上，上有所幸王夫人卒，少翁以方夜致王夫人及灶鬼之貌云。」且李夫人卒時，少翁早已死，如何致其神？〔註213〕其言頗爲成理，或即屬實。然李夫人之說相承已久，因而王子年《拾遺記》中的〈董仲君〉一文，也描述漢武帝詔其羅致李夫人之事，〔註214〕足見此說沿襲已久。

終武帝之世，未能忘懷李夫人，及帝崩後，大將軍霍光，體察帝生前遺愛的深切，因以李夫人配食廟堂，尊號孝武皇后。有人評美人少亡詞云：

要得美人傳，還應少年死；西施壽百齡，寧復吳王憐。〔註215〕

今觀李夫人少而早卒，武帝憐憫復哀愴，且圖畫其形於甘泉宮，以示不忘，其理由或即在此。

茲將唐人所寫以李夫人爲主題詩歌的作者年代圖表列於後。

〔註213〕《資治通鑑》卷一九武帝元狩四年胡三省注。

〔註214〕王子年《拾遺記》董仲君：「漢武帝嬖李夫人。及夫人死後，帝欲見之，乃詔董仲君與之語曰：朕思李氏，其可得見乎？仲君曰：可遠見而不可同於帷席。帝曰：一見足矣，可致之。仲君曰：黑河之北有暗海之都也，出潛英之石，其色青，質輕如毛羽。寒盛則石溫，夏盛則石冷，刻之爲人像，神語不異眞人，使此石像往，則夫人至矣。此石人能譯人語，有聲無氣，故知神異傳也。帝曰：此石可得乎？仲君曰：願得樓船百艘，巨力千人，能浮水登木者，皆使明於道術，齎不死之藥，乃至闇海，經十年而還。肯之去人或昇雲不歸，或託形假死，獲反者四五人，得此石，即令工人依先圖刺作李夫人形。俄而成，置於輕紗幕中，宛若生時。帝大悅，問仲君曰：可得近乎？仲君曰：譬如中宵忽夢，而畫可得親近乎？此石毒特，宜遠望不可迫也。勿輕萬乘之尊，惑此精魅也。帝乃從其諫。見夫人畢，仲君使人舂此石人爲九段，不復思夢，乃築夢靈告祀之。」

〔註215〕參考王藩庭《中華歷代婦女・后妃篇》。

唐代以李夫人為主題詩歌作者年代表

皇帝	年號	西元
唐高祖	武德	618 A.D.
太宗	貞觀	627 A.D.
高宗	永徽	650 A.D.
	顯慶	656 A.D.
	龍朔	661 A.D.
	麟德	564 A.D.
	乾封	666 A.D.
	總章	668 A.D.
	咸亨	670 A.D.
	上元	674 A.D.
	儀鳳	676 A.D.
	調露	679 A.D.
	永隆	680 A.D.
	開耀	681 A.D.
	永淳	682 A.D.
	弘道	683 A.D.
中宗	嗣聖	684 A.D.
武后	垂拱	685 A.D.
	載初	689 A.D.
	天授	690 A.D.
	長壽	692 A.D.
	延載	694 A.D.
	天冊萬歲	695 A.D.
	萬歲通天	696 A.D.
	神功	697 A.D.
	聖曆	698 A.D.
	久視	700 A.D.
	長安	701 A.D.
中宗	神龍	705 A.D.
	景龍	707 A.D.
睿宗	景雲	710 A.D.
玄宗	先天	712 A.D.
	開元	713 A.D.
	天寶	742 A.D.
肅宗	至德	756 A.D.
	乾元	758 A.D.
	上元	760 A.D.
	寶應	762 A.D.
代宗	廣德	763 A.D.
	永泰	765 A.D.
	大曆	766 A.D.
德宗	建中	780 A.D.
	興元	784 A.D.
	貞元	785 A.D.
順宗	永貞	805 A.D.
憲宗	元和	806 A.D.
穆宗	長慶	821 A.D.
敬宗	寶曆	825 A.D.
文宗	太和	827 A.D.
	開成	836 A.D.
武宗	會昌	841 A.D.
宣宗	大中	847 A.D.
懿宗	咸通	860 A.D.
僖宗	乾符	874 A.D.
	廣明	880 A.D.
	中和	881 A.D.
	光啓	885 A.D.
	文德	888 A.D.
昭宗	龍紀	889 A.D.
	大順	890 A.D.
	景福	892 A.D.
	乾寧	894 A.D.
	光化	898 A.D.
	天復	901 A.D.
哀帝	天祐	904 A.D.
梁太祖	開平	907 A.D.

　　圖表顯示，唐人以李夫人爲主題詩歌的作者，大約集中在德宗至懿宗年間。而唐代各朝懷念死去的后妃，自太宗朝開始，尤其玄宗曾以圖形、招魂等方式，來懷念寵妃楊玉環。或因此而觸發唐人對李夫人的同類故實的感懷，代宗以後的李夫人詩，遂明顯地增多。

第四節　趙飛燕

一、唐代以趙飛燕爲主題詩歌的內容及時代分析

　　唐人所寫有關趙飛燕的詩歌，有廿餘首；其中作爲主題詩歌的作品有五首。茲將唐人以趙飛燕爲主題的詩歌抄錄於後，略述其詩意、作者，〔註216〕並分析詩歌的時代。

　　（一）〈飛燕篇〉

　　作者爲王翰。詩云：

　　　　孝成皇帝本嬌奢，行幸平陽公主家。可憐女兒三五許，丰
　　　　茸惜是一園花。歌舞向來人不貴，一旦逢君感君意。君心
　　　　見賞不見忘，姊妹雙飛入紫房。紫房綵女不得見，專榮固
　　　　寵昭陽殿。紅妝寶鏡珊瑚臺，青瑣銀簧雲母扇。日夕風傳
　　　　歌舞聲，只擾長信憂人情。長信憂人氣欲絕，君王歌吹終
　　　　不歇。朝弄瓊簫下綵雲，夜踏金梯上明月。明月薄蝕陽精
　　　　昏，嬌妒傾城惑至尊。已見白虹橫紫極，復聞飛燕啄皇孫。
　　　　皇孫不死燕啄折，女弟一朝如火絕。明明天子咸戒之，赫
　　　　赫宗周褒姒滅。古來賢聖歎狐裘，一國荒淫萬國羞。安得
　　　　上方斷馬劍，斬取朱門公子頭。〔註217〕

此詩首四句言成帝的好色淫奢，微行平陽公主處，因見趙飛燕而大悅。以下六句，接言飛燕身輕，以歌舞進，姐妹二人專榮固寵，宮中其他女子則不得見幸。「紅妝寶鏡」四句，描述飛燕姐妹擅寵驕奢、日夕輕歌妙舞，蠱惑君王。以致班婕妤失寵怨棄，退居長信宮。以下

〔註216〕本節作者生卒年部分，主要參考譚正璧《中國文學家大辭典》。
〔註217〕《全唐詩》卷一五六。

轉言姐妹嬌妒，致有燕啄皇孫之事。因此奉勸英明之主，記取荒淫禍國的教訓，而引以爲戒。此詩敘述生動，文意兼美。

　　作者王翰，字子羽，并州晉陽人。生卒年不詳，約唐玄宗開元元年（713）前後在世。少豪健恃才，及進士第，然喜蒲酒。張嘉貞爲本州長史，偉其人，厚遇之。復舉直言極諫，調昌樂尉，又舉超拔群類，召爲秘書正字，擢通事舍人、駕部員外郎。家畜聲伎，目使頤令，自視王侯，人莫不以爲惡。後出爲汝州長史，徙仙州別駕。日與才士豪俠飲樂游畋，伐鼓窮歡，坐貶道州司馬，卒。有集十卷。今存詩一卷。〔註218〕

　　（二）〈宮中行樂詞〉

　　作者爲李白。詩云：

　　　柳色黃金嫩，梨花白雪香。玉樓巢翡翠，金殿鎖鴛鴦。選

　　　妓隨雕輦，徵歌出洞房。宮中誰第一，飛燕在昭陽。〔註219〕

此詩寫飛燕的得寵嬌貴。前段述景、物的艷麗豪華。後段述飛燕與君王同輦而行、笙歌樂舞的歡宴，以言其爲宮中最受專榮固寵的女子。

　　作者李白，前文已略述其生平，〔註220〕此不贅言。

　　（三）〈漢宮曲〉

　　作者爲徐凝。詩云：

　　　水色簾前流玉霜，趙家飛燕侍昭陽。

　　　掌中舞罷簫聲絕，三十六宮秋夜長。〔註221〕

此詩寫趙飛燕擅寵，得以日夕陪伴君王。後宮三千粉黛，只得於寂靜的秋夜裡，獨擁衾枕，落寞悲傷而已。

　　作者徐凝，睦州人。約唐憲宗元和中前後在世。有詩名，與施肩吾同里，日共吟詠，無進取之意。始遊長安，不善干謁，竟不成名。遂歸舊隱，潛心詩酒。人間榮耀，不復追逐求取。老病且貧，意泊無

〔註218〕　《新唐書》卷二〇二〈文藝中・王翰傳〉。

〔註219〕　《全唐詩》卷二八、卷一六四。

〔註220〕　見三章一節第廿四首〈王昭君〉詩的作者李白。

〔註221〕　《全唐詩》卷四七四。

惱，優悠自終。有集一卷，傳於世。〔註222〕

（四）〈恃寵〉

作者爲曹鄴。詩云：

二月樹色好，昭儀正驕奢。恐君愛陽豔，斫卻園中花。

三十六宮女，髻鬟各如鴉。君王心所憐，獨自不見瑕。

臺上紅燈盡，未肯下金車。一笑不得所，塵中悉無家。

飛燕身更輕，何必恃容華。〔註223〕

此詩首四句言趙昭儀驕奢，恐其恩幸轉移，而讒害後宮佳麗。以下四句，接言三十六宮女，不得成帝寵愛，俱如寒鴉。獨有飛燕姐妹，爲君王所憐惜。「台上」六句，言飛燕漸失寵愛，而猶思再得恩幸，此見女子以色事人的無奈。

作者曹鄴，生平已略述於前，〔註224〕此不贅言。

（五）〈漢宮詞〉

作者爲左偃。詩云：

寒燭照清夜，笙歌隔薜牆。

一從飛燕入，便不見君王。〔註225〕

此詩前段以清夜寒燭與笙歌樂舞對照，見得寵、怨棄女子際遇的不同。後段寫趙飛燕的專榮固寵，對照見意，格局自高。

作者左偃，約唐末時人。不仕，居金陵。能詩，有《鍾山集》一卷。今存詩十首。〔註226〕

以上趙飛燕詩的內容，多敘述趙氏姐妹擅寵嬌貴的情形；即使原爲出身微賤之倡女，一旦得君王的賞識，便可飛上枝頭作鳳凰。其述居處的尊貴華麗日：

紅妝寶鏡珊瑚台，青瑣銀簀雲母扇。（王翰〈飛燕篇〉）

〔註222〕《唐才子傳》卷六。

〔註223〕《全唐詩》卷五九二。

〔註224〕見四章二節第卅一首〈代班姬〉詩的作者曹鄴。

〔註225〕《全唐詩》卷七四〇。

〔註226〕同上。

　　玉樓巢翡翠，金殿鎖鴛鴦。

　　選妓隨雕輦，徵歌出洞房。(李白〈宮中行樂詞〉)

其述姐妹的專榮固寵曰：

　　寒燭照清夜，笙歌隔蓽牆。一從飛燕入，便不見君王。(左偃〈漢宮詞〉)

　　水色簾前流玉霜，趙家飛燕侍昭陽。掌中舞罷簫聲絕，三十六宮秋夜長。(徐凝〈漢宮曲〉)

　　二月樹色好，昭儀正驕奢。恐君愛陽豔，斫卻園中花。三十六宮女，鬢鬟各如鴉。君王心所憐，獨自不見瑕。(曹鄴〈恃寵詩〉)

此處，寫姐妹二人雙飛入紫房，終日與成帝歌舞宴樂。又爲鞏固其地位，於是排除異己、媚惑君王。王翰〈飛燕篇〉云：「長信憂人氣欲絕，君王歌吹終不歇。朝弄瓊簫下綵雲，夜踏金梯上明月。明月薄蝕陽精昏，嬌妒傾城惑至尊。已見白虹橫紫極，復聞飛燕啄皇孫。皇孫不死燕啄折，女弟一朝如火絕」，即借此以勸戒明明天子，勿因荒淫貪色，而招致家敗國滅的地步。

二、趙飛燕的歷史故實

　　趙飛燕，爲西漢孝成帝的皇后，腰骨纖細，身輕善舞。《漢書》卷九七下〈外戚傳〉載其入宮與得幸的經過。其文曰：

　　孝成趙皇后，本長安宮人。初生時，父母不舉，三日不死，乃收養之。及壯，屬陽阿主家，學歌舞，號曰飛燕。成帝嘗微行出，過陽阿主，作樂。上見飛燕而說之，召入宮，大幸。有女弟復召入，俱爲婕妤，貴傾後宮。許后之廢也，上欲立趙婕妤。皇太后嫌其所出微甚，難之。太后姊子淳于長爲侍中，數往來傳語，得太后指，上立封趙婕妤父臨爲成陽侯。後月餘，乃立婕妤爲皇后。追以長前白罷昌陵功，封爲定陵侯。

由於其出身微賤，成帝欲立飛燕時，朝中大臣多不同意，諫大夫河間劉輔上書直諫，曰：「觸情縱欲，傾於卑賤之女，欲以母天下，不畏

于天，不愧于人，惑莫大焉！里語曰：『腐木不可以爲柱；人婢不可以爲主』，天人之所不予，必有禍而無福。」〔註227〕光祿大夫劉向「睹俗彌奢淫，而趙、衛之屬起微賤，踰禮制……故採取詩書所載賢妃貞婦，興國顯家可法則，及孽嬖亂亡者，序次爲《列女傳》，凡八篇，以戒天子。」〔註228〕由此可知劉向述作《列女傳》的目的，在於勸戒天子，修後宮之政，抑遠驕妒之寵，崇近婉順之行，以確立綱紀。北地太守谷永則謂，建始、河平之際，許后、班姬貴傾前朝，熏灼四方，以至女寵極盛；後起趙氏姐妹，又什倍於前，因云「深宮後庭，將有驕臣悍妾、醉酒狂悖卒起之敗。」〔註229〕然而成帝終不能善納忠諫，遂有「燕啄皇孫」之事。

永始元年（西元前 16 年）六月，成帝立皇后趙飛燕，大赦天下。皇后既立，寵幸少衰；而其女弟趙合德弱骨豐肌、工笑語，色如紅玉，殊寵後宮。〔註230〕《資治通鑑》卷三一成帝永始元年（前 16）條云：

> 皇后既立，寵少衰；而其女弟絕幸，爲昭儀，居昭陽舍，其中庭彤朱而殿上髤漆；切皆銅沓，黃金塗；白玉階；壁帶往往爲黃金釭，函藍田璧、明珠、翠羽飾之；自後宮未嘗有焉。趙后居別館，多通侍郎、宮奴多子者。昭儀嘗謂帝曰：「妾姊性剛，有如爲人構陷，則趙氏無種矣！」因泣下悽惻。帝信之，有白后姦狀者，帝輒殺之。由是后公爲淫恣，無敢言者，然卒無子。

由於飛燕、昭儀均無子，爲鞏固專寵後宮的地位，妃子有兒者，每被二人加害；成帝時，即有童謠曰：「燕燕尾涎涎，張公子，時相見。木門倉琅根，燕飛來，啄皇孫，皇孫死，燕啄矢」，言成帝爲微行出遊，常與富平侯張放，過陽阿主作樂，見舞者趙飛燕而寵幸，因言「燕燕尾涎涎」，形容容貌儀態的美好。張公子，即富平侯張放。「木門倉

〔註227〕 《資治通鑑》卷三一成帝永始元年條。
〔註228〕 《漢書》卷三六〈劉向傳〉。
〔註229〕 《資治通鑑》卷三二成帝元延元年條。
〔註230〕 《西京雜記》，《太平廣記》卷二七二〈婦人三〉。

琅根」，謂宮門銅鍰，言將要尊貴，後遂立飛燕爲皇后。「燕飛來，啄皇孫；皇孫死，燕啄矢」，謂賊害後宮皇子，〔註231〕《漢書》卷二七〈五行志〉亦載有鳶焚巢，是爲殺子的異象。其文曰：

> 成帝河平元年二月庚子，泰山山桑谷有戴焚其巢。男子孫通等聞山中群鳥戴鵲聲，往視，見巢然，盡墮地中，有三戴㲉燒死。樹大四圍，巢去地五丈五尺。太守平以聞。戴色黑，近黑祥，貪虐之類也。《易》曰：「鳥焚其巢，旅人先笑後號咷。」泰山，岱宗，五嶽之長，王者易姓告代之處也。天戒若曰，勿近貪虐之人，聽其賊謀，將生焚巢自害其子絕世易姓之禍。其後趙飛燕得幸，立爲皇后，弟爲昭儀，姊妹專寵，聞後宮許美人、曹偉能生皇子也，昭儀大怒，令上奪取而殺之，皆并殺其母。成帝崩，昭儀自殺，事乃發覺，趙后坐誅。此焚巢殺子後號咷之應也。

其時議郎譙玄曾上書陳言皇子橫夭，與災異之變有關，〔註232〕既不獲省納，成帝因而絕嗣。

成帝於綏和二年（前7）暴崩，臣民均歸罪趙昭儀。《漢書》卷九七下〈外戚傳〉云：

> 成帝崩。帝素彊，無疾病。是時楚思王衍、梁王立來朝，明旦當辭去，上宿供張白虎殿。又欲拜左將軍孔光爲丞相，已刻侯印書贊。昏夜平善，鄉晨，傅絝韤欲起，因失衣，不能言，晝漏上十刻而崩。民間歸罪趙昭儀，皇太后詔大司馬莽、丞相大司空曰：「皇帝暴崩，群眾讙譁怪之。掖庭令輔等在後庭左右，侍燕迫近，雜與御史、丞相、廷尉治問皇帝起居發病狀。」趙昭儀自殺。

哀帝即位，因曾借飛燕助力，得立爲太子，仍尊其爲太后。至哀帝崩，王莽廢飛燕爲庶人，而後自殺。同卷〈外戚傳〉云：

> 哀帝崩，王莽白太后詔有司曰：「前皇太后與昭儀俱侍帷幄，姊弟專寵錮寢，執賊亂之謀，殘滅繼嗣以危宗廟，誖

〔註231〕　《漢書》卷九七下〈外戚傳〉。
〔註232〕　《後漢書》卷八一〈獨行列傳〉。

天犯祖，無爲天下母之義。貶皇太后爲孝成皇后，徙居北宮。」後月餘，復下詔曰：「皇后自知罪惡深大，朝請希闊，失婦道，無共養之禮，而有狼虎之毒，宗室所怨，海內之讎也，而尚在小君之位，誠非皇天之心。夫小不忍亂大謀，恩之所不能已者義之所割也，今廢皇后爲庶人，就其園。」是日自殺。凡立十六年而誅。

由以上史實所載，可知趙氏姐妹專寵後宮十餘年，喧赫一代的貴族，終究落得悲慘下場，含恨而死。

茲將唐人所寫以趙飛燕爲主題詩歌的作者年代圖表列於後。

唐以以趙飛燕爲主題詩歌作者年代表

朝代	年號
唐高祖	武德 618 A.D.
太宗	貞觀 627 A.D.
高宗	永徽 650 A.D.
	顯慶 656 A.D.
	龍朔 661 A.D.
	麟德 564 A.D.
	乾封 666 A.D.
	總章 668 A.D.
	咸亨 670 A.D.
	上元 674 A.D.
	儀鳳 676 A.D.
	調露 679 A.D.
	永隆 680 A.D.
	開耀 681 A.D.
	永淳 682 A.D.
	弘道 683 A.D.
中宗	嗣聖 684 A.D.
武后	垂拱 685 A.D.
	載初 689 A.D.
	天授 690 A.D.
	長壽 692 A.D.
	延載 694 A.D.
	天冊萬歲 695 A.D.
	萬歲通天 696 A.D.
	神功 697 A.D.
	聖曆 698 A.D.
	久視 700 A.D.
	長安 701 A.D.
中宗	神龍 705 A.D.
	景龍 707 A.D.
睿宗	景雲 710 A.D.
玄宗	先天 712 A.D.
	開元 713 A.D.
	天寶 742 A.D.
肅宗	至德 756 A.D.
	乾元 758 A.D.
	上元 760 A.D.
	寶應 762 A.D.
代宗	廣德 763 A.D.
	永泰 765 A.D.
	大曆 766 A.D.
德宗	建中 780 A.D.
	興元 784 A.D.
	貞元 785 A.D.
順宗	永貞 805 A.D.
憲宗	元和 806 A.D.
穆宗	長慶 821 A.D.
敬宗	寶曆 825 A.D.
文宗	太和 827 A.D.
	開成 836 A.D.
武宗	會昌 841 A.D.
宣宗	大中 847 A.D.
懿宗	咸通 860 A.D.
僖宗	乾符 874 A.D.
	廣明 880 A.D.
	中和 881 A.D.
	光啓 885 A.D.
	文德 888 A.D.
昭宗	龍紀 889 A.D.
	大順 890 A.D.
	景福 892 A.D.
	乾寧 894 A.D.
	光化 898 A.D.
	天復 901 A.D.
哀帝	天祐 904 A.D.
梁太祖	開平 907 A.D.

　　圖表顯示，唐人以趙飛燕爲主題詩歌的作品，分見於武后長安以後。由於詩歌數量甚少，顯現作品零星分布的情形。

第五節　戚夫人

一、唐代以戚夫人爲主題詩歌的內容及時代分析

　　唐人所寫有關戚夫人的詩歌，共有五首；其中作爲主題詩歌的作品，僅有一首，題爲〈賦戚夫人楚舞歌〉。茲略述此詩的內容、作者，及詩歌的時代。

　　（一）〈賦戚夫人楚舞歌〉

作者爲李昂。詩云：

> 定陶城中是妾家，妾年二八顏如花。閨中歌舞未終曲，天下死人如亂麻。漢王此地因征戰，未出簾櫳人已薦。風花菡萏落轅門，雲雨裝回入行殿。日夕悠悠非舊鄉，飄飄處處逐君王。閨門向裡通歸夢，銀燭迎來在戰場。相從顧恩不顧己，何異浮萍寄深水。逐戰曾迷隻輪下，隨君幾陷重圍裡。此時平楚復平齊，咸陽宮闕到關西。珠簾夕殿聞鐘聲，白日秋天憶鼓聲。君王縱恣翻成誤，呂后由來有深妒。不奈君王容鬢衰，相存相顧能幾時。黃泉白骨不可報，崔釵翠羽從此辭。君楚歌兮妾楚舞，脈脈相看兩心苦。曲未終兮袂更揚，君流涕兮妾斷腸。已見儲君歸惠帝，徒留愛子付周昌。〔註233〕

此詩首言戚夫人的家世，及其爲漢高祖所納的緣由。以下言其見幸於君王，日夕隨之四征八討，幾番陷入重圍，又復脫困平安的情景。「君王縱恣」四句，言戚夫人雖得寵愛，然而呂后生性好妒，君王又容鬢日衰，能相存相顧至幾時？以下「黃泉白骨」六句，言自覺將來朝不保夕，與君王兩心同苦，流涕而斷腸。末二句言既已立惠帝爲儲君，徒令戚夫人惶恐悲泣。

〔註233〕《全唐詩》卷一二〇。

　　作者李昂，生卒年不詳，約唐玄宗開元中前後在世。開元二年
（714），王立下狀元及第。天寶間，仕爲禮部侍郎。知貢舉，獎拔寒
素甚多。工詩，此〈賦戚夫人楚舞歌〉，膾炙人口，爲一佳作。〔註234〕

二、戚夫人的歷史故實

　　戚夫人，爲漢高祖的寵妾；高祖微時所娶的正后呂雉，晚節色衰
愛弛，而戚夫人有寵，屢次要求易立太子，《史記》卷九〈呂太后本
紀〉曰：

> 呂太后者，高祖微時妃也，生孝惠帝、女魯元太后。及高
> 祖爲漢王，得定陶戚姬，愛幸，生趙隱王如意。孝惠爲人
> 仁弱，高祖以爲不類我，常欲廢太子，立戚姬子如意，如
> 意類我。戚姬幸，常從上之關東，日夜啼泣，欲立其子代
> 太子。呂后年長，常留守，希見上，益疏。如意立爲趙王
> 後，幾代太子者數矣，賴大臣爭之，及留侯策，太子得毋
> 廢。

留侯之策，即欲令隱居已久的四皓賢者來見高祖，面陳擁護太子的心
意。此舉終使高祖打消易立太子的念頭。《漢書》卷四〇〈張良傳〉
記其事，曰：

> 漢十二年，上從破布歸，疾益甚，愈欲易太子。良諫不聽，
> 因疾不視事。叔孫太傅稱說引古，以死爭太子。上陽許之，
> 猶欲易之。及宴，置酒，太子侍。四人者從太子，年皆八
> 十有餘，須眉皓白，衣冠甚偉。上怪，問曰：「何爲者？」
> 四人前對，各言其姓名，上乃驚曰：「吾求公，避逃我，
> 今公何自從吾兒游乎？」四人曰：「陸下輕士善罵，臣等
> 義不辱，故恐而亡匿。今聞太子仁孝，恭敬愛士，天下莫
> 不延頸願爲太子死者，故臣等來。」上曰：「煩公幸卒調
> 護太子。」四人爲壽已畢，趨去。上目送之，召戚夫人指
> 視曰：「我欲易之，彼四人爲之輔，羽翼已成，難動矣。
> 呂氏眞乃主矣。」戚夫人泣涕，上曰：「爲我楚舞，吾爲

若楚歌。」歌曰:「鴻鵠高飛,一舉千里,羽翼以就,橫
絕四海。橫絕四海,又可奈何!雖有矰繳,尚安所施!」
歌數闋,戚夫人歔欷流涕。上起去,罷酒,竟不易太子者,
良本招此四人之力也。

如此,終使太子得以不廢,但呂后也愈加銜恨戚夫人。因此,高祖崩
逝以後,戚夫人便在呂后的擺佈下,扮演一個最慘絕人寰的角色。事
見《漢書》卷九七上〈外戚傳〉,其文曰:

高祖崩,惠帝立,呂后爲皇太后,乃令永巷囚戚夫人,髡
鉗衣赭衣,令春。戚夫人春且歌曰:「子爲王,母爲虜,終
日春薄暮,常與死爲伍!相離三千里,當誰使告女?」太
后聞之大怒,曰:「乃欲倚女子邪?」乃召趙王誅之。使者
三反,趙相周昌不遣。太后召趙相,相徵至長安。使人復
召趙王,王來。惠帝慈仁,知太后怒,自迎趙王霸上,入
宮,挾與起居飲食。數月,帝晨出射,趙王不能蚤起,太
后伺其獨居,使人持鴆飲之。遲帝還,趙王死。太后遂斷
戚夫人手足,去眼熏耳,飲瘖藥,使居鞠域中,名曰「人
彘」。居數月,乃召惠帝視「人彘」,帝視而問,知其戚夫
人,乃大哭,因病,歲餘不能起。使人請太后曰:「此非人
所爲。臣爲太后子,終不能復治天下!」以此日飲爲淫樂,
不聽政,七年而崩。

觀以上史實,堪稱宮闈當中的一大悲劇,呂后雖然獲得報復的滿足
感,卻犧牲了自己最親的獨生子。〔註235〕《漢書》卷二七上〈五行
志〉更載呂后的死因與此事有關,其文曰:

高后八年三月,祓霸上,還過枳道,見物如倉狗,樴高后
掖,忽而不見。卜之,趙王如意爲祟。遂病掖傷而崩。先
是高后鴆殺如意,支斷其母戚夫人手足,榷其眼以爲人彘。

此可謂「多行不義必自斃」也。戚夫人的故事,借著歷史的記載,與
永巷歌的流傳,而深入人心。

〔註235〕 參考張修蓉《漢唐貴族與才女詩歌研究》第二章「一、戚夫人」。

第六節　唐代各朝后妃得寵怨棄的情況及其與寵怨詩產生的關係

　　唐代皇室內宮，上承周、秦、漢、晉及隋制，由後宮后妃嬪嬙的繁茂，可以窺見皇室之大，內宮之盛。而歷代帝王揀選宮妃，多以容貌爲首，德行居次。是以唐代後宮佳麗，各具傾國之姿，三千粉黛，常見絕色之貌；后妃美人，因恃色而爭寵，才女嬪娥，以色衰而愛弛，〔註236〕各人境況不一，地位亦互異。

　　唐代各朝后妃的得寵怨棄，最早見於太宗時期長孫皇后的得寵，迄於昭宗何皇后的得寵，得寵怨棄者，凡廿六人。而唐人以漢代后妃爲主題詩歌的作品，也有一百餘首之多，二者之間，是否有所關連？其情形又如何？是以本節擬就唐代后妃的得寵、失寵的情形加以探討敘述，期能一窺唐代各朝后妃得寵怨棄的情形，及其與唐人所寫漢代后妃詩歌產生的關係。

一、唐代各朝后妃得寵怨棄的情形

（一）太宗朝

1、長孫皇后的得寵

　　長孫皇后，河南洛陽人。爲隋右驍衛將軍長孫晟之女。矜尚禮法，喜圖傳，以古今善惡自鑒。年十三，嬪于太宗。武德元年（618），冊爲秦王妃。當時太宗功業既高，隱太子猜忌愈深。長孫后內盡孝事高祖，謹承妃嬙，消釋嫌猜，以存內助。後太宗入宮授甲，后也親自慰勉將士，左右莫不感激。武德九年（626），冊拜爲皇太子妃，不久立爲皇后。

　　長孫后素性儉約，又有文才。佐助太宗，建立大功。因此太宗對其格外禮遇倚重，曾與其論及政事，后推謝曰：

　　　　牝雞之晨，惟家之索。妾以婦人，豈敢豫聞政事。

〔註236〕　參考張修蓉《唐代文學所表現之婚俗研究》第二章第一節。

太宗雖然堅邀，而后仍峻拒。又后兄長孫無忌夙昔與帝爲布衣之交、佐命元勳，貞觀元年（627），太宗命其宰執朝政，委以腹心；后所生長樂公主，太宗亦特予憐愛，貞觀六年（632），公主將出降長孫沖，太宗欲敕有司資送豐厚妝奩，其禮過於長公主。以上二事，固因太宗愛才若渴，與愛女情深，同時也是由於愛屋及烏的心理所致，足見長孫后的貴寵。此外，太宗亦常能善納后的進言，如后爲其異母兄安業求情免死，以避帝牽累。〔註237〕《舊唐書》卷五一〈后妃傳上〉記其事，曰：

> 有異母兄安業，好酒無賴。獻公之薨也，后及無忌並幼，安業斥還舅氏，后殊不以介意，每請太宗厚加恩禮，位至監門將軍。及預劉德裕逆謀，太宗將殺之，后叩頭流涕爲請命曰：「安業之罪，萬死無赦。然不慈於妾，天下知之，今置以極刑，人必謂妾恃寵以復其兄，無乃爲聖朝累乎！」遂得減死。

又請太宗納忠容諫，摒除讒言。如《資治通鑑》卷一九四太宗貞觀六年（632）載魏徵事，其文曰：

> 上嘗罷朝，怒曰：「會須殺此田舍翁。」后問爲誰，上曰：「魏徵每廷辱我。」后退，具朝服立于庭，上驚問其故。后曰：「妾聞主明臣直；今魏徵直，由陛下之明故也，妾敢不賀！」上乃悅。

《新唐書》卷七六〈后妃傳上〉，亦載長孫皇后病危，與太宗訣別之時，猶不忘勸其勿置外戚於權要，勿棄房玄齡而不用，其事曰：

> 及大漸，與帝決，時玄齡小譴就第，后曰：「玄齡久事陛下，預奇計秘謀，非大故，願勿置也。妾家以恩澤進，無德而祿，易以取禍，無屬樞柄，以外戚奉朝請足矣。妾生無益於時，死不可以厚葬，願因山爲壠，無起墳，無用棺槨，器以瓦木，約費送終，是妾不見忘也。」又請帝納忠容諫，勿受讒，省遊畋作役，死無恨。

〔註237〕《舊唐書》卷五一〈后妃列傳上〉。

貞觀十年（636），長孫后崩於立政殿，年三十六。同年，葬於昭陵。太宗悲慟不已，於苑中作層觀，以望昭陵；復爲文刻石：

> 稱「皇后節儉，遺言薄葬，以爲『盜賊之心，止求珍貨，既無珍貨，復何所求。』朕之本志，亦復如此。王者以天下爲家，何必物在陵中，乃爲己有。今因九嵕山爲陵，鑿石之工纔百餘人，數十日而畢。不藏金玉，人馬、器皿，皆用土木，形具而已，庶幾姦盜息心，存沒無累，當使百世子孫奉以爲法。」〔註238〕

長孫后曾撰古婦人善事，勒成十卷，名爲《女則》。后逝世之後，太宗覽書而悲，以示近臣曰：

> 皇后此書，足可垂於後代。我豈不達天命而不能割情乎！以其每能規諫，補朕之闕，今不復聞善言，是內失一良佐，以此令人哀耳！〔註239〕

觀此段肺腑之言，則長孫后不僅備受恩遇，而且儼然已爲太宗的一面鏡鑑；太宗英明果決，固屬帝王中的佼佼者，然隱藏其身後的賢內助，亦是功不可沒。長孫后實爲母儀天下的婦德典範也。〔註240〕

2、徐賢妃的得寵

太宗賢妃徐惠，湖州長城人，生五月而能言，四歲誦《論語》、《毛詩》，八歲自好屬文。其父孝德曾試使擬楚辭，云「山中不可以久留」，詞句典美。此後，遍涉經史，手不釋卷。太宗聞之，納爲才人，十分禮顧。並擢其父爲水部員外郎。不久，拜惠爲婕妤，再遷充容。〔註241〕

徐賢妃屬文，揮翰立成，詞華綺贍，有詩五首傳世；其中進太宗詩，可見其受君王的眷愛，詩云：

> 朝來臨鏡台，妝罷暫裝回。
> 千金始一笑，一召詎能來。〔註242〕

〔註238〕　《資治通鑑》卷一九四太宗貞觀十年條。
〔註239〕　《舊唐書》卷五一〈后妃列傳上〉。
〔註240〕　參考張修蓉《漢唐貴族與才女詩歌研究》第四章「一、文德皇后」。
〔註241〕　《舊唐書》卷五一〈后妃列傳上〉。
〔註242〕　《全唐詩》卷五。

《唐詩紀事》卷三云：「長安崇聖寺有賢妃妝殿，太宗曾召妃，久不至，怒之，因進是詩。」可見此詩是爲化解太宗怒意而寫，其三四句戲而不謔，耐人尋味，凡人讀之，多能化怒氣爲平和，且對其慧黠倍增無盡憐愛。〔註243〕此外，又有〈賦得北方有佳人〉詩，與〈長門怨〉詩，俱爲描寫漢代后妃的作品；前首以清晰、具體之美，形容傾城佳人艷麗的姿儀。後首則爲班婕妤申訴不平，言外之意，亦感於自己的幸運，得遇太宗的憐香惜玉，要遠勝於班姬的失寵怨棄。而且，太宗不似成帝的重色輕德，乃爲一介英明之君，如貞觀末年，太宗屢次調兵討定四夷，稍稍治宮室，百姓頗爲勞倦。徐賢妃即上疏極諫，曰：

> 「東戍遼海，西討崑丘，士馬罷耗，漕饟漂沒。捐有盡之農，趨無窮之壑；圖未獲之衆，喪已成之軍。故地廣者，非常安之術也；人勞者，爲易亂之符也。」又言：「翠微、玉華等宮，雖因山藉水，無築構之苦，而工力和僦，不謂無煩。有道之君，以逸逸人；無道之君，以樂樂身。」又言：「伎巧爲喪國斧斤，珠玉爲蕩心酖毒，侈麗纖美，不可以不遏。志驕於業泰，體逸於時安。」〔註244〕

太宗遂善納其言，優賜甚厚。足見徐賢妃所受的禮遇眷顧。至太宗駕崩時，妃哀慕成疾，不肯進藥，言：「帝遇我厚，得先狗馬侍園寢，吾志也」，復爲詩、連珠以見意。永徽元年（650）卒，年二十四，贈賢妃，陪葬於昭陵石室。

（二）高宗朝

1、王皇后、蕭良娣的失寵

王皇后，并州祁人。父仁祐，貞觀中爲羅山令。同安長公主即后的從祖母，以后有美色，言於太宗，於是納爲晉王妃。高宗登儲，冊爲皇太子妃。永徽元年（650），立爲皇后。其父以特進封魏國公，不

〔註243〕 參考張修蓉《漢唐貴族與才女詩歌研究》第四章「三、徐賢妃」。
〔註244〕 《新唐書》卷七六〈后妃列傳上〉。

久而卒，贈司空。母柳氏則封魏國夫人。〔註245〕

　　起初，王皇后無子，蕭良娣有寵，而武才人貞觀末隨太宗嬪御居於感業寺，王皇后欲以其間蕭良娣之寵，於是勸上納入後宮，立爲昭儀。而後漸承寵遇，后與良娣則恩幸日衰，共相毀短，但高宗不納后言。后內懼不安，暗中與母柳氏求巫祝厭勝，事發，高宗大怒，斷柳氏不許再入宮中，后舅中書令柳奭則罷知政事，並將廢王皇后，賴長孫無忌、褚遂良的勸諫而止。其後又納李義府之策，永徽六年（655），廢后及蕭良娣爲庶人，囚於別院。后母兄、良娣宗族均流放嶺南。於是立武昭儀爲皇后。〔註246〕

　　高宗思念廢后，間行至囚所探問，引起武后的不滿，遂萌殺機。《新唐書》卷七六〈后妃列傳上〉記其事，曰：

帝念后，間行至囚所，見門禁錮嚴，進飲食竇中，惻然傷之，呼曰：「皇后、良娣無恙乎？今安在？」二人同辭曰：「妾等以罪棄爲婢，安得尊稱耶？」流淚嗚咽。又曰：「陛下幸念疇日，使妾死更生，復見日月，乞署此爲『回心院』。」帝曰：「朕即有處置。」武后知之，促詔杖二人百，剔其手足，反接投釀甕中，曰：「令二嫗骨醉！」數日死，殊其尸。初，詔旨到，后再拜曰：「陛下萬年！昭儀承恩，死吾分也。」至良娣，罵曰：「武氏狐媚，翻覆至此！我後爲貓，使武氏爲鼠，吾當扼其喉以報。」后聞，詔六宮毋畜貓。

武后並追改后姓爲蟒氏，蕭良娣爲梟氏。其後武后頻見二人披髮瀝血，如死時狀，因禱以巫祝；又移居蓬萊宮，復見，遂多居東都。唐戴孚《廣異記》，曾載武太后暮年，宮人多死，太后召役鬼王萬徹，言其乃因王皇后的訴冤得申。其事曰：

武太后暮年，宮人多死。一月之間，已數百人。太后乃召役鬼者王萬徹，使視宮中。徹奏曰：「天皇以陛下久臨萬國，神靈不樂，以致是也。」太后曰：「可奈何？」徹曰：

「臣能禳之。」乃施席於殿前，持刀潑水，四向而咒。有
項曰：「皇帝至。」徹乃廷詰帝曰：「天道有去就，時運有
廢興。昔皇帝佐陛下，母臨四海。大弘姜嫄、文母之化，
遂見推戴，萬國歸心。此天意，非人事也。陛下聖靈在天，
幽明理隔，何至不識機會，損害生人，若此之酷哉？」帝
乃空中謂之曰：「殆非我意，此王皇后訴冤得申耳。何止
後宮，將不利於汝君。」太后及左右了了聞之，太后默然
改容，乃命撤席。明年而五王援立中宗，遷太后於上陽宮。
以幽崩。〔註247〕

武太后終以幽崩，亦是其作惡多端的結果。後中宗即位，復后姓爲王，
梟氏還爲蕭氏。〔註248〕

2、武皇后的得寵

則天皇后武氏，并州文水人。父士彠，官至工部尚書、荆州都督，
封應國公。文德皇后崩後已久，太宗聞士彠之女美，召爲才人。母楊
氏，慟泣而別，武后神色自如，曰：「見天子庸知非福，何兒女悲乎？」
此已見其異人之處。既而見太宗，賜號武媚。高宗爲太子時，入侍太
宗，見才人武氏而喜愛。及太宗崩逝，武氏則削髮爲比丘尼，居於感
業寺。忌日，高宗詣寺行香，見武氏，二人相泣。高宗王皇后聞知，
暗令武氏長髮，引內後宮，以阻撓蕭良娣的專榮固寵。於是武后得以
入爲昭儀，進而奪取母儀天下的后座。〔註249〕《新唐書》卷七六〈后
妃列傳上〉，記其得寵擅貴，立爲皇后的經過，其文曰：

才人有權數，詭變不窮。始，下辭降體事后，后喜，數譽於
帝，故進爲昭儀。一旦顧幸在蕭右，寖與后不協。后性簡重，
不曲事上下，而母柳見內人尚宮無浮禮，故昭儀伺后所薄，
必款結之，得賜予，盡以分遺。由是后及妃所爲必得，得輒
以聞，然未有以中也。昭儀生女，后就顧弄，去，昭儀潛斃
兒衾下，伺帝至，陽爲歡言，發衾視兒，死矣。又驚問左右，

〔註247〕唐戴孚《廣異記》王萬徹。
〔註248〕《新唐書》卷七六〈后妃列傳上〉。
〔註249〕同上。

皆曰：「后適來。」昭儀即悲涕，帝不能察，怒曰：「后殺吾女，往與妃相讒娟，今又爾邪！」由是昭儀得人其訾，后無以自解，而帝愈信愛，始有廢后意。久之，欲進號「宸妃」，侍中韓瑗、中書令來濟言：「妃嬪有數，今別立號，不可。」昭儀乃诬后與母厭勝，帝挾前憾，責其言，將遂廢之，長孫無忌、褚遂良、韓瑗及濟瀕死固爭，帝猶豫；而中書舍人李義府、衛尉卿許敬宗素險側，狙勢即表請昭儀爲后，帝意決，下詔廢后。詔李勣、于志寧奉璽綬進昭儀爲皇后，命群臣及四夷酋長朝后肅義門，內外命婦入謁。朝皇后自此始。

武后見宗廟，再贈其父士彠至司徒，爵周國公，謚忠孝，配食高祖廟。母楊氏，再封代國夫人，家食魏千戶。武后既製《外戚誡》獻於朝，以解釋譏課；又逐逼昔日反對立后的死諫之臣，如長孫無忌、褚遂良等，或殺或貶，寵煽赫然。武后素來城府極深，多智謀，兼涉文史，高宗以爲能奉己，於是扙公議立。至其得志，即專寵與政，肆無忌憚，而高宗春秋已高，且苦於風疾，遂不能宰制武后。麟德初，武后召方士郭行眞入禁爲蠱祝，宦人王伏勝告發，高宗知之甚怒，召西台侍郎上官儀，儀指武后專恣，不可以承宗廟，於是帝令儀草詔廢后。然事機不密，爲后所知，遽往自訴於帝，高宗羞縮，待之如初，猶恐其心中不快，並曰：「是皆上官儀教我」，武后遂懷恨在心，暗令許敬宗構陷上官儀，儀終被殺。自此政歸房帷，天子拱手而讓。上元元年（674），高宗號天皇，武后亦號天后，天下稱之爲「二聖」。凡群臣入朝、四方奏章，多委決於天后，生殺賞罰惟其所命；又更爲太平文治事，大集諸儒內禁殿，譔定《列女傳》、《臣軌》、《百僚新誡》、《樂書》等，大抵有千餘篇，令學士密裁可奏議者，分立宰相的職權，內輔國政數十年，威勢與高宗無異。〔註250〕

弘道元年（683），高宗崩逝，太子哲即位，是爲中宗。武后稱爲皇太后，遺詔軍國大務聽其參決。嗣聖元年（684），太后廢帝爲盧陵王，以睿宗即帝位。此後，太后常御於紫宸殿，施慘紫帳臨朝聽政。

〔註250〕　同上。

引用諸武用事之外，並追封其父祖爲王。天授元年（690），自即帝位，稱「聖神皇帝」，改國號爲周。神龍元年（705），張柬之、玄暐等迎中宗復辟，聖神皇帝武則天退位，遷居上陽宮。同年十一月，崩於仙居殿，享年八十三，諡曰則天大聖皇后。睿宗即位，詔依上元年故事，號爲天后，不久，追尊爲大聖天后，改號爲則天皇太后。〔註251〕總計武則天掌握政權前後達四十七年，以皇后預政者二十四年，太后稱制者七年，稱帝者十六年。大抵在武后臨朝和稱帝期間，頗能引用正士，但又施行恐怖統治，濫事誅殺，其毀譽可謂參半；尤其爲了專寵後宮，達到立后的目的，竟使用扼殺親女的手段，並酷刑殘害王皇后、蕭良娣，使爲人彘，此皆駭人聽聞，《舊唐書》卷六〈則天皇后本紀〉贊曰：

> 悲夫！昔掩鼻之讒，古稱其毒；人彘之酷，世以爲冤。武后奪嫡之謀也，振喉絕襁褓之兒，菹醢碎椒塗之骨，其不道也甚矣，亦姦人妒婦之恆態也。

俗謂「虎毒不食子」，武則天既殺女鴆子，復殘害同性弱女致死，其作爲實令人心驚膽寒也。

（三）中宗朝

1、韋皇后的得寵

中宗庶人韋氏，爲京兆萬年人。祖弘表，貞觀中任曹王府典軍。中宗爲太子時，納韋氏爲妃，擢其父普州參軍韋玄貞爲豫州刺史。嗣聖元年（684），立爲皇后。其年，中宗見廢，后隨從於房州。每聞制使至，中宗均懼不自安，惶恐欲自殺。后則溫言安慰曰：「禍福倚伏，何常之有，豈失一死，何遽如是也！」累年共同歷經艱危，情義深厚。所生懿德太子、永壽、長寧、安樂四公主，安樂最幼，中宗亦特別寵愛。及中宗復立爲帝，韋后居於中宮。〔註252〕

〔註251〕 同上。
〔註252〕 《舊唐書》卷五一〈后妃列傳上〉。

　　帝在房州之時，曾謂韋后曰：「異時幸復見天日，當惟卿所欲，
不相禁制。」及韋氏再爲皇后，遂干預朝政，如高宗時的武后。其時
桓彥範上疏，勿以后聽外治，其文曰：

　　《易》稱「無攸遂，在中饋，貞吉」，《書》稱「牝雞之辰，
　　惟家之索。」伏見陛下每臨朝，皇后必施帷幔坐殿上，預
　　聞政事。臣竊觀自古帝王，未有與婦人共政而不破國亡身
　　者也。且以陰乘陽，違天也；以婦陵夫，違人也。伏願陛
　　下覽古今之戒，以社稷蒼生爲念，令皇后專居中宮，治陰
　　教，勿出外朝干國政。〔註253〕

而其疏奏不爲中宗所納。中宗並放任韋后作威作福，擅權用事；如后
屢受上官昭容邪說的蠱惑，昭容引武三思入宮中，使其與后升御床博
戲，帝從旁典籌，以爲歡笑，醜聲日聞於外。上官氏及宮人貴倖者，
均得以立外宅，出入不節，恣爲狎遊。當時武三思得幸於后，諷百官
上中宗尊號爲應天皇帝，后爲順天皇后。帝與后親謁太廟，告謝受尊
號之意。於是三思驕橫用事。陷害敬暉、王同皎等人，天下咸歸咎於
后。神龍三年（707），節愍太子死後，宗楚客率百僚上表，加后號爲
順天翊聖皇后。景龍二年（708）春，禁中謬傳后衣箱中有五色雲出，
帝使畫工圖形，出示於朝，因而大赦天下，賜百官母、妻封號。太史
迦葉志忠且上表《桑條歌》十二篇，言后當受命。帝賜其莊一區、雜
綵七百段。又帝將親祠於南郊，國子祭酒祝欽明、司業郭山惲建議皇
后亦合助祭，於是帝納其言，以后爲亞獻。凡此種種，均可見中宗對
韋后的寵愛縱容，孟棨（或作棨）《本事詩》有裴談一則，描述中宗
懼內的故事，其文曰：

　　中宗朝，御史大夫裴談，崇奉釋氏。妻悍妒，談畏如嚴君。
　　嘗謂之妻有可畏者三：少妙之時，視之如生菩薩。及男女滿
　　前，視之如九子魔母。安有人不畏九子魔母耶？及五十六
　　十，薄施妝粉，或黑，視之如鳩盤荼。安有人不畏鳩盤荼？
　　時韋庶人頗襲武氏之風軌，中宗漸畏之。內宴，唱迴波詞。

有優人詞曰：迴波爾時栲栳，怕婦也是大好。外邊祇有裴談，
内裡無過李老。韋后意色自得，以束帛賜之。〔註254〕

此詩借裴談妻的悍妒，以影射韋后。因宮中歡宴，竟有優人公然吟詞，
諷刺中宗皇帝的懼内，而獲韋后獎賞者，足見韋后乃以凌駕中宗之上
爲樂也。

景龍四年（710），中宗遇毒暴斃，議者歸罪於馬秦客與安樂公
主。后大懼，秘不發喪，引其親幸者入禁中，以謀自安之策。待其
佈列重兵之後，再發喪。太子即位，是爲殤帝，皇太后臨朝。當時
京師恐慌，傳言將有革命。不久，臨淄王引兵斬關而入，殺韋后餘
黨，后及安樂公主誅於東市。翌日，敕收后屍，葬以一品之禮，追
貶爲庶人。〔註255〕《新唐書》卷七十七〈后妃列傳〉贊曰：

或稱武、韋亂唐同一轍，武持久，韋亟滅，何哉？議者謂否。
武后自高宗時挾天子威福，脅制四海，雖逐嗣帝，改國號，
然賞罰己出，不假借群臣，僭於上而治於下，故能終天年，
阽亂而不亡。韋氏乘夫，淫蒸于朝，斜封四出，政放不一，
既鴆殺帝，引睿宗輔政，權去手不自知，戚地已疏，人心相
挺，玄宗藉其事以撼豪英，故取若掇遺，不旋踵宗族夷丹，
勢奪而事淺也。然二后遺後王戒，顧不厚哉！

韋氏母女欲效武則天故實，然而卻遭致畫虎不成反類犬之譏，枉顧中
宗的厚寵極愛，是亦自食惡果也。

2、上官昭容的得寵

上官昭容，名婉兒，爲西台侍郎上官儀的孫女。父廷芝，與儀同
於武后時被誅。其時婉兒始生，隨母鄭氏配入掖庭。天性韶警，善於
文章。年十四，即蒙武后召見。自通天以來，内掌詔命，捵麗可觀。
曾經忤旨當誅，武后惜其才，但黥其面而已。自聖曆以後，百司表奏，
多令婉兒參決。中宗即位，大被信任，令其專掌制命，進拜昭容，封

〔註254〕 孟啓《本事詩》裴談。
〔註255〕 《舊唐書》卷五一〈后妃列傳上〉。

其母鄭氏爲沛國夫人。婉兒既與武三思通，每下制敕，多因事推尊武氏，而排抑皇家，節愍太子深爲不平。及太子舉兵，叩肅章門而責婉兒，婉兒曰：「觀其此意，即當次索皇后以及大家。」中宗怒，與韋后將婉兒登玄武門樓以避兵鋒，事定而免。〔註256〕

　　婉兒常勸帝廣置昭文學士，盛引當朝詞學大臣，數度賜宴賦詩，君臣賡和；婉兒每代中宗及韋后、長寧、安樂二公主作詩賦文，詞句綺麗，朝廷靡然成風。足見其所受的優遇。〔註257〕然其人頗無品行，《新唐書》七十六〈后妃列傳〉曰：

> 帝即婉兒居穿沼築嚴，窮飾勝趣，即引侍臣宴其所。是時，
> 左右內職皆聽出外，不何止。婉兒與近嬖至皆營外宅，邪
> 人穢夫爭候門下，肆狎昵，因以求劇職要官。與崔湜亂，
> 遂引知政事。湜開商山道，未半，因帝遺制，虛列其功，
> 加甄賞。

由上足見其貪奢淫佚。起初，婉兒在孕時，母鄭氏夢人遺己大秤，占者曰：「當生貴子，而秉國權衡。」既生女，聞者嗤其無效。〔註258〕至婉兒內秉機政，果如占者所言。臨淄王兵起，被收誅。景雲中，追復昭容，諡惠文。〔註259〕

（四）玄宗朝

1、王皇后的失寵

　　王皇后，同州下邽人，梁冀州刺史王神念的裔孫。玄宗爲臨淄王時，納后爲妃。至其將清內難，后亦預與密謀，贊成大業。先天元年（712），立爲皇后，以后父仁皎爲太僕卿，累加開府儀同三司、邠國公。〔註260〕

　　王皇后久無子，而武妃稍有寵，后恩幸日衰，愈不自安。玄宗欲

〔註256〕 同上。
〔註257〕 同上。
〔註258〕 同上。
〔註259〕 《新唐書》卷七六〈后妃列傳上〉。
〔註260〕 《舊唐書》卷五一〈后妃列傳上〉。

暗中廢黜，后兄守一恐懼，爲求厭勝。〔註 261〕有左道僧明悟教祭北斗，以霹靂木寫天地字，及與玄宗諱合佩，祝曰：「佩此有子，當與則天皇后爲比。」開元十二年（724）事發，玄宗親臨究竟，均屬實。〔註 262〕同年七月，下制廢后，其文曰：

> 皇后王氏，天命不祐，華而不實，造起獄訟，朋扇朝廷，見無將之心，有可諱之惡。爲得敬承宗廟，母儀天下，可廢爲庶人，別院安置。刑于家室，有媿昔王，爲國大計，蓋非獲已。〔註 263〕

后廢，其兄守一則賜死。起初，后以愛弛而內心憂懼。承間泣於帝曰：「陛下獨不念阿忠脫紫半臂易斗麵，爲生日湯餅邪？」玄宗憫然動容。阿忠，爲王皇后父仁皎。而後后被廢，王諲曾作〈翠羽帳賦〉以諷刺玄宗。開元十二年（724）十月，廢后卒，以一品禮葬於無相寺。後宮思慕，帝亦懊悔不已。寶應元年（762），復尊爲皇后。〔註 264〕

2、趙麗妃、皇甫德儀、劉才人的失寵，武惠妃的得寵

武惠妃，爲恆安王攸止的女兒。攸止卒後，妃年幼，隨例入宮。玄宗即位，漸承恩寵。及王皇后廢，進冊其爲惠妃，宮中的禮秩，一如皇后。〔註 265〕

起初，玄宗在潞卅時，有趙麗妃以倡得幸，容貌姣好，擅長歌舞。至武惠妃寵貴後宮，麗妃恩幸日衰，以開元十四年卒，諡曰和。生太子瑛。皇甫德儀生鄂王，劉才人生光王，二人均愛薄，玄宗獨寵惠妃一人；封其母楊氏爲鄭國夫人，弟忠爲國子祭酒、信爲秘書監。〔註 266〕進而欲立惠妃爲后，御史潘好禮上疏勸諫，曰：

> 《禮》，父母讎，不共天。《春秋》，子不復讎，不子也。陛

〔註 261〕《新唐書》卷七六〈后妃列傳上〉。
〔註 262〕《舊唐書》卷五一〈后妃列傳上〉。
〔註 263〕同上。
〔註 264〕《新唐書》卷七六〈后妃列傳上〉。
〔註 265〕《舊唐書》卷五一〈后妃列傳上〉。
〔註 266〕《新唐書》卷七六〈后妃列傳上〉。

下欲以武氏爲后，何以見天下士！妃再從叔三思也，從父延秀也，皆干紀亂常，天下共疾。夫惡木垂陰，志士不息；盜泉飛溢，廉夫不飲。匹夫匹婦尚相擇，況天子乎？願愼選華族，稱神祇之心。《春秋》：宋人夏父之會，無以妾爲夫人；齊桓公誓葵丘曰：「無以妾爲妻。」此聖人明嫡庶之分。分定，則窺競之心息矣。今人間咸言右丞相張說欲取立后功圖復相，今太子非惠妃所生，而妃有子，若一儷宸極，則儲位將不安。古人所以諫其漸者，有以也！〔註267〕

於是武惠妃終不得立爲皇后。其於開元初所生的夏悼王、懷哀王、上仙公主，幼年即夭折，及生壽王瑁，不敢養於宮中，而托於寧王憲。又生盛王琦、咸宜、太華二公主。開元十五年（727）十二月，妃薨，年四十餘。〔註268〕玄宗下制曰：

存有懿範，沒有寵章，豈獨被於朝班，故乃施於亞政，可以垂裕，斯爲通典。故惠妃武氏少而婉順，長而賢明，行合禮經，言應圖史。承戚里之華胄，昇後庭之峻秩，貴而不恃，謙而益光；以道飭躬，以和逮下，四德粲其兼備，六宮咨而是則。法度在己，靡資珩珮；躬儉化人，率先絺紘。夙有奇表，將加正位，前後固讓，辭而不受，奄至淪歿，載深感悼。遂使玉衣之慶，不及於生前；象服之榮，徒增於身後。可贈貞順皇后，宜令所司擇日冊命。〔註269〕

贈皇后及諡，葬於敬陵。其時慶王琮等請制齊衰之服，有司請以忌日廢務，皆不獲帝許。立廟於京中的昊天觀南，乾元以後，祠享亦絕。〔註270〕

3、江妃的失寵

江妃別號梅妃，莆田人。年少聰慧，九歲能誦《毛詩·二南》。開元中，高力士出使閩粵，見妃麗質天生，於是選侍玄宗。當時長安大內、

〔註267〕　同上。
〔註268〕　《舊唐書》卷五一〈后妃列傳上〉。
〔註269〕　同上。
〔註270〕　同上。

大明、興慶三宮，東都大內、上陽兩宮，幾近四萬宮女；自得梅妃後，玄宗均視如塵土。妃常淡妝雅服而姿態明秀，因其性喜梅，所居植滿梅樹，別設梅亭一處。每逢梅開，總是賦賞顧戀花下，不忍離去。

　　自楊貴妃入侍，寵愛漸奪，玄宗恩幸日疏。妃曾以千金爲力士獻壽，擬央請詞人仿司馬相如爲〈長門賦〉，以挽回玄宗的心意。無奈高力士正曲意奉承楊貴妃，畏其權勢，竟佯報梅妃曰：「無人解賦。」楊貴妃聞知，訴於玄宗，央賜梅妃死，而帝默然未許。後玄宗在花萼樓，命封一斛珍珠，暗中賜與梅妃，妃婉謝不受，以〈謝賜珍珠〉詩交付使者轉贈玄宗，詩曰：

　　　　桂葉雙眉久不橫，殘妝和淚污紅綃。

　　　　長門盡日無梳洗，何必珍珠慰寂寥。〔註271〕

玄宗覽詩惆悵不已，令樂府將詩配以新聲，號爲「一斛珠」，成爲唐代樂府的曲名。

　　安史亂後，玄宗東歸，尋梅妃所在，竟不可得。帝甚悲，詔曰：「有得之，官三秩，錢百萬。」有宦者進獻梅妃畫像，帝以其畫雖酷似妃，卻不具有生命，因而親題一詩於畫像之上，名爲〈題梅妃畫眞〉：

　　　　憶昔嬌妃在紫宸，鉛華不御得天眞。

　　　　霜綃雖似當時態，爭奈嬌波不顧人。〔註272〕

後於溫泉池畔的梅林下掘獲梅妃的屍骨，妃早已於安史災變中，爲亂兵所殺害。〔註273〕

4、楊貴妃的得寵

　　楊貴妃，爲隋梁郡通守楊汪的四世孫。徙籍蒲州，爲永樂人。父玄琰，任蜀州司戶。妃幼孤，養於叔父河南府士曹玄璬。開元初，武惠妃專榮固寵，而王皇后廢黜。開元二十四年（736）惠妃薨逝，玄宗悼惜甚久，後庭數千，無可中意者，其時有言壽王妃楊氏姿色冠代，

〔註271〕　《全唐詩》卷五。
〔註272〕　《全唐詩》卷三。
〔註273〕　參考唐曹鄴《梅妃傳》。

既而進見，玄宗大悅，丙籍於女官，號「太眞」，更爲壽王聘韋昭訓
的女兒，而太眞得幸，未至一年，禮遇已如惠妃。太眞姿質豐艷，善
於歌舞，通曉音律，而且智算過人，每每倩盼承迎，動移上意。宮中
稱呼其爲「娘子」，禮數與皇后相同。天寶初年，進冊爲貴妃。妃父
玄琰，累贈太尉、齊國公；母封涼國夫人；叔父玄珪，擢爲光祿卿；
姐三人，均有才貌，並封國夫人的名號：長爲大姨，封韓國。三姨，
封虢國。八姨，封秦國；再從兄銛，爲鴻臚卿；錡，爲侍御史。韓、
虢、秦三夫人，與銛、錡等五家，每受府縣的請託承迎，四方獻餉結
納，門庭若市。《舊唐書》卷五一〈后妃列傳上〉記載楊氏家族的寵
遇隆盛，曰：

> 姊妹昆仲五家，甲第洞開，僭擬宮掖，車馬僕御，照耀京
> 邑，遞相夸尚。每構一堂，費逾千萬計，見制度宏壯於己
> 者，即撤而復造，土木之工，不捨晝夜。玄宗頒賜及四方
> 獻遺，五家如一，中使不絕。開元已來，豪貴雄盛，無如
> 楊氏之比也。玄宗凡有遊幸，貴妃無不隨侍，乘馬則高力
> 士執轡授鞭。宮中供貴妃院織錦刺繡之工，凡七百人，其
> 雕刻鎔造，又數百人。揚、益、嶺表刺史，必求良工造作
> 奇器異服，以奉貴妃獻賀，因致擢居顯位。玄宗每年十月
> 幸華清宮，國忠姊妹五家扈從，每家爲一隊，著一色衣，
> 五家合隊，照映如百花之煥發，而遺鈿墜舄，瑟瑟珠翠，
> 燦爛芳馥於路。而國忠私於虢國而不避雄狐之刺；每入朝
> 或聯鑣方駕，不施帷幔。每三朝慶賀，五鼓待漏，艷妝盈
> 巷，蠟炬如晝。而十宅諸王百孫院婚嫁，皆因韓、虢爲紹
> 介，仍先納賂千貫，而奏請間不稱旨。……國忠既居宰執，
> 兼領劍南節度，勢漸恣橫。……國忠二男昢、暄，妃弟鑑
> 皆尚公主，楊氏一門尚二公主、二郡主。貴妃父祖立私廟，
> 玄宗御製家廟碑文并書。玄珪累遷至兵部尚書。

楊氏家族，因楊貴妃一人的得道，而雞犬升天，其恩寵聲焰震於天下，
權貴豪族無可比者。白居易〈長恨歌〉中有云：「姐妹弟兄皆列土，

可憐光彩生門戶，遂令天下父母心，不重生男重生女。」〔註 274〕即
是最佳的寫照。

　　楊貴妃專寵驕恣，曾於天寶五年（746）、九年（750）二次忤旨
而送歸外第，玄宗若有所失，食不下嚥；貴妃幸賴高力士、吉溫的奏
請，得以入朝謝罪，復承恩顧，甚至寵幸愈隆。然而「自古紅顏多薄
命」；天寶末年，安史亂起，楊貴妃隨玄宗入蜀，卻死於馬嵬。《新唐
書》卷七六〈后妃列傳上〉云：

> 初，安祿山有邊功，帝寵之，詔與諸姨約爲兄弟，而祿山
> 母事妃，來朝，必宴餞結歡。祿山反，以誅國忠爲名，且
> 指言妃及諸姨罪。帝欲以皇太子撫軍，因禪位，諸楊大懼，
> 哭于庭。國忠入白妃，妃銜塊請死，帝意沮，乃止。及西
> 幸至馬嵬，陳玄禮等以天下計誅國忠，已死，軍不解。帝
> 遣力士問故，曰：「禍本尚在！」帝不得已，與妃訣，引而
> 去，縊路祠下，裹尸以紫茵，瘞道側，年三十八。

安祿山死，二京收復，明皇自蜀還都，過馬嵬，猶對楊貴妃懷念不已。
同書又云：

> 帝至自蜀，道過其所，使祭之，且詔改葬。禮部侍郎李揆
> 曰：「龍武將士以國忠負上速亂，爲天下殺之。今葬妃，恐
> 反仄自疑。」帝乃止。密遣中使者具棺槨它葬焉。啓瘞，
> 故香囊猶在，中人以獻，帝視之，悽感流涕，命工貌妃於
> 別殿，朝夕往，必爲鯁欷。

玄宗對楊貴妃生前的寵愛，與死後的懷念，眞可謂「天長地久有時盡，
此恨綿綿無絕期」。〔註 275〕

（五）肅宗朝

1、韋妃的失寵

　　肅宗爲忠王時，納兗州都督韋元珪女爲孺人。及昇儲位，立爲太

〔註274〕《全唐詩》卷四三五。
〔註275〕同上。

子妃，生兗王僩、絳王佺、永和公主、永穆公主。天寶中，宰相李林甫不利於太子，妃兄韋堅爲刑部尚書，林甫起柳勣獄，妃兄堅連坐得罪，兄弟並賜死。太子恐懼，上表自理，言其與韋妃情義不睦，請求離婚，玄宗加以慰撫，聽離。韋妃於是削髮披尼服，居禁中佛舍，鬱鬱不歡。安祿山反，西京失守，妃亦陷賊手中。至德二年（757），薨於京城。〔註276〕

2、張皇后的得寵

張皇后，鄧州向城人，家徙新豐。祖母竇氏，爲玄宗母昭成皇太后妹。昭成爲天后所殺，玄宗幼失所恃，爲竇姨悉心鞠養。景雲中，封鄧國夫人，親寵無比。其子五人，名去惑、去疑、去奢、去逸、去盈，均爲顯官。去盈尚常芬公主。去逸生張皇后。〔註277〕后辯惠豐碩，能迎意傅合，天寶中，選入太子宮爲良娣。安史之亂起，玄宗幸蜀，太子與良娣隨從，車駕渡渭水，百姓遮道請留太子收復長安。肅宗素性仁孝，不願違離帝左右。宦官李靖忠、良娣亦請留，於是定計北趨靈武。其時亂賊已攻陷京師，軍衛單寡，道路多虞。每當太子次舍宿止，良娣必居於前。太子曰：「捍禦非婦人之事，何以居前？」良娣曰：「今大家跋履險難，兵衛非多，恐有倉卒，妾自當之，大家可由後而出，庶幾無患。」及駐於靈武，良娣產子，三日起縫戰士征衣，太子敕止曰：「產忌作勞，安可容易？」良娣曰：「此非妾自養之時，須辦大家事。」〔註278〕可見二人情義深厚，其時良娣亦賢慧溫柔，儼然婦德典範。

乾元初，冊拜爲淑妃。贈其父尚書左僕射，母竇氏封義章縣主，姐封清河郡夫人，妹封郕國夫人，弟清、潛尚大寧、延和二郡主。不久，又冊爲皇后，此時后已專榮固寵於後宮，遂進而干預政事，構陷太子。《舊唐書》卷五二〈后妃列傳下〉記其事曰：

　　皇后寵遇專房，與中官李輔國持權禁中，干預政事，請謁

〔註276〕《舊唐書》卷五二〈后妃列傳下〉。
〔註277〕《新唐書》卷七七〈后妃列傳下〉。
〔註278〕《舊唐書》卷五二〈后妃列傳下〉。

過當，帝頗不悦，無如之何。后於光順門受外命婦朝，親
蠶苑中，内外命婦相見，儀注甚盛，先在靈武時，太子弟
建寧王俶爲后譖譖而死。自是太子憂懼，常恐后之構禍，
乃以恭遜取容，后以建寧之隙，常欲危之。張后生二子，
興王佋、定王侗。興王早薨，侗又孩幼，故儲位獲安。

《新唐書》卷七七〈后妃列傳下〉亦載乾元二年（759），后諷群臣上
其尊號，謀徙上皇等專恣弄權的行爲，其事曰：

二年，群臣上帝尊號，后亦諷群臣尊己號「翊聖」，帝問李
揆，揆爭不可。會月蝕，帝以咎在後宮，乃止。又與輔國
謀徙上皇西内。端午日，帝召見山人李唐，帝方擁幼女，
顧唐曰：「我念之，無怪也。」唐曰：「太上皇今日亦當念
陛下。」帝泫然涕下，而内制於后，卒不敢謁西宮。帝不
豫，后自箴血寫佛書以示誠。

寶應元年（762）四月，肅宗大漸，后與内官朱輝光等人謀立越王係，
而李輔國、程元振率兵擁衛太子。不久，肅宗崩，太子監國，遷后於
別殿。代宗既立，群臣請廢后爲庶人，並誅殺，其弟駙馬都尉清貶陝
州司馬，弟延和郡主婿鴻臚卿潛貶郴州司馬，舅鴻臚卿竇履信貶道州
刺史。〔註279〕

3、吳皇后的得寵

吳皇后，濮州濮陽人。父令珪，以郫丞事連坐而死，后年幼，
沒入掖庭。肅宗在東宮時，宰相李林甫暗中構陷，太子內憂，鬢髮
班禿。開元十三年（725），玄宗幸太子宮邸，見其服御蕭然，左右
無嬪侍，於是命將軍高力士選掖庭宮人，以賜太子，其時吳皇后亦
在籍中；容止端麗，素性謙抑，寵遇日隆。明年，生代宗皇帝。開
元二十八年（740），后薨，葬於春明門外。代宗即位，群臣請以后
祔肅宗廟，於是追尊爲章敬皇后，合葬於建陵。其時開啓春明門外
的舊塋，后容貌如生，粉黛依舊，而衣服皆爲赭黃色，見者嘆異，

〔註279〕同上。

以爲聖子的符兆。〔註280〕

（六）代宗朝

1、崔妃的失寵

崔妃，博陵安平人。其父峋，任職秘書少監。母楊氏爲韓國夫人。代宗爲廣平王時，崔妃被選，嬪於廣平府邸，禮儀甚盛。生召王偲。起初，妃挾母家楊氏的勢力，擅貴後宮，素性妒悍。及西京陷賊，母黨皆伏誅，妃從王至靈武，恩顧漸薄，到達京師而薨。〔註281〕

2、獨孤皇后的得寵

獨孤皇后，其父穎，爲左威衛錄事參軍，因后得幸於帝，而贈工部尚書。后以容貌美麗入宮，嬖幸專房，後宮諸妃罕能進御。代宗即位，冊爲貴妃，生韓王迴、華陽公主。華陽聰敏過人，能洞察帝的好惡，又因其爲獨孤之女，特受鍾愛。大曆九年（774），公主薨，帝嗟悼過深，數日不視朝，宰臣上諫以顧念社稷，宜節哀視事，帝始聽朝。〔註282〕

大曆十年（775）五月貴妃薨逝，追諡爲貞懿皇后，殯於內殿，累年不忍出宮。十三年（778）十月，詔葬於都左治陵；願朝夕得以望見。補闕姚南仲上諫而止，改葬於莊陵。帝每每追思后，哀情不已。常袞爲當代才臣，詔爲哀冊，文旨悽婉。帝又詔群臣爲作挽詞，自選其傷切者而歌。大曆初，后寵遇無雙，以恩澤官其宗屬；叔父太常太卿卓進爲少府監，后兄退佐則爲太子中允。〔註283〕

（七）德宗朝

1、王皇后的得寵

王皇后，本爲仕家，失其譜系。德宗爲魯王時，納后爲嬪。上元

〔註280〕　同上。
〔註281〕　同上。
〔註282〕　同上。
〔註283〕　《新唐書》卷七七〈后妃列傳下〉。

二年（761），生順宗皇帝，特承寵異。帝即位後，冊號淑妃，贈其父遇爲揚州大都督，兄弟果爲眉州司馬，甥姪拜官者有二十餘人。貞元三年（787），帝念淑妃久病不癒，立爲皇后。冊禮方畢而后崩於兩儀殿。〔註284〕帝爲其厚葬、立廟。《新唐書》卷七七〈后妃列傳下〉記其事曰：

> 后崩，群臣大臨三日，帝七日釋服。將葬，后母邠國鄭夫人請設奠，有詔祭物無用寓，欲祭聽之。於是宗室王、大臣李晟、渾瑊等皆祭，自發塗日日奠，終發引乃止。葬靖陵，置令丞如它陵臺。立廟，奏坤元之舞。敕宰相張延賞、柳渾等製樂曲，帝嫌文不工；李紓上諡冊曰「大行皇后」，帝又謂不典。並詔翰林學士吳通玄改譔，冊曰「咨后王氏」。然議者謂岑文本所上文德皇后冊言「皇后長孫氏」爲得禮。

由此可見德宗對王皇后的情義深厚。永貞元年（805）十一月，后徙靖陵，改祔葬于崇陵。〔註285〕

2、韋賢妃的得寵

韋賢妃爲戚里舊族。祖濯，尚定安公主。初封爲良娣。德宗貞元四年（788），冊拜爲賢妃。其性敏惠，言動均得儀禮，德宗深爲寵重，後宮莫不效其德行。至帝崩逝，表請留奉於崇陵園。元和四年（809）賢妃薨。〔註286〕

（八）憲宗朝

正史記載此期后妃的故實，僅見於郭皇后的史傳之中。

郭皇后，即汾陽王子儀的孫女。父曖，爲駙馬都尉，尚代宗長女昇平公主。憲宗爲廣陵王時，納后爲妃。順宗以其家有大功烈，而母素貴，於是深寵異於諸婦。貞元十一年（795），后生穆宗皇帝。元和元年（806）八月，冊爲貴妃。八年（813）十二月，百僚拜表請立貴

〔註284〕 《舊唐書》卷五二〈后妃列傳下〉。
〔註285〕 同上。
〔註286〕 《新唐書》卷七七〈后妃列傳下〉。

妃爲皇后，上章凡三次，憲宗以歲暮，來年有子午的禁忌爲由，未加冊封。其時帝後庭多有私愛，深恐后得尊位，鉗製不得肆行，於是冊拜後時。元和十五年（820）正月，穆宗嗣位，冊爲皇太后。〔註287〕

后雖未獲憲宗的寵遇，然而歷經七朝，五次居於皇太母的尊位，人君行子孫的禮儀，福壽隆貴，達四十餘年。大中年，崩於興慶宮，諡曰懿安皇太后，祔葬於景陵。〔註288〕

（九）敬宗朝

正史記載此期的后妃故實，僅有郭貴妃的得寵一事。

郭貴妃，右威衛將軍郭義之女。長慶時，妃以姿貌選入太子宮。敬宗即位，爲才人，生晉王普。帝以妃少年有子，又淑麗冠於後宮，因而深爲寵愛。不久，冊爲貴妃，贈其父禮部尚書，兄少府少監，並賜大第。文宗即位，愛晉王如己所出，對妃禮遇亦不衰。薨年不詳。〔註289〕

（一〇）武宗朝

正史記載此期的后妃故實，僅有王賢妃的得寵一事。

王賢妃，邯鄲人。年十三，善於歌舞，得入宮中，穆宗賜與潁王。其性聰悟。開成末，武宗即位，進號才人，〔註290〕《新唐書》卷七七〈后妃列傳下〉記其有寵於帝，擅貴後宮的情形曰：

> 開成末，王嗣帝位，妃陰爲助畫，故進號才人，遂有寵。狀纖順，頗類帝。每畋苑中，才人必從，袍而騎，校服光侈，略同至尊，相與馳出入，觀者莫知孰爲帝也。帝欲立爲后，宰相李德裕曰：「才人無子，且家不素顯，恐詒天下議。」乃止。

而後帝惑於方士之說，欲以丹藥長生，反致形容枯槁，因疾而崩。不

〔註287〕　《舊唐書》卷五二〈后妃列傳下〉。
〔註288〕　同上。
〔註289〕　《新唐書》卷七七〈后妃列傳下〉。
〔註290〕　同上。

久，王賢妃亦自殺，相伴於黃泉路上。同卷亦曰：

> 帝稍惑方士說，欲餌藥長年，後寢不豫。才人每謂親近曰：
> 「陛下日燎丹，言我取不死。膚澤消槁，吾獨憂之。」俄
> 而疾侵，才人侍左右，帝熟視曰：「吾氣奄奄，情慮耗盡，
> 顧與汝辭。」答曰：「陛下大福未艾，安語不祥？」帝曰：
> 「脫如我言，奈何？」對曰：「陛下萬歲後，妾得以殉。」
> 帝不復言。及大漸，才人悉取所常貯散遺宮中，審帝已崩，
> 即自經幄下。

當時嬪媛雖然常妒才人專寵於上，皆因此事而爲之感慟不已。宣宗即
位，嘉其志節，贈賢妃，葬於端陵的柏城。〔註291〕

（一一）宣宗朝

正史記載此期的后妃故實，僅有晁皇后的得寵一事。

晁皇后，先世不詳。年少入太子府邸，最受寵答。宣宗即位，封
爲美人。大中中薨逝，贈昭容。懿宗即位，追冊其爲皇太后，上尊諡，
詔后二等以上親屬均列官位，配主宣宗廟，自建陵名爲慶陵，置宮寢。
〔註292〕

（一二）昭宗朝

正史記載此期的后妃故實，僅有何皇后的得寵一事。

何皇后，東蜀人，系族不顯。入侍壽王邸，婉麗多智，特承恩顧，
生德王、輝王。昭宗即位，立爲淑妃。乾寧中，車駕在華州，冊爲皇
后。然而唐代至此已經衰敗，昭宗與后，均死於朱全忠的手中。〔註
293〕《新唐書》卷七七〈后妃列傳下〉曰：

> 天復中，從帝駐鳳翔，李茂貞請帝勞軍，不得已，后從御
> 南樓。會朱全忠逼帝東遷，后謂帝曰：「此後大家夫妻委身
> 賊手矣！」涕數行下。帝奔播既屢，威柄盡喪，左右皆悍

〔註291〕 同上。
〔註292〕 同上。
〔註293〕 同上。

逆庸奴，后侍膳服，無須臾去側。至洛，帝憂，忽忽與后相視無死所。已而遇弒。哀帝即位，尊為皇太后，宮中不敢哭，徙居積善宮，號積善太后。帝將禪天下，后亦遇害。初，蔣玄暉為全忠邀九錫，入諭，后度不免，見玄暉垂泣祈哀，以母子託命。宣徽使趙殷衡譖於全忠曰：「玄暉等銘石像瘞積善宮，將復唐。」全忠怒，遂遣縊后，以醜名加之，廢為庶人。

足見其下場的悲淒。

茲將唐代各朝后妃得寵失寵的時代表列於後。

時　　期	后妃名稱	得寵或失寵	備　　註
太　宗 （627～649）	長孫皇后	得寵	貞觀十年崩
	徐賢妃	得寵	永徽元年卒
高　宗 （650～683）	王皇后	失寵	廢為庶人，被武后縊殺
	蕭良娣	失寵	廢為庶人，被武后縊殺
	武皇后	得寵	神龍元年崩
中　宗 （684、705～709）	韋皇后	得寵	臨淄王兵起，被收誅
	上官昭容	得寵	臨淄王兵起，被收誅
玄　宗 （712～755）	王皇后	失寵	廢為庶人，開元十二年卒
	趙麗妃	失寵	開元十四年，卒諡曰和
	皇甫德儀	失寵	
	劉才人	失寵	
	武惠妃	得寵	開元十五年薨
	江妃	失寵	安史之亂為賊兵所殺
	楊貴妃	得寵	馬嵬被逼，自縊
肅　宗 （756～762）	章妃	失寵	削髮為尼，安史之亂，陷城
	張皇后	得寵	代宗追廢為庶人，誅殺
	吳皇后	得寵	開元廿八年薨

代　宗 （763～779）	崔妃	失寵	
	獨孤皇后	得寵	大曆十年薨
德　宗 （780～804）	王皇后	得寵	貞元三年久病而崩
	韋賢妃	得寵	帝崩，留奉陵園，元和四年薨
憲　宗 （806～820）	郭皇后	失寵	歷經七朝，大中年崩
敬　宗 （825～826）	郭貴妃	得寵	
武　宗 （841～846）	王賢妃	得寵	武宗崩，妃亦自殺
宣　宗 （847～859）	晁皇后	得寵	大中中薨
昭　宗 （889～903）	何皇后	得寵	為朱全忠所殺

二、唐代后妃得寵怨棄的史實與寵怨詩的關係

　　唐代各朝后妃得寵怨棄的情況已如上述，本文擬就其史實，與唐人所寫以漢代后妃為主題詩歌的作者，作一年代對照圖表，期能探索出二者間的關係。茲列圖表如下：

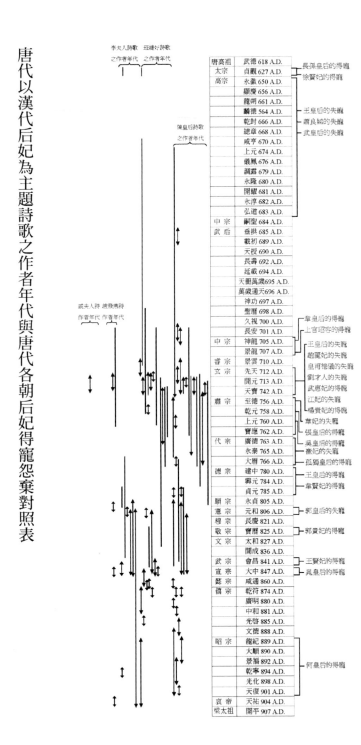

唐代以漢代后妃為主題詩歌之作者年代與唐代各朝后妃得寵怨棄對照表

　　以上圖表所顯示可就時代與特色二方面，試作比較分析，以見唐代各朝后妃得寵怨棄的情形與寵怨詩的關係。

（一）時代分析

　　唐代各朝由得寵以至於怨棄的后妃，自太宗朝起，歷經高、中、玄、肅、代、德、憲、敬、武、宣，以迄於昭宗朝，凡廿六人，幾乎唐代各朝均有，可見此爲一普遍的現象。基於食色的天性，與特權的享有，帝王得以在眾香國中，擇其所愛。進入後宮之中的后妃嬪嬙，亦莫不希望能夠獲得君主的寵幸。但是，君王只有一個，縱然天性多情，處處憐香，也不可能遍及於每一後宮佳麗。更何況春去秋來，花開花落，即便得以承恩擅貴，也難保不因色衰而愛弛，〔註294〕或無子而見棄。因此，宮廷后妃得寵怨棄的史實，總是不斷地出現於各代之中，大唐帝國亦莫不如此。然而唐代各朝后妃寵怨的史實，又以太宗至德宗時期記述最多。太宗朝，長孫皇后、徐賢妃均以賢德著稱，備受君王的禮遇眷顧；高宗朝，王皇后、蕭良娣失寵，廢爲庶人，復被武后毒害爲人彘，成爲人間的慘劇；中宗朝，韋皇后、上官昭容恃寵而驕，不僅干預朝政，私通武三通、崔湜等人，甚至毒弒中宗，婦德敗壞至極；玄宗朝，王皇后、趙麗妃、皇甫德儀、劉才人、江妃相繼失寵，而開元、天寶時期，又有武惠妃、楊貴妃的專榮固寵，於是玄宗「深居燕適，沈蠱衽席，主德衰矣」，〔註295〕《新唐書》卷五〈玄宗本紀〉贊曰：

> 玄宗……又敗以女子。方其勵精政事，開元之際，幾致太平，何其盛也！及侈心一動，窮天下之欲不足爲其樂，而溺其所甚愛，忘其所可戒，至於竄身失國而不悔。

則又以玄宗的寵幸愛妃，爲唐室衰亂的一大原因也；肅宗朝，韋妃失寵，而吳皇后、張皇后有寵，張皇后且進而干預政事，謀陷太子；代宗朝，崔妃素性妒悍，恩顧漸薄，而獨孤皇后則嬖幸專房，後宮諸妃

〔註294〕　參考嚴紀華《全唐詩婦女詩歌之內容分析》第二章第五節。
〔註295〕　《新唐書》卷二二三上〈李林甫傳〉。

罕能進御；德宗朝，王皇后、韋賢妃均特承寵異。至於德宗以後，僅記載憲宗的郭皇后失寵、敬宗的郭貴妃得寵、武宗的王賢妃得寵、宣宗的晁皇后得寵，以及昭宗的何皇后得寵一事，不但只記述一名后妃的寵怨，且大抵事蹟較爲疏略。他如睿、順、穆、文、懿、僖、哀帝等朝，或因帝王在位短促，或因史料缺乏，其時后妃得寵怨棄的情形，遂不得而知。

　　唐人以漢代后妃爲主題詩歌的作者，分布面廣自太宗朝至哀帝亡國，可見以后妃寵怨題材而入詩的普遍性。不過詩歌數量在中宗神龍元年（705）以前甚少，中宗以後，則明顯地增多。對照唐代后妃得寵怨棄的史實，可以發現，唐太宗時期長孫皇后、徐賢妃的得寵，至德宗時期王皇后、韋賢妃的特承寵異，此近一百八十年當中，唐室后妃寵怨情形最多，唐人面對此一連串的宮闈寵怨事蹟，或因此而觸發其對漢代后妃得寵怨棄故實的感懷，以致吟誦漢代后妃的詩作就相對地增多。但太宗至武后朝的寵怨詩，並未明顯地增加，而德宗朝以後的詩歌，也未大量的減少，原因之一，是由於詩歌的寫作年代幾無可考，作者的生卒年，亦未能有明確的考證。原因之二，是太宗朝雖有長孫皇后、徐賢妃的得寵，但未載後宮其他佳麗的失寵，何況《舊唐書》卷五一〈后妃傳上〉稱長孫皇后「孝事高祖，恭順妃嬪，盡力彌縫，以存內助。」《新唐書》卷七六〈后妃傳上〉亦云：「后內盡孝事高祖，謹承諸妃，消釋嫌猜。」此正合於《禮記・昏義》所云：

> 天子聽男教，后聽女順。天子理陽道，后治陰德。天子聽外治，后聽內職。教順成俗，外內和順，國家理治，此之謂盛德。

由此可想見當時後宮的一團和氣，秩序井然，以描寫后妃得寵怨棄的詩歌自然甚少。原因之三，是高宗朝雖有王皇后、蕭良娣的失寵，武皇后的得寵，王、蕭二人且被武氏毒害爲人彘，以致慘死。武氏心狠手辣，殘忍好殺的性格，爲古今所罕見。王桐齡在《中國史》中，將武氏好殺的行爲作一分類如左：

　　屬於妒忌者：初搤殺親生女，以誣陷王皇后。既醉殺王后、
　　蕭妃。竄死長孫無忌、褚遂良等。

　　屬於臣僚者：大臣則裴炎等數十人。大將則程務挺等數十
　　人。庶僚則周思茂等數十百人。甚至如來俊臣爲后慘殺朝
　　臣者亦死。其他流徙在外被殺者，不下數千人。

　　屬於唐宗者：自越王貞敗後，殺韓王元嘉等數十百人。其
　　幼弱流嶺外者，亦爲各道使所殺。

　　屬於武姓者：兄武元慶、元爽坐事死。姪武惟良、懷運亦
　　死。姐女魏國夫人毒死。

　　屬於諸子者：太子忠廢死。澤王上金、許王素節縊死。上
　　金七子，素節九子皆死。

　　屬於親生子者：太子弘酖死。次子賢繼爲太子，廢死。孫
　　重潤、女孫永泰公主、孫女婿武延基、親女婿薛紹，皆以
　　私怨處死。

　　屬於嬖寵者：薛懷義，後以嫌縛而殺之。〔註296〕

武氏這種殺人如麻的作風，又有幾個文人墨客，敢捋其虎鬚，借漢代
后妃得寵怨棄的詩歌，以直抒胸臆？若不幸被密告謗讒，冠上影射武
氏宮闈惡行的罪名，必難逃脫殺身之禍。因此在高宗、武后朝，以描
寫后妃得寵怨棄的詩歌數量亦不多見。原因之四，是德宗以後，后妃
寵怨的事蹟雖然較爲簡略，而大抵仍分布於憲、敬、武、宣、昭宗等
朝，是以寵怨詩並未明顯減少。再加上玄宗天寶十四年（755）爆發
安史之亂以後，歷玄、肅、代宗三帝，始予敉平。其間玄宗朝的江妃，
爲賊兵所殺；楊貴妃雖隨侍君王之側，卻在馬嵬被逼自縊。肅宗朝的
韋妃，也因西京失守，而陷於賊。尊貴如后妃者，也難逃被賊兵殺戮
俘虜的命運。詩人歷經此一時代的大動亂，遂以同情的角度，來反映
亂世紅顏的際遇。因此德宗以後，唐人以漢代后妃爲主題的詩歌作品
亦多。

〔註296〕 王桐齡《中國史》第二編第三期隋唐時代第六章第一節。

（二）特色分析

　　唐代各朝后妃得寵怨棄的史實與唐人所寫漢代后妃寵怨詩的時代關係已如上述。至於二者在內容方面的描寫，是否有特殊的關連性？以下試舉例說明之。

　　唐人敘述漢武帝懷念李夫人的詩歌，多集中於代宗以後至唐亡，其內容主要爲甘泉宮裡畫圖形，與方士夜降夫人神二事。唐代各朝君王懷念死去的后妃，有太宗對長孫皇后，史載：「上念后不已，於苑中作層觀，以望昭陵」；〔註297〕玄宗對武惠妃，史載：「帝悼惜久之，後庭數千無可意者」；〔註298〕玄宗對楊貴妃，史載：「帝……悽感流涕，命工貌妃於別殿，朝夕往，必爲鯁欷」；〔註299〕代宗對獨孤皇后，史載：「帝悼思不已，故殯內殿，累年不外葬」；〔註300〕德宗對王皇后，史載：「宗室諸親及李晟、渾瑊、神策六軍大將皆設祭」，〔註301〕可見唐室君王懷念死去后妃的史實，早已載於太、玄、代、德宗等朝。不過此中表達懷念的方法雷同者，僅玄宗之於楊貴妃。白居易〈長恨歌〉鋪敘此一情節云：

> ……悠悠生死別經年，魂魄不曾來入夢。臨邛道士鴻都客，能以精誠致魂魄。爲感君王輾轉思，遂教方士殷勤覓。排空馭氣奔如電，升天入地求之遍。上窮碧落下黃泉，兩處茫茫皆不見。忽聞海上有仙山，山在虛無縹緲間。樓閣玲瓏五雲起，其中綽約多仙子。中有一人字太眞，雪膚花貌參差是。金闕西廂叩玉扃，轉教小玉報雙成。聞道漢家天子使，九華帳裡夢魂驚。攬衣推枕起裴回，珠箔銀屏邐迤開。雲鬢半偏新睡覺，花冠不整下堂來。風吹仙袂飄飄舉，猶似霓裳羽衣舞。玉容寂寞淚闌干，梨花一枝春帶雨。含情凝睇謝君王，一別音容兩渺茫。昭陽殿裡恩愛絕，蓬萊

〔註297〕　《資治通鑑》卷一九四太宗貞觀十年條。
〔註298〕　《舊唐書》卷五一〈后妃列傳上〉。
〔註299〕　《新唐書》卷七六〈后妃列傳上〉。
〔註300〕　《新唐書》卷七七〈后妃列傳下〉。
〔註301〕　《舊唐書》卷五二〈后妃列傳下〉。

宮中日月長。回頭下望人寰處，不見長安見塵霧。唯將舊
物表深情，鈿合金釵寄將去。釵留一股合一扇，釵擘黃金
合分鈿。但教心似金鈿堅，天上人間會相見。臨別殷勤重
寄詞，詞中有誓兩心知。七月七日長生殿，夜半無人私語
時。在天願作比翼鳥，在地願為連理枝。天長地久有時盡，
此恨綿綿無絕期。〔註302〕

此詩並由陳鴻寫成《長恨歌傳》，傳中亦云：「適有道士自蜀來，知上
皇心念楊妃如是，自言有李少君之術。玄宗大喜，命致其神。方士乃
竭其術以索之……」，〔註303〕由此可見，玄宗令圖楊貴妃之形於別
殿，與命方士致其神等事，均與李夫人故實十分類似。由是而激發詩
人對武帝懷念李夫人的描寫，亦頗為可能。是以代宗以後，唐人以李
夫人為主題的詩作亦多。

　　由以上的例子來看，唐代各朝后妃得寵怨棄的史實，似乎與寵怨
詩的內容有關。不過，詩歌的內容敘述比較千篇一律；得幸者，不外
言其生前的專榮固寵、歌舞宴樂，死後的君恩猶存，備受懷念。失寵
者，則述其哀怨憂傷、淒清寂寞，甚至希望重得親幸的心情。而唐代
各朝后妃寵怨的記載，大多不夠詳盡。由於材料有限，因此欲深入探
究唐代其他后妃寵怨史實與詩歌內容的關連性，便有諸多困難。但
是，唐人借漢代后妃陳皇后、班婕妤、李夫人、趙飛燕、戚夫人的故
事，以作為唐代各朝后妃得寵怨棄的象徵，確是事實。此外，也借著
此類詩歌，以表達唐代其他宮人的心聲。《全唐文》卷一四二，有李
百藥〈請放宮人封事〉一文，其中指陳：

　　竊聞大安宮及掖庭內無用宮人，動有數萬，衣食之費固自
　　倍多，幽閉之冤，足感和氣。

此處實際人數的揭示，可見唐代後宮妃嬪員額之多，與幽怨的情緒，
於是借著漢代后妃的題材，以描述其心境。如王建〈長門燭〉曰：

　　秋夜床前蠟燭微，銅壺滴盡曉鐘遲。殘光欲滅還吹著，年

〔註302〕《全唐詩》卷四三五。
〔註303〕王夢鷗先生《唐人小說校釋》「六、長恨傳」。

少宮人未睡時。〔註304〕

又如喬知之〈長信宮中樹〉曰：

娿娜當軒樹，葟茸倚蘭殿。葉豔九春華，香搖五明扇。餘
花鳥弄盡，新葉蟲書遍。零落心自知，芳菲君不見。〔註305〕

可見此類題材，已成爲宮怨的象徵。

〔註304〕　《全唐詩》卷三〇一。
〔註305〕　《全唐詩》卷八一。

第五章　結　論

　　唐人以漢代婦女為主題詩歌之研究，經過以上的分析探討後，可以發現作品除了具有文學價值之外，往往也包涵對於時代的觀照與反省。今歸納所得，分就以下二項說明：

一、唐人以漢代婦女為主題詩歌中的婦女形象多具悲怨性

　　在歷史的進程中，漢唐同屬禮防不嚴的時代，但是雖然表面社交較為自由，風氣較為開放，事實上，婦女的地位，仍是相當低落。第一，婦女雖然借著工作買賣、婚娶聚會、歲時節慶等，可以自由參與各項活動，但並不能影響男子的主權地位。第二，婦女雖然離婚、再婚不以為諱，但卻沒有強制離婚的權利，法律上的自由和離形同具文。第三，婦女雖然多有致力求學者，但是女子教育仍普遍受到極大的箝制，男尊女卑，三從四德的傳統觀念深植人心。第四，婦女雖有偶然總攬朝政，展現政治長才的，但往往被歷史譏評為女禍亂國。因此，漢唐兩代的婦女，雖然待遇的寬嚴較不緊迫，但在層次階級上，仍舊沒有什麼改觀。男女實質地位上的不平等，自然會產生許多的婦女悲劇。所以表現在唐人以漢代婦女為主題詩歌的婦女形象，多含悲怨的象徵。如王昭君詩，多述其鴛夢難償、永訣漢王，而且一赴絕國，

永辭故里的和親之恨；陳皇后詩，多述其擅寵嬌貴十餘年之後，乍然
墜入寂冷深宮的失寵之恨；班婕妤詩，則述其「恩情中道絕」的悵望
與哀傷，借著團扇的比喻，來形容她的被棄之怨。廖蔚卿先生有云：

> 怨的感蕩之情仍從人生出發，是個人對現實種種際遇的投
> 射感應，那楚臣漢妾、塞客嬌閨，孤臣孽子之去境辭宮，
> 衣單淚盡，幽居窮賤，無一不由人與人之對立、人與事之
> 不諧所造成。悲怨的情感在矛盾中激發，同時亦要求在矛
> 盾中獲得撫慰，所謂「離群託詩以怨」，訴怨是一種必然的
> 心理行爲，也構成詩的精神特質。〔註1〕

可見唐詩中的漢代婦女，多屬幽居靡悶，怨棄失志的形象。至於其他
少數「揚蛾入寵，再盼傾國」〔註2〕的后妃嬌嬪，爲了鞏固其承恩蒙
寵的地位，往往也必須煞費周章。如李夫人詩，言其「病時不肯別，
死後留得生前恩」〔註3〕的苦心；戚夫人詩，言其「欲以子貴」的念
頭，卻見「儲君歸惠帝，徒留愛子付周昌」〔註4〕的惆悵；趙飛燕詩，
則更言姐妹二人媚惑君王、排除異己的劣行，曰：

> 水色簾前流玉霜，趙家飛燕侍昭陽。掌中舞罷簫聲絕，三
> 十六宮秋夜長。(徐凝〈漢宮曲〉)

> 二月樹色好，昭儀正驕奢。恐君愛陽豔，斫卻園中花。三
> 十六宮女，鬢鬟各如鴉。君王心所憐，獨自不見瑕。(曹鄴
> 〈恃寵詩〉)

這裡除了描述諸妃姬間因爭寵、妒忌，而產生的種種行爲之外，更透
露出以色事人的無奈，與造成這種無奈而形成的悲怨。

二、唐人以漢代婦女爲主題詩歌具時代關連性

唐人以漢代婦女爲主題的詩歌，其主題人物有王昭君、陳皇后、
班婕妤、李夫人、趙飛燕、戚夫人等，計一百七十首。依詩歌的內容

〔註1〕　廖蔚卿先生〈詩品析論〉，收入《六朝文論》。
〔註2〕　鍾嶸《詩品・序》。
〔註3〕　《全唐詩》卷四二七白居易〈李夫人詩〉。
〔註4〕　《全唐詩》卷一二〇李昂〈賦戚夫人楚舞歌〉。

性質，可分爲對外和親與后妃的得寵怨棄二類。儘管詩歌題材取自於漢代婦女的歷史故實，但詩人卻往往在作品之中，反映出唐代相關的部分歷史眞貌。

　　就對外和親而論，唐代和親史實與唐人以王昭君爲主題詩歌的產生具時代關連性：

　　（一）唐代各朝與外族的和親，自太宗朝起，歷經高、中、玄、肅、代、德、穆，以迄於僖宗朝，凡廿三次，是爲我國歷史上和親最頻繁的時代。此期所寫有關王昭君和親的詩歌數量，亦復不少，約有一百二十首，其中援引以爲詩歌主題者，又有六十四首之多，而且分布在唐代各朝，可見王昭君和親題材的膾炙人口，與唐代的和親頻繁，有極大的關係。

　　（二）唐代和親史實集中於太宗貞觀十四年至高宗龍朔三年（640～663），中宗景龍四年至穆宗長慶元年（710～821），以及僖宗中和三年（883）等三期。唐人以王昭君爲主題的詩歌，以在唐玄宗先天以後，僖宗乾符以前的數量爲多。這種現象的產生，是因爲唐代前期是建立大唐帝國聲威，與擴展版圖的時期，此期對外的四次和親，多屬恩威並施，以堅強的武力作爲後盾。而和親的公主，又僅是列爲第三等的宗室女，地位遠不如皇女、親王女，因此未被詩人引爲主題而大作文章，以王昭君爲主題的詩歌並未明顯增多。唐代中期爲帝國由盛轉衰的時期，安史之亂以前，唐室仍盛，其對外的十一次和親，多屬羈縻作用，目的在使強國不爲亂，弱國不附強敵爲亂。安史亂後，唐室轉衰，「奸臣弄權於內，逆臣跋扈於外，內外結釁而車駕遷遷，華夷生心，而神器將墜」，〔註5〕值此內亂外患之際，因而有七次對外和親，以發揮軍事同盟的功效。總計此期對外和親共有十八次，爲唐室和親最爲頻繁的時期。因而唐代詩人吟誦昭君的詩作也明顯地增加。例外的只有中宗景龍年間，親王女金城公主的出降吐蕃，並未相

〔註5〕　《舊唐書》卷一九五〈回紇傳〉。

對地引發較多的王昭君詩的作品來，推究其原因，大抵由於當時禮儀
隆盛，不遜於帝女，爲此次應制而作的餞別詩，有一十七首之多，詩
人得以直述其事，故不須寄託於昭君詩中。唐代後期，帝國勢力更加
的衰微，此期僅有一次對外和親，和親的安化長公主，是宗室女，在
和親次數太少，出降公主身份地位不夠尊貴之下，又面臨國家衰亂的
命運，詩人多未特別注意此次的和親，甚至正史記載其事也不甚清
楚，既未引起各方面的矚目，自然唐人以王昭君爲主題詩歌的作品數
量亦不多見。

　　（三）唐室各期對外和親公主的身分、遭遇不同，則唐人以王昭
君爲主題詩歌的描寫方向亦有所不同。唐代前期的四次和親，除了文
成公主在蕃的事蹟較爲詳盡之外，其他和親公主出降後的事蹟多屬不
詳，是以本期昭君詩多偏於辭宮、行役等方面的敘述；唐代中期的十
八次和親，多數公主出降後的事蹟均曾傳入中土，其人或平淡地老死
異鄉，或者歷經顛沛流離而終返國門，或無辜地遭受殺戮，際遇多屬
坎坷，而此一時期的昭君詩內容便偏重於客死、詠懷等的抒發。唐代
後期僅有的一次和親，公主出降後的事蹟不詳；但唐室經過多次的對
外和親，其中的利弊得失，已昭然若揭。是以本期昭君詩多以回顧和
親政策、哀憐紅顏薄命爲描寫重點。

　　就后妃的得寵怨棄而論，唐代后妃寵怨的史實與唐人以漢代后妃
爲主題詩歌的產生具時代關連性：

　　（一）唐代各朝由得寵以至於怨棄的后妃，自太宗朝起，歷經高、
中、玄、肅、代、德、憲、敬、武、宣，以迄於昭宗朝，凡廿六人，
幾乎分布在唐代各朝。此期所寫有關漢代后妃寵怨的詩歌數量，亦復
不少，約有二百九十首，其中援引以爲詩歌主題者，又有一〇六首之
多，可見以漢代后妃爲題材的詩歌，與唐代后妃的得寵怨棄史實之
間，有極大的關係。

　　（二）唐代后妃的得寵怨棄，以太宗至德宗時期爲最多。唐人以
漢代后妃爲主題的詩歌，則遲至中宗神龍元年（705）以後，才明顯

地增多。這種現象的產生，是因為中宗以前雖有太宗朝長孫后、徐賢妃的得寵，高宗朝武皇后的得寵，王皇后、蕭良娣的失寵，然而長孫后為人恭順，謹承諸妃，消釋嫌猜，因此太宗朝的後宮和順理治，一團和氣，以描寫后妃寵怨的詩歌自然甚少；武皇后心狠手辣，殺人如麻，自其親生子女，以至百官臣僚，慘遭毒害者，不計其數。在這種動輒得咎，人命不保的情況下，詩人墨客也多心存顧忌，不敢直抒胸臆，因此高宗、武后朝，以漢代后妃為題材的詩歌並不多見。中宗以後，唐人所受的箝制壓迫已經解除，可以大膽抒發感懷；當時各朝后妃寵怨的史實甚多，而且安史之亂以後，宮闈的后妃，也難逃賊兵的殺戮俘虜。詩人歷經時代的動亂，遂以同情的角度，來反映亂世紅顏的際遇，因此中宗神龍元年（705）以後，以漢代后妃為主題的詩作甚多。

　　（三）唐代各朝后妃得寵怨棄的遭遇不同，則唐人以漢代后妃為主題詩歌的描寫方向亦有所不同；安史之亂敉平以後，唐玄宗懷念馬嵬被逼自縊的楊貴妃，於是令圖貴妃之形於別殿，又命方士致其神。此種表達懷念的方法，均與漢武帝思念李夫人的故實十分類似，因此代宗以後，描寫李夫人的詩作亦多。至於唐代其他后妃寵怨史實與詩歌內容的關連性，因限於詩歌內容的千篇一律，與唐代后妃寵怨史實的簡略，遂無從探究。但是，唐人多借漢代后妃的故事，以反映唐代各朝后妃得寵怨棄的情形，確是事實。此外，也借著此類詩歌，表達唐代其他宮人的心聲，於是「長門」、「團扇」等的描述，已成為宮怨的象徵。

　　至此，我們可以明瞭：唐人以漢代婦女為主題的詩歌，不是單純的緬懷歷史人物而已，乃是具有時代意義，即借此以反映唐代各朝的對外和親，與宮闈后妃的得寵怨棄。唐代詩歌，確實反映了部分歷史真貌。因此，唐人以漢代婦女為主題的詩歌，應受到更多的重視。

主要參考書目

一、專著部分（依書名筆畫順序排列，下同）

（一）民國以前

1. 《女孝經》，〔唐〕陳邈妻鄭氏，新文豐出版公司叢書集成新編本。

2. 《大唐創業起居注》，〔唐〕溫大雅撰、〔清〕張海鵬輯刊，學津討原本。

3. 《文心雕龍》，〔梁〕劉勰，里仁書局，民國 73 年。

4. 《文選》，〔梁〕蕭統編、〔唐〕李善注，藝文印書館，民國 48 年。

5. 《太平廣記》，〔宋〕李昉等編，商務印書館景印文淵閣四庫全書本。

6. 《孔子家語》，〔魏〕王肅注，世界書局，民國 46 年。

7. 《元詩選》，〔清〕顧嗣立，鼎文書局中國學術名著歷代詩文總集本。

8. 《史記》，〔漢〕司馬遷，洪氏出版社，民國 63 年。

9. 《本事詩》，〔唐〕孟棨，商務印書館景印文淵閣四庫全書本。

10. 《世說新語》，〔南朝宋〕劉義慶撰、〔梁〕劉孝標注，世界書局，民國 51 年。

11. 《玉台新詠》，〔陳〕徐陵編，世界書局，民國 69 年。

12. 《冊府元龜》，〔宋〕王欽若等編，中華書局，民國 61 年。

13. 《古今圖書集成──宮闈典》，〔清〕陳夢雷編，鼎文書局，民國 66 年。

14. 《全唐文》，〔清〕仁宗敕纂，文海影印本，民國 61 年。

15. 《全上古三代秦漢三國六朝文──全晉文》，〔清〕嚴可均編，世界書局，民國 50 年。

16. 《全唐詩》，〔清〕聖祖御製，明倫出版社，民國 60 年。

17. 《西京雜記》，〔漢〕劉歆撰、（晉）葛洪輯，商務印書館景印文淵閣四庫全書本。

18. 《初學記》，〔唐〕徐堅，新興書局，民國 61 年。

19. 《戒子通錄》，〔宋〕劉清之編，商務印書館四庫珍本。

20. 《周禮》，〔漢〕鄭玄注、〔唐〕賈公彥疏，藝文印書館十三經注疏本。

21. 《周易》，〔魏〕王弼等注、〔唐〕孔穎達等正義，藝文印書館十三經注疏本。

22. 《尚書》，〔唐〕孔穎達等正義，藝文印書館十三經注疏本。

23. 《青冢志》，〔清〕胡鳳丹編，古亭書屋香艷叢書本。

24. 《後漢書》，〔宋〕范曄，鼎文書局，民國 76 年。

25. 《拾遺記》，〔前秦〕王嘉撰、〔梁〕蕭綺輯編，商務印書館景印文淵閣四庫全書本。

26. 《老狐談歷代麗人記》，〔清〕鵝湖逸士，古亭書屋香艷叢書本。

27. 《幽夢影》，〔清〕張心齋，大西洋圖書公司中華古籍叢刊本。

28. 《唐律疏議》，〔唐〕長孫無忌，商務印書館，民國 73 年。

29. 《唐才子傳》，〔元〕辛文房，金楓出版社，民國 76 年。

30. 《唐摭言》，〔五代〕王定保撰、〔清〕張海鵬輯刊，學津討原本。

31. 《唐詩紀事》，〔宋〕計有功，鼎文書局，民國 60 年。

32. 《唐詩品彙》，〔明〕高棅編，商務印書館景印文淵閣四庫全書本。

33. 《唐會要》，〔宋〕王溥，世界書局，民國 49 年。

34. 《唐國史補》，〔唐〕李肇，世界書局，民國 51 年。

35. 《通典》，〔唐〕杜佑，新興書局，民國 52 年。

36. 《梅妃傳》，〔唐〕曹鄴，新文豐出版公司叢書集成新編本。

37. 《琴操》，〔漢〕蔡邕，商務印書館宛委別藏。

38. 《新校漢書集注》，〔漢〕班固撰、〔唐〕顏師古注，世界書局，民國 62 年。

39. 《新書》，〔漢〕賈誼撰、〔清〕盧文弨校，新文豐出版公司叢書集成新編本。

40. 《新唐書》，〔宋〕歐陽修、宋祁等奉敕纂，鼎文書局，民國 74 年。

41. 《詩經》，〔唐〕孔穎達疏，藝文印書館十三經注疏本。

42. 《詩品》，〔梁〕鍾嶸，新文豐出版公司叢書集成新編本。

43. 《楚辭》，〔漢〕劉向編集、王逸章句，新文豐出版公司叢書集成新編本。

44. 《資治通鑑》，〔宋〕司馬光等編、〔元〕胡三省音註，華世出版社，民國76年。

45. 《疑年錄》，〔清〕錢大昕編，新文豐出版公司叢書集成新編本。

46. 《漢武故事》，〔漢〕班固，商務印書館景印文淵閣四庫全書本。

47. 《管子》，〔春秋齊〕管仲撰、〔唐〕房玄齡注，上海中華聚珍倣宋本。

48. 《夢書》，〔清〕洪頤煊輯，問經堂叢書本。

49. 《儀禮》，〔漢〕鄭玄注、〔唐〕賈公彥疏，藝文印書館十三經注疏本。

50. 《樂府詩集》，〔宋〕郭茂倩編撰，里仁書局，民國73年。

51. 《潛夫論》，〔漢〕王符撰、〔清〕汪繼培箋，新文豐出版公司叢書集成新編本。

52. 《廣異記》，〔唐〕戴孚，新文豐出版公司叢書集成新編本。

53. 《戰國策》，〔漢〕劉向集錄，九思出版有限公司，民國67年。

54. 《歷代詩話續編》，〔清〕丁福保編，藝文印書館，民國48年。

55. 《歷代名畫記》，〔唐〕張彥遠撰、〔清〕張海鵬輯刊，學津討原本。

56. 《歷代名人年譜》，〔清〕吳榮光編，商務印書館，民國45年。

57. 《獨斷》，〔漢〕蔡邕，藝文印書館百部叢書集成初編本。

58. 《禮記》，〔漢〕鄭玄注、〔唐〕孔穎達等正義，藝文印書館十三經注疏本。

59. 《舊唐書》，（後晉）劉昫等，鼎文書局，民國65年。

60. 《雜纂》，〔唐〕李義山，新文豐出版公司叢書集成新編本。

61. 《繪圖古列女傳》，〔漢〕劉向撰、（明）仇英繪，廣文書局，民國67年。

（二）民國以後

1. 《中央研究院國際漢學會議論文集‧民俗與文化組》，中央研究院國際漢學會議論文集編委會編，中央研究院，民國70年。

2. 《中國詩歌研究》，羅宗濤等，中央文物供應社，民國74年。

3. 《中國通史——秦漢史》，鄒紀萬，眾文圖書公司，民國75年。

4. 《中國通史——隋唐五代史》，傅樂成，眾文圖書公司，民國74年。

5. 《中國史》，王桐齡，啓明書局，民國21年。

6. 《中國婦女史論集》，鮑家麟，牧童出版社，民國68年。

7. 《中國婦女生活史》，陳東原，商務印書館，民國 75 年。

8. 《中國婚姻史》，陳顧遠，商務印書館，民國 76 年。

9. 《中國歷代賢能婦女評傳》，劉子清，黎明文化事業公司，民國 67 年。

10. 《中國歷代模範女性》，殷豫川，光啓出版社，民國 72 年。

11. 《中國歷代女傑》，澎湃等，江山出版社，民國 73 年。

12. 《中國歷代故事詩》，邱燮友，三民書局，民國 60 年。

13. 《中國女性的文學生活》，黃渡，河洛圖書出版社，民國 66 年。

14. 《中華歷代婦女》，王藩庭，商務印書館，民國 55 年。

15. 《中國史學論文選集・第一輯》，杜維運等編，幼獅鉛印本，民國 65 年。

16. 《中國史學論文選集・第四輯》，杜維運等編，幼獅鉛印本，民國 70 年。

17. 《中國詩學》，劉若愚著、杜國清譯，幼獅文化事業公司，民國 66 年。

18. 《中國邊疆民族史》，劉義棠，中華書局，民國 58。

19. 《中國婦女史論文集》，李又寧、張玉法編，商務印書館，民國 70 年。

20. 《中國文學家大辭典》，譚正璧編，河洛圖書出版社，民國 67 年。

21. 《文史研究論集》，徐復觀先生紀念論文集編輯委員會編，學生書局，民國 75 年。

22. 《六朝文論》，廖蔚卿，聯經事業出版公司，民國 74 年。

23. 《六朝文絜箋注》，許槤評選，宏業書局，民國 72 年。

24. 《中國文學評論》，劉守宜主編，聯經事業出版公司，民國 66 年。

25. 《主題學研究論文集》，陳鵬翔主編，東大圖書公司，民國 72 年。

26. 《古典詩文論叢》，顏崑陽主編，漢光文化事業公司，民國 76 年。

27. 《西藏王統記》，福幢著、王沂暖譯，商務印書館，民國 35 年。

28. 《西藏王臣記》，第五世達賴喇嘛著、郭和卿譯，四川民族出版社，民國 72 年。

29. 《李義山詩析論》，張淑香，藝文印書館，民國 76 年。

30. 《良玉生煙——古典情詩精選》，李庸編選，蓬萊出版社，民國 70 年。

31. 《花落又關情——中國古典詩歌中的詠物》，陳啓佑，故鄉出版社，民國 69 年。

32. 《春夏秋冬——中國古典詩歌中的季節》，龔鵬程，故鄉出版社，民國 69 年。

33. 《政治史》，王壽南等，漢苑出版社，民國 77 年。

34. 《昭君詩評》，葉婉之評釋，商務印書館，民國 64 年。

35. 《唐代政治史述論稿》，陳寅恪，里仁書局，民國 70 年。

36. 《唐代南詔與李唐關係之研究》，王吉林，聯鳴文化有限公司，民國 71 年。

37. 《唐史新論》，李樹桐，中華書局，民國 61 年。

38. 《唐代政教史》，劉伯驥，中華書局，民國 42 年。

39. 《唐史考辨》，李樹桐，中華書局，民國 54 年。

40. 《唐史》，章群，華岡出版公司，民國 67 年。

41. 《唐代文化史》，羅香林，商務印書館，民國 44 年。

42. 《唐代夷狄邊患史略》，侯林伯，商務印書館，民國 68 年。

43. 《唐詩的世界（二）唐世風光和詩人》，栗斯，木鐸出版社，民國 74 年。

44. 《唐人小說校釋》，王夢鷗校釋，正中書局，民國 72 年。

45. 《神州血淚行——中國古典詩歌中的亂離》，李正治，故鄉出版社，民國 69 年。

46. 《神話、愛情、詩——中國古典詩比較評析》，沈謙，尚友出版社，民國 72 年。

47. 《國外學者看中國文學》，中華文化復興運動推行委員會主編，中央文物供應社，民國 71 年。

48. 《隋唐制度淵源略論稿》，陳寅恪，樂天出版社，民國 61 年。

49. 《隋唐五代史》，藍文徵，商務印書館，民國 57 年。

50. 《隋唐史》，王壽南，三民書局，民國 75 年。

51. 《喜怒哀樂——中國古典詩歌中的情緒》，顏崑陽，故鄉出版社，民國 69 年。

52. 《敦煌變文論文錄》，周紹良、白化文編，明文書局，民國 74 年。

53. 《詩與美》，黃永武，洪範書局，民國 73 年。

54. 《漢唐史論集》，傅樂成，聯經事業出版公司，民國 66 年。

55. 《漢唐貴族與才女詩歌研究》，張修蓉，文史哲出版社，民國 74 年。

56. 《傾國名花》，河洛圖書出版社編，河洛圖書出版社，民國 67 年。

57. 《夢斷秦樓月——中國古典詩歌中的閨情》，曹淑娟，故鄉出版社，

民國 71 年。

58. 《劍橋中國史——隋唐篇》（上），Denis Twitchett 編、張榮芳主譯，南天書局，民國 76 年。

59. 《歷代婦女著作考》，胡文楷，鼎文書局，民國 62 年。

60. 《總是玉關情——唐代邊塞詩初探》，何寄澎，聯經事業出版公司，民國 67 年。

61. 《講史性之變文研究》，謝海平，嘉新水泥公司文化基金會第二三一種研究論文，民國 62 年。

62. 《魏晉南北朝史》，勞榦，文化大學出版部，民國 69 年。

二、學位論文部分

1. 《中國唐代婦女生活研究》，申美子，政大中文所碩士論文，民國 62 年。

2. 《中唐樂府詩研究》，張修蓉，政大中文所博士論文，民國 70 年。

3. 《中國古代女性倫理觀——以先秦兩漢為中心》，宋昌基，政大中文所博士論文，民國 66 年。

4. 《王昭君故事研究》，鄒錫芬，東海中文所碩士論文，民國 70 年。

5. 《六朝宮體詩研究》，黃婷婷，師大國文所碩士論文，民國 72 年。

6. 《元雜劇所反映之元代社會》，顏天佑，政大中文所博士論文，民國 69 年。

7. 《正史列女傳研究》，李美娟，政大中文所碩士論文，民國 72 年。

8. 《全唐詩婦女詩歌之內容分析》，嚴紀華，政大中文所碩士論文，民國 70 年。

9. 《西漢律令中的倫常觀》，李貞德，台大史研所碩士論文，民國 74 年。

10. 《李唐前期的宮闈政治》，羅龍治，台大史研所博士論文，民國 63 年。

11. 《李唐、回紇、吐蕃三邊關係之探討——以肅、代、德宗時期為中心》，林冠群，政大邊研所碩士論文，民國 71 年。

12. 《南朝文學中的婦女形象》，李偉萍，政大中文所碩士論文，民國 70 年。

13. 《唐代戰爭詩研究》，洪讚，政大中文所博士論文，民國 75 年。

14. 《唐代女詩人研究》，張慧娟，文化中文所碩士論文，民國 67 年。

15. 《唐代敘事詩研究》，梁榮源，台大中文所碩士論文，民國 61 年。

16. 《唐代婚姻法與婚姻實態》，向淑雲，台大史研所碩士論文，民國 75 年。

17. 《唐朝與吐蕃和親之研究》，馮藝超，政大邊研所碩士論文，民國 74 年。

18. 《唐代文學所表現之婚俗研究》，張修蓉，政大中文所碩士論文，民國 65 年。

19. 《唐代蕃胡生活及其對文化之影響》，謝海平，政大中文所博士論文，民國 64 年。

20. 《漢樂府之社會觀》，李元發，文化中文所碩士論文，民國 65 年。

21. 《劉向列女傳探微》，姜賢敬，師大國研所碩士論文，民國 75 年。

三、期刊部分

1. 〈中國歷代文人筆下的王昭君〉，余我，《暢流》三五卷 10 期，民國 56 年 7 月。

2. 〈中國婚姻制度變遷之研究〉，阮昌銳，《政大社會學報》第 18、19、20 期合刊，民國 73 年 9 年。

3. 〈王昭君〉，張長弓，《嶺南學報》二卷 2 期，民國 20 年 7 月。

4. 〈王昭君故事演變之點點滴滴〉，張壽林，《文學年報》1 期，民國 21 年 7 月。

5. 〈天寶之亂的本源及其影響〉，李樹桐，《師大歷史學報》1 期，民國 62 年 1 月。

6. 〈兩漢的社會階層及其交互關係〉，王文發，《師大歷史學報》7 期，民國 68 年 5 月。

7. 〈兩漢之胡風〉，楊憲，《史學年報》一卷 1 期，民國 18 年 7 月。

8. 〈兩漢多妻的家庭〉，吳景超，《金陵學報》一卷 1 期，民國 31 年 5 月。

9. 〈春秋時代之男女風紀〉，楊筠如，《中山大學語言歷史學研究所週刊》二集 19 期，民國 17 年 3 月。

10. 〈春秋時代母系遺俗公羊證義〉，牟潤孫，《新亞學報》一卷 1 期，民國 44 年 8 月。

11. 〈突厥文化及其對唐朝之影響〉，林恩顯，《食貨月刊》復刊二卷 7 期，民國 61 年 10 月。

12. 〈皇位繼承與漢唐宋明的黨爭〉，雷飛龍，《政大學報》13 期，民國 55 年 5 月。

13. 〈唐迴關係新論〉，石萬壽，《成功大學歷史學報》3 期，民國 65 年 7 月。

14. 〈唐代婦女的婚姻〉，李樹桐，《師大學報》18 期，民國 62 年 6 月。

15. 〈唐朝對吐蕃和親策政之運用〉，任育才，《師大歷史學報》15 期，民國 76 年 6 月。

16. 〈唐代的和親政策〉，王壽南，《中華文化復興月刊》十二卷 3 期，民國 68 年 3 月。

17. 〈唐代戶婚律溯源〉，胡詠超，《新亞學院學術年刊》3 期，民國 50 年 9 月。

18. 〈唐朝對奚與契丹的和親政策研究〉，林恩顯，《人文學報》1 期，民國 64 年 7 月。

19. 〈唐律上家族主義之研究〉，潘維和，《華岡學報》1 期，民國 54 年 10 月。

20. 〈唐朝對回鶻的和親政策研究〉，林恩顯，《政大邊研所年報》1 期，民國 59 年 7 月。

21. 〈唐代文化約論〉，嚴耕望，《大陸雜誌》四卷 8 期，民國 41 年 4 月。

22. 〈唐代公主和親考〉，鄺平樟，《史學年報》二卷 2 期，民國 24 年 9 月。

23. 〈唐代華化蕃胡考〉，馮承鈞，《東方雜誌》二十七卷 17 期，民國 19 年 9 月。

24. 〈從東漢政權實質論其時帝室婚姻嗣續與外戚升降之關係〉，李學銘，《新亞學報》九卷 2 期，民國 59 年 9 月。

25. 〈從七出談到三歸〉，楊希枚，《大陸雜誌》三十卷 2 期，民國 54 年 1 月。

26. 〈漢代之婚姻奇象〉，劉掞藜、婁景裴，《武大文哲季刊》一卷二號，民國 19 年 4、5、6 月號。

27. 〈漢唐之和親政策〉，王桐齡，《史學年報》一卷 1 期，民國 18 年 7 月。

28. 〈論呂后專政與諸呂事件〉，芮和蒸，《政大學報》20 期，民國 58 年 12 月。

29. 〈關於王昭君之歷史與文學〉，梁容若，《大陸雜誌》一卷 9 期，民國 39 年 11 月。